オイサメサン

神津凛子

オイサメサン

装幀・撮影　舘山一大

はじまり　要のこと

「よう、よう――？」
大宮《おおみや》家待望の長男。待望と言うと大袈裟《おおげさ》かもしれない。大宮家は守るべき伝統や受け継がねばならない家業がある家柄ではなかったし、母のこずえは専業主婦、父の太一《たいち》は会社員のごく一般的な家庭だった。太一は酒造会社に勤務していたが、それは大宮一族とはまったく関係のない会社だったたし、彼は杜氏《とうじ》でも蔵人《くらびと》でもなかった。営業、販売担当のサラリーマン。親戚付き合いが希薄になり始めた世の中で、大宮家同士のつながりはそれでも濃いものがあったようだが、その後親戚一同から縁切りされたことを考えれば要《よう》の一家は分家も分家、一族の末端にすぎない家だったのだろう。

大きな枠組みでは大したことのない要の誕生も、太一とこずえにとっては夢に見た、待望の第一子だった。結婚十年目にしてやっと授かった子ども。特に母のこずえには十年分の想いと感慨があった。妊娠中は安産祈願を行い、安産守りも常に身に着けた。

安定期に入ると本格的に子どもの名前を考え始めた。発音しやすく、聞き取りやすい名前がいい。難しい漢字は使わず、だれもが読める名前。縁起のいい画数を調べ、いくつか候補を書き出した。あとは、生まれた我が子を見て候補の中から決めよう。こずえはそう考えていた。だから、夫が初めて対面した我が子にすでに決定済みのような口調で「よう」と呼びかけるのを、思わず何度も訊《き》き返した。

「よう?」

「そう。『要』と書いて、よ、う」

長く美しい太一の指が、滑らかに空書きを始める。それを、こずえは黙って見つめた。

普段の――妊娠前の――こずえなら、太一の意見など一蹴していたはずだ。彼女の性格は猪《ちょ》突《とつ》猛進、自分がいいと思ったことは他がなんと言おうと推し進める頑固さがあった。太一は、子どもの命名についてこれまで一度も口出ししなかった。だから、こずえは自分が考えた候補の中から名付けるのが当然だと思っていたし、太一もそのつもりでいるのだと思い込んでいた。

四十間近での初めてのお産は、二日がかりの難産だった。腕に抱かれた小さくやわらかな生きものは、この世のどんなものより不確かだった。泣き声を上げることしかできない我が子は、自分のちょっとした不注意でいなくなってしまうかもしれない。取り返しのつかない出来事はいつなんどき起こるかわからない。初めてづくしの中、こずえは糸を張ったような緊張状態が続いていた。

出張から戻ったばかりの太一は空港から走ってきたのかと思うほど汗だくで、白のワイシャツがぴたりと肌に張り付いていた。汗だくで息を切らし妻の病室へ駆ける男を、ナースステーションの若い女性看護師たちはうっとりと見つめた。太一が美しいのは指だけではなかった。

額から汗を流し、愛《いと》おしそうに腕の中の赤ちゃんを見つめる夫。こずえはいまさらのように気付く。我が子の誕生を心待ちにしていたのは自分だけではなかったのだと。同時に、張り詰めていた緊張の糸が緩んだ。安堵《あんど》が押し寄せた。これから続く「初めて」はふたりで行い、ふたりで見守ってゆけるのだ、と。

「いい名前だろう。重要、かなめ。よう、という言葉の響きもいい。〜しよう、そうしよう。なにより必要とされるひとになってほしい」

こずえが考えた名付けの条件に「要」は当てはまらなかった。要はさして難しい漢字ではないが、「かなめ」ではなく「よう」と読むひとがどれほどいるだろう？　それに、多くのひとが一度で聞き取れるだろうか？

「帰りの飛行機の中で閃《ひらめ》いたんだ。この名前しかないって」

十年待ちわびた我が子だ。子どもの一生がかかった、大事な名前だ。何ヵ月もかけて思案した名前より夫の閃きの方がいいとは思えなかったが、それでもこずえは了承した。産後体力が激しく消耗していて考える気力がないとか、反対する理由はいくつもあったが、つまるところ、こずえは夫を愛していた。


太一は、要の誕生を祝ってくれた仕事関係の人々へ内祝いを直接届けた。郵送でいいじゃないのと言うこずえに「これからの付き合いもあるから」と笑って答えた。

だが彼の「これから」は訪れなかった。

山道を走る太一の車が、ガードレールを突き破り崖下で大破した。事故の一報を受けた時、こずえは要を抱いて近所の神社を参拝していた。

「おそらく即死だったでしょう」

警官が言った一言は、突然の悲劇に見舞われたこずえにとって唯一の慰めになった。苦しまずに逝った、という関係者からの言葉は、たとえそれが真実でなくとも、残された人生を生きていく上でこずえには絶対に必要な一言だった。彼女には縋《すが》れるものが必要だった。

それから二十数年――。

要は、父親の遺影に問いかける。

事故の時なにが起こった？

本当に即死で苦しまずに逝ったのなら、いつこれを手の中に収めたのか。

遺影に立てかけるように置かれたお守り。

遺体は損傷が激しかったようだが、なぜか左手だけは無傷だったらしい。その左手に。

『交通安全』

青地に金の刺繡《ししゅう》が施された交通安全守りが握られていた。太一は、車のルームミラーにお守りをぶら下げていた。

それを咄嗟《とっさ》に取った？　いつ？　ガードレールを突き破った瞬間？　三十メートル近くを落下していく間に？　それとも車が大破する直前？

よりによって交通安全守りとは。なんて皮肉だろう。年季は感じるが汚れ一つない交通安全守りを、要は一瞥《いちべつ》した。

太一の死後、こずえは神仏を信じなくなった。毎日のように通っていた近所の神社にも足を運ばなくなった。

幼い頃の記憶。

散歩の途中、駆け出そうとした幼い要の手をこずえが強く握った。

「お父さんのお財布にね、一円玉くらいの大きさの身代わり地蔵を入れたの。要が生まれる少し前だったかな。健康に長生きしてほしいと思って」

要は母親を見上げた。なにを言っているのかわからなかったが、お母さんはなにかに怒っているみたいだ。いつもと違って見えるのは皮肉気に歪《ゆが》む口元のせいかもしれない。

こずえは憎々し気に神社を見遣《みや》った。

「事故後、返してもらったお財布を見たらね、身代わり地蔵がきちんと入っていたの。交通安全守りも、身代わり地蔵も、お父さんを助けないで一体なにをしていたのかしらね」

要は、神社の敷地に落ちているまつぼっくりを名残惜しい気持ちで見つめる。

こずえは右手を胸にあてた後、サッと払う仕草をした。よく見る母の癖だった。

「本当に神さまや仏さまがいるのなら、こんなにいい子から父親を取り上げるような無慈悲なことはなさらないはずだわ」

神も仏もいない。物心つく前から母親にそう言われて育った要には、目に見えないものが実際に存在しないと言われても別段なんの感情も起こらなかったし、神や仏がいないせいで生活に支障が出ることはなかったから存在の有無などどうでもよかった。ただ、自分には父親がいないこと、そして父親がいないと生活に窮する場面があること。それだけが要にとっての真実だった。

「今日はオイサメサンがいらっしゃる日だからね」

どこで聞きつけたのか、それとも独特なネットワークでもあるのか、太一の死後間もなく宗教の勧誘が始まった。団体名を告げる者、突然信仰について語り出す者。そういった人々は興味がないと断るとあっさり引き上げていった。ところが、なんの目的で訪問したのかはっきり明かさない者、まったく関係のない事柄をまくしたてる者は注意が必要だった。そういった連中は宗教の勧誘とは一切におわせず、とにかく扉を開かせる手段に長《た》けていた。「〇〇支部」

とか「〇〇地区」など、地元の名を上げ油断させたり、「カルチャースクールのお誘い」「地区への貢献」などと言って家に上がり込む輩《やから》もいた。

寡婦の心の隙間に入り込もうとする有象無象たちはひっきりなしにやって来た。夫の死後、時に憎しみの対象にすらなり得る神仏をこずえが信仰することはなかった。どれだけしつこく勧誘されても首を縦に振ることのなかった彼女が縋ったのは、「オイサメサン」と呼ばれる存在だった。

太一の死後しばらくして建設会社の事務員として働き出したこずえは、そこで同じ境遇の女性と知り合った。彼女も夫に先立たれたシングルマザーだった。暗闇の中を手探りで生きているると自覚していたこずえだったが、そんなこずえから見ても彼女はさらなる深海の闇を生きているようだった。

そんな彼女がある時期を境に変わった。日を追うごとに明るくなる彼女は、まるで海の底から浮き上がってくるようだった。こずえは彼女に訊いた。この苦しみから脱出する手がかりを知りたかった。彼女は教えてくれなかった。出し惜しみをしている様子は一切なかったが、大切なものに出逢ったらしいことはわかった。なにか崇高なものを瞳に宿した彼女を見るにつけ、こずえはもっと知りたくなった。

ある時、こずえの憔悴《しょうすい》具合を見かねたらしい彼女が口を開いた。

『オイサメサンに会ってみる?』

こずえは、霊が視《み》えるという女霊媒師に心酔した。傾倒しすぎて起き上がれないほどに。

「お父さんがね、怒ってるって。儀式をしないから喉の渇きがひどいって」

不思議なことに、「オイサメサン」が語る要の父は大抵いつも怒っていた。その怒りを鎮めるためにはオイサメサンの儀式が必要で、それを執り行ってもらうにはあるものが必要だった。

その頃の要は信じていた。

父の霊が視える、と言っている女のひとのことを。霊の存在を。自分には見えないけれど、それでも信じていた。なぜなら母が信じているから。オイサメサンの儀式はちょっと変わっていて時々怖く感じることもあったが、それでも記憶にもない父を身近に感じられるようで嬉《うれ》しかった。オイサメサンは大抵ひとりだったが、時折、弟子と称するひとを連れて来ることがあった。儀式の途中「気を高めるため」に弟子と手をつないだり背中をさするよう言われた。同じ弟子が続けて来ることはなく、彼らは年齢も性別も様々で大抵虚ろな表情をしていた。ひとは替わっても、毎回緩慢な動きでオイサメサンの指示に従う弟子を見て、要は幼いながらに「のろのろしているからクビにさせられたんだ」ともの知り顔で思った。

「ありがとうございました」

玄関先で、母がオイサメサンに「いつものもの」を渡した。儀式を執り行ってもらうのに必要なものだ。

それまでも、オイサメサンは上向きにした手のひらをこちらに向けるようなことは決してしなかった。いつも、こずえに言われて今気付いたというような素振りをし、『わたしが要求したわけじゃないけれど、そう言うなら受け取りましょうか』といった態度で受け取る。

いつもなら小袖の襟元に滑り込ませる茶封筒を、オイサメサンはその日に限って手に持っていた。儀式で使う高級フルーツなどのお供え物は「悪い気」が入っているから食してはいけない、このまま捨ててもいけないということでオイサメサンが毎回処分のために両手に提げて持ち帰っていたが、その日は片手で持てるくらいの分量しかお供え物の用意ができなかったため彼女の片手は空いていた。

要はずっと気になっていた。あの封筒の中にはなにが入っているのだろう? と。

深く頭を下げ続ける母に気付かれないように、要はそっと顔を上げた。

閉まりゆく玄関扉の向こうに見えた景色は、世の中の真理を要に突き付けた。

茶封筒から顔を覗《のぞ》かせた一万円札を舌なめずりせんばかりの勢いで数える「オイサメサン」。幼い彼はその感情に名前こそ付けられなかったが、それは要が生まれて初めて抱いた強烈な嫌悪感だった。

そして、九歳の要は答えを得た。

この世には神も仏も、そして霊などというものも存在しないのだと。

はじまり　鈴のこと

玄関引き戸の木枠に肩をぶつけたせいで、嵌《は》まっていたガラスが抜け落ち土間に散った。足元で跳ね返った破片が頬に飛ぶ。それでも鈴《すず》は痛みを感じない。激しくぶつけた肩も、裂かれた頬の痛みも、恐怖の前では足元にも及ばない。

転げるようにして下った坂道、飛ぶように走った田んぼのあぜ道。家までの一キロを、ただの一度も瞬《まばた》きせずに鈴は疾駆して来たせいで息が切れている。流れ落ちるはずの涙は重力に逆らうように目尻から上方へ向かって筋がついている。鋭利なガラスの上に膝をつく寸前、鈴を抱きとめたのは祖母だった。鈴は祖母にしがみついた。祖母の細い腕の中で、鈴はおそるおそる振り返る。

真後ろにはなにもいない。視線を外へ走らせる。

玄関の向こうは夏の強い日差しが降り注ぎ、野球のベース型の飛び石をじりじりと焼いている。白いシーツをかけられた物干しの足元では草花たちが項垂《うなだ》れている。

膨らんだ肺が鈴の胸を押し上げる。破裂しそうな胸で、鈴は必死に息をする。噴き出た汗が額で無数の玉を作る。

恐怖で震え上がらせたものはいない。その事実と祖母の温《ぬく》もりは信じられないくらいの安堵を鈴にもたらす。肩で息をしながら、泣きたい気持ちで鈴は祖母を見上げる。いつもの柔和な表情を期待していた鈴は、祖母が強張《こわば》った顔を玄関に向けているのを見てぎくりとする。白い顔の中で大きく見開かれた祖母の目がなにかを凝視していた。

その途端、鈴はすべてを理解する。

シーツがはためく音がして、鈴はそちらを振り返った。草花たちは項垂れたままでさやとも動かない。切れ切れの鈴の呼吸音だけが響く。

物干しの向こうになにかが立っている。裸足《はだし》のつま先がこちらに向けられていて、見えるのは剝《む》き出しで汚れた脛《すね》だ。

心臓が鳴る。ドッド、ドッド……。

シーツが大きく翻る。

悲鳴を飲み込んだ鈴は、祖母の胸に顔を埋めた。

それはずっとついて来た。

夏休み三日目は花壇の水やり当番の日だった。鈴は親友の七海《ななみ》と共に小学校へ向かった。七海は校門前の花壇、鈴は校庭隅の花壇担当だ。鈴は、昇降口に置かれた水色のじょうろいっぱいに水を汲んだ。

校庭では同じ六年生の男子数名がサッカーをしている。鈴は水の重みに肩を下げ校庭の隅を目指す。花壇に着く頃には手のひらがじんじんと痛んだ。手を休めようと置いたじょうろにサッカーボールがぶつかった。ボールは鈴の足元を通り、用具入れの裏まで転がった。

「檜木《ひのき》！　ボールとってよ」

校庭の中央にいる男子が大声で言った。鈴は片手を挙げてそれに応える。

　運動会で使用する玉入れの道具や綱引きの綱、ハードルなどがしまってある用具入れの裏に回る。建物の日陰に入ると熱を持った肌が冷えていく。ボールを拾おうと屈《かが》みこむ前、目の高さにある曇りガラスが目に入った。白、黄、水色の旗が窓に立てかけられているようだった。ボールを拾い立ち上がった鈴は思わず息を呑《の》んだ。窓に人影がある。真っ赤な服を着ただれか。鈴が目を逸《そ》らせずにいると、人影が徐々に近づいて来る。黒々とした髪、白い顔、真っ赤な服の襟元が立ち上がっているのが曇りガラス越しにもわかる。だれかはどんどん近くなる。思わず後退《あとずさ》った鈴の肩に手が置かれるのと、曇りガラスの内側から手のひらが押し付けられるのは同時だった。

「檜木、ボールは？」

　鈴は飛び上がり、声の主を振り返った。鈴の肩に手を置いた友人は訝《いぶか》し気に用具入れを見遣った後、鈴の手の中のボールを取り上げた。

「ここにあるじゃん」

　友人は呆《あき》れたように言って、行ってしまう。引き留めようと伸ばした手が空を摑《つか》む。鈴はおそるおそる視線を戻す。

　赤い影は消えていた。

　先生だろうか？　鈴は思う。用具入れの片付けをしているのかな。

　鈴は表に回って何気なく出入り口に目をやった。吸い込んだぬるい空気が喉元で詰まる。

　頑丈そうな南京錠《なんきん》が、扉をしっかりと塞いでいた。

　急いで窓のところまで戻った鈴は、だれの姿も映っていない曇りガラスに近づいた。窓ガラスにはくっきりと手形が残っている。大人のサイズの手形だ。鈴がガラスに手を伸ばした時、出入り口の扉が大きな音を立てた。駆け寄った鈴は、南京錠が揺すられるほどの力で扉が内側から押されるのを見た。中のだれかが力任せに扉を開けようとしているかのようだった。

「だれかいるんですか。大丈夫ですか」

鈴の問いかけに応じる声はない。

校内に駆け込んだ鈴は、休日当番の教師に事情を説明した。腹の突き出た男性教師は、用具入れの鍵を手に事務室から出て来た。

何事かと集まった同級生たちが見守る前で南京錠が開かれる。騒がしかった友人らの声が止む。軋《きし》んだ音を立てながら扉が開く。熱気を孕《はら》んだ空気と埃《ほこり》っぽいにおいに混じって強烈な腐臭。鈴は思わず鼻孔を腕で覆った。

「檜木？　どうしたの？」

隣にいた男子が心配そうに言う。六年進級時に転校してきた新しい友人だ。他の男子たちは興味津々といった様子で用具入れの中を見つめている。だれひとり、異臭に気付いている様子はない。

男性教師が中に入って行く。

「だれかいるのか？」

教師の姿が見えなくなる。魚が腐ったような臭いがきつくなる。

「窓を閉め切った用具入れなんかに、だれもいるわけないよ」

膝でリフティングを始めた男子が言った。彼の言う通り、用具入れの窓はぴたりと閉ざされている。

首から提げたタオルで汗を拭いながら、教師が出て来る。

「だれもいないぞ。檜木、本当に見たのか？」

鈴は返事ができない。

「檜木が見たのは幽霊だったんじゃないの？」

からかうように言った男子は、鈴の怯《おび》えた顔を見て口を噤《つぐ》む。教師はもう一度中を確認した後、しっかりと南京錠の鍵をかけた。

「もう帰りなさい」

教師に言われ、児童はそれぞれ散っていく。鈴を気遣う素振りを見せたのは転校生だけだった。

「鈴、どうしたの？　大丈夫？」

水やりを終えたらしい七海が声をかけてくる。

「みんな帰るみたいだし、わたしたちも行こう」

「……うん」

七海と並んで歩き出した鈴は、花壇前のじょうろを見て思い出す。

「あ……わたし、水やりの途中だった。七海、これからピアノだよね？　先に帰っていいよ」

「一人で大丈夫？」

「平気。ありがと」

花壇に水を撒《ま》く。みんなが帰ってしまった学校はやけに静かだ。空のじょうろを昇降口に戻し、引き返し始めた鈴は下腹部に痛みを覚えて手をやった。

休み中は校内のトイレが使用できない。用具入れとは逆方向に位置する校庭のトイレに向かい、鈴は小走りになった。下腹がしくしくと痛んだ。トイレの個室でうっすらと血のついたショーツを見た時、痛みの原因がわかった。

初潮だった。

七海に待っていてもらわなかったことを後悔したがどうしようもない。夏休み中で保健室は閉まっている。学校にいるのは先ほどの男性教師だけだ。

トイレットペーパーを巻き取っているうちに、初潮を迎えた驚きが少し収まった。鈴は厚めに重ねたトイレットペーパーをショーツにあてて応急処置を済ませた。水栓レバーを押し下げた後、ハッとしてショートパンツの後ろを見た。念入りに点検しているうちに水音が止む。血がついていないことに安堵し鍵に手をかけた時、入り口の方から足音がした。

みんな帰ったはずなのに、だれだろう?

足音が近づいて来る。

なにかおかしい。耳を欹《そばだ》てる。靴音がしない。そういえば砂を踏むじゃりじゃりという音もしなかった。まるで裸足で歩くような音だ。

「だれ?」

立ち止まったように足音が止む。返事はない。一拍の間を置いて、裸足の足音が駆け足になった。

「え」

鈴が使用している個室の前で音が止む。驚いて、鈴は鍵から手を離す。

「だれ——だれなの」

扉の向こうはしんとしている。一歩下がった鈴の目にあり得ないものが映る。扉の下部と床にできた十五センチほどの隙間から裸足の足が覗いていた。泥だらけのつま先には爪がなく、足首には乾いた血がこびり付いている。

鈴の喉がごくりと音を立てる。背中が壁にぶつかる。隙間から覗いていた足が踵《きびす》を返し消える。音もしない。

鈴は思い切って扉を開けた。

だれもいなかった。

「なんだ……」

ほっとしたのも束の間、頭上で「バン」と大きな音がした。隣の個室との仕切り壁の上から、赤い服に包まれた腕が伸びていた。その腕は、こちらに這《は》い出しそうな角度で曲がっている。手指の爪も、ほとんどない。

悲鳴を迸《ほとばし》らせ、鈴は個室から飛び出した。トイレの入り口を出てすぐ、なにかにぶつかる。身体が宙を浮き、鈴は尻もちをつく。地面についた手が土に擦れて傷を作る。見上げた先にいたのは先ほどの男性教師だ。

「檜木、大丈夫か？」

教師は驚いたように目を丸くし、むくむくとした手を膝についた。

「しっかし、勢いよく飛び出してきたな。先生も痛かったぞ」

不安に駆られ、鈴はトイレに目をやる。先ほどの女は姿を消している。視線を戻した時、教師の腰の辺りから赤いものがはみ出していることに気付く。後ろにだれかが隠れているように。泣き声のように息を喘《あえ》がせ、鈴は赤い三角の部分を見つめる。それは服の一部、ひどく汚れた服の一部だった。スカートの裾のようにも見えるし、長いトップスの端にも見える。鈴の額から汗が流れる。

赤い生地がさっと引っ込む。今度は反対から三角の赤い生地が顔を出す。面積を広げる赤。その上方から肩と腕。土の上に、ぺたっ、という音をさせて裸足の右足が出てくる。右手がバランスを取ろうとするように教師を摑む。肩を摑まれているのに、彼がそれに気付く様子はない。笑顔さえ浮かべ、教師は鈴を気遣う。

「立てるか？　ほら」

教師は真後ろにいるものを振り返りもせず、鈴に手を差し伸べる。鈴は彼のすぐ後ろにいるものから目が離せない。両手足に爪がほとんどない、赤い服の女。トイレで見たものと同じだ。鈴は尻もちをついたまま後退った。教師は気分を害したような顔になり、さっと上体を起こした。ぶつかる——鈴は思わず目を瞑《つむ》った。次に目を開けた時、教師の背後に張り付くようにしていた女は姿を消していた。

ただならぬ鈴の様子に教師もさすがに心配になったのか、

「おい、どうした？」

と、不安を滲《にじ》ませた声で訊《たず》ねた。

「あ——あの……」

かすれた声で鈴が事情を説明しようとした時、後方のトイレから強い視線を感じた。おそるおそる目をやると、壁から長い髪を垂らした女が顔を出していた。鈴が短い悲鳴を上げると、教師は鈴の視線を辿《たど》り振り返った。白すぎる顔の女が瞬きしない眼をこちらに向けてゆっくりと壁から上半身を抜け出してくる。下半身も現れ赤い服がワンピースだとわかるまでになる。

教師が鈴に顔を戻す。呆れたような困り顔だった。

先生には見えていない？

ギクシャクとした動きで女が壁から現れる。鈴はよろめく脚を叱咤《しった》し、立ち上がる。校庭の中ほどまで走った時振り返る。困惑顔で立ち尽くす教師の後方、四角い建物のすぐ脇で、赤い服を纏った女が両手足を地面につけてこちらを見ていた。それは獣のような体勢だった。すぐにもこちらに突進しそうな体勢だった。

鈴は走り出す。涙が零《こぼ》れ、胸と腹が痙攣《けいれん》するように震える。夢中で走る。見慣れた景色を切り裂くように走る。家までの道のりを疾駆する間、鈴は決して振り返らなかった。振り返る必要がなかった。

ぴたりと後ろをついて来る裸足の足音が常に聞こえていたから。

あの時おばあちゃんがいなかったらどうなっていただろう。線香のにおいが立ち込める広間に寝転がった鈴は七年前のことを考えていた。視線の先には柔和な笑みをたたえる祖母がいる。

畳の上を足袋《たび》が擦る音。

「鈴。そろそろみなさんいらっしゃるわよ」

鈴の前に立った母の白足袋が祖母の顔を隠してしまう。

「服が皺《しわ》になるじゃない」

忙しそうに白足袋は去っていく。鈴は畳から身体を起こした。頬を触った指先が傷痕に触れる。筋状の痕は二センチほどで、白く盛り上がっている。

「そのうち消えるから大丈夫だって言ったのに、痕が残っちゃったよ、おばあちゃん」

祖母は返事をしてくれない。白い布団の中で永遠の微笑《ほほえ》みを浮かべるだけだ。

鈴は手を伸ばし、祖母の頰に触れた。

「――こんなに冷たくなっちゃって。ねえおばあちゃん、どうして笑ってるの？　最後に見えたのは『輝くもの』だったの？」

「鈴！　髪ボサボサよ。直してきなさい」

いつの間にか戻った母が呆れたように言った。


二階の自室で髪をまとめ直すと、鈴は机の上の指輪にそっと触れた。

「――わたしにはもうあなたしかいません」

幅の広い金の指輪には多くの傷がついていて、指の腹から伝わって来るのは同じ数だけの罪悪感だった。

「いつか必ず返します。負わせた傷も――償います。だから、まだしばらくはそばに居て守ってください」

指輪を部屋に残したまま、鈴は階下へ向かった。


通夜会場である広間は多くのひとで埋まっていた。

読経が始まる。

神妙な面持ちで首を垂れる大人の中で、一歳になったばかりの鈴の甥《おい》っ子がぐずり出す。兄嫁が膝の上で懸命にあやすが、泣き声は徐々に読経を妨げるほどの音量になる。しかも、甥っ子は泣きながら、

「ばあば」

と言っているように聞こえる。兄嫁が部屋を出ようと膝を立てたところで、隣にいた伯母が、

「大ばあちゃんが亡くなって、この子もさみしいのね」

と小声で言った。一歳かそこらの子どもがどう感じているか鈴にはわかりようがなかったが、甥っ子はたしかに「ばあば」と言っているようだ。

頭を低くして部屋を横切る兄嫁の腕の中で、甥っ子は親指を咥《くわ》えながらある一点を凝視していた。

ふたりが部屋を出た後、鈴は甥っ子が見つめていた部屋の一角に目をやった。

（ブッブー）

鈴は胸の内で甥っ子に不正解のブザーを鳴らす。

あそこにいるのは大ばあちゃんじゃないよ。

祭壇を見下ろすように天井の角に張り付いているのは――

真っ赤なワンピースを着た、あの女だった。

1

「檜木さん、それ外して」

エプロンの紐《ひも》を結び終えた時だった。更衣室兼控え室に入って来た笹野《ささの》が、いかにもマネージャーらしい口調で言った。鈴の手がリボンの端を摑む寸前、

「エプロンじゃなくて。それ」

言われているものがわからず鈴が戸惑っていると、笹野が、

「指輪！」

と、苛立《いらだ》ったように言った。

鈴は左手の薬指に嵌まった指輪を見つめた。幅の広いゴールドの指輪には無数の傷がついていて、それが模様のように見える。

なかなか指輪を外そうとしない鈴を、腕組みした笹野が咎《とが》める。

「指輪は禁止。あと、髪型も直して」

「いや、でも……」

「でも、なに？　しかも『いや』ってなによ？　文句でもあるの？」

笹野が一歩踏み出すと、彼女の肩で支えられていた扉がゆっくりと閉まった。

「初日からそんな態度じゃ、先が思いやられるわね」

短めのスカート丈や細かなフリルが付いたデザインのせいで、着用の適齢期を二十年は過ぎていると思われる制服の胸ポケットから、笹野はペンを取り出した。そのペン先で、鈴の頰に

かかる髪を鬱陶しそうに払った。

「檜木さんがお客さんだとして。注文を取りに来た店員が長い髪を垂らしてたらどう感じる？」

次に指輪を指し、

「ごてごてした金色の指輪を嵌めた手で配膳されたらどう思う？」

役目を終えたペンがポケットにしまわれる。

「飲食店は清潔感が第一でしょ」

笹野の目が検分するように鈴の手に向けられる。爪をチェックされているのだと鈴は気付いた。

「規約がどうとか言う前に、こういうことって言われなくてもわかることだと思うのよ。前にも同じような子がいて説得するのが大変だったわ。ペアリングだから外せない、絶対外さないってパートナーと約束したからって。檜木さんも、恋人との大事な指輪かもしれないけど——」

「言われなくちゃわからなくてすみません」

笹野が唖然《あぜん》とした様子で鈴を見る。ぶっきらぼうな言い方になってしまったことを鈴は後悔したが、これをペアリングなんかと一緒にしてもらいたくなかった。

「指輪は外すし、髪も直します。でも、恋人は関係ないし、これからもプライベートには口出しされたくないんですけど」

半開きだった笹野の口が閉じられ、さらに唇が見えなくなるほど強く引き結ばれる。

「すぐ支度します」

鈴は手早く髪を直すと、指輪に手をかけた。わずかな躊躇《ためら》いの後、薬指から金色の指輪を引き抜く。エプロンのポケットにしまった瞬間、

「貴重品は持ち歩かないで」

笹野が早口に言う。

「ロッカーにしまって、しっかり施錠しておいて。さっき話したペアリングの子が持ち歩いていて失《な》くしたの。その時、大変だったから」

硬化した表情の笹野は顔も上げず鈴に背を向けた。

「暗証番号は他人がわからないものにして。万が一紛失があっても店は責任を持てないから」

笹野が部屋から出ると、鈴は指輪を財布にしまい、ロッカーを閉めた。

小さなプッシュボタンに指を置く。
○、七――二、六
施錠されたのを確認する。部屋から出ようとドアノブを引いた途端、腐臭が鼻を突く。

ああ、やっぱり。そう思って振り返る。ロッカーと天井の間に挟まるようにして女が蠢《うごめ》いている。赤いワンピースの女は爬虫類《はちゅうるい》を思わせる体勢で、鈴の隣のロッカーの縁に手をかけている。○七二六――九年前の七月二十六日、あの日となんら変わらない姿、黒ずんだ血管が浮き出た肌、瞳孔の広がった目で鈴を見下ろしていた。

2

「いらっしゃいませ。三名様ですか?」

鈴の勤務先『ディアガーデン』は全国展開するファミリーレストランで、客への対応は完全マニュアル化されている。来店した客には、まず『何名様ですか』と訊くのがマニュアル通りの声掛けだ。後方から笹野の厳しい視線を感じたが言ってしまったものは仕方ないと鈴が開き直っていると、先頭の派手な服装の男性客が後ろを気にするように振り返った。

「えっと……」

鈴に向き直った男性は困惑気味に、

「今は二人だけど、後からもう一人来るよ」

と言った。久しぶりの「あの」感覚に、鈴は頭の動きが鈍くなるのを感じた。なにか言わねばと思っていると、後方から笹野が飛んできた。

「いらっしゃいませ。お席にご案内いたします」

通り過ぎる際、笹野は小声で鈴に「水を持ってきて」と指示を出した。

訝し気な表情を浮かべた男性客の後ろを、潑剌《はつらつ》とした雰囲気の中年女性が続く。

二人だった。

女性の肩の向こうにいる「なにか」を除けば。

笹野の指示に従い、鈴は三つのグラスに入った水を運ぶ。今必要なのは二人分で、もう一つは後から来るだれかの分だが、鈴はどうしても三つ目を「彼女」のために運んでいるとしか思えなかった。向かい合って座る女性の奥のなにかに。

「彼女」が顔を上げる気配をみせる。

マズい。

鈴は持っているトレイに視線を移す。グラスの中で氷がぶつかり、さざ波が立つ。再び彼らに目を向けた時、席にいるのはたしかに二人だった。

「失礼いたします」

三つ目のグラスをテーブルに置いた時、ひどく冷たいものに足首を摑まれる。息が止まる。鼻孔がヒクつき、片眉が吊《つ》り上がる。身動きしないまま視線を下げる。

テーブル下から伸びる手が鈴の足首を摑んでいた。

「注文、いいかな」

客の声は鈴の耳に届かない。

摑まれた方の足を退くと、靄《もや》に包まれたような濃いグレーの塊がズルッと出て来る。咄嗟に左の薬指に触れるが、外した指輪の痕が残っているだけだ。

「聞こえてる？」

客がなにか言っている。顔を上げないと、と鈴は思う。でも、まず「これ」をどうにかしないと——。

グレーがかった手はまだしっかりと鈴の足首を摑んでいる。うつ伏せの状態で伸ばした手の形だ。それなのに、足があるはずの位置では見開かれた目がこちらを見ている。

足を退いたのがマズかった。その前に「三名」と認めたのがマズかった。今、こうして目が合っているのが一番マズい。どうしよう、一体どうしたらいい？

嵌まっていない指輪を回すように右手を動かす。

「ちょっと……大丈夫？」

大丈夫。この程度のこと、今まで山ほどあったんだから。鈴が自らを叱咤し、自分にしか視えない手を振り解こうと片足を動かした時、足元がふらついた。倒れる――。力強い手が背後から鈴の肩を摑んだ。

振り返った鈴の目に飛び込んできたのは大きなシルバーの十字架《クロス》だ。

「大丈夫？」

そう言ったのは鈴の肩を摑んだ人物。見上げるほど背が高いその男性は、湖面を思わせる瞳で鈴を見下ろしている。

鈴は、彼に礼を言うより先に自身の足元を確認する。足首を摑まれていた感覚は消え、テーブル下にもソファー席にも、グレーの塊はいない。

「えっと……大丈夫、かな？」

席に着いている派手な服装の男性客が鈴に声をかける。

「あッ、はい――」

髪を指で梳《す》こうと手を上げたところで、頬にかかる髪がないことに気付く。次に指輪を触ろうと思うが、これもない。

一連の動作を見ていた派手な男性は、気味の悪いものを見るような目を鈴に向けている。だからファミレスなんか嫌だったのに。七海がしつこく言うから――。

「支障はない？」

鈴の真後ろに立つ人物が言った。

「え？」

「このまま続けられそう？」

鈴の肩に手を置いたままの男性は、耳元でそっと囁《ささや》いた。

視えることが支障にならないか？　そう訊いている？

「大丈夫そうなら手を離すけど……いい？」

男性の手が離れる。

「座ってもいいかな？」

鈴は通路を空けるように身体を退いた。全身黒ずくめのせいか、男の首にかけられたクロスがやけに光って見える。彼は席に着く前――「彼女」が座っていた席だ――手のひらでクロスを押さえた。その後クロスから手を離すと手首を振った。

厨房《ちゅうぼう》近くへ戻った鈴に、抑えた声の笹野が話しかける。

「代わりましょうか？」

鈴は笹野の方を見ず、店内を見回した。彼女が気分を害しているのはわかったが、そうせずにはいられなかった。

「檜木さん……？」

「いや、大丈夫」

言ってしまってから、鈴は、

「大丈夫です。続けさせてください」

と言い直した。笹野は「本当に大丈夫ね？」と念を押すとフロアに戻って行った。

鈴が身体の向きを変えると、両手を口元に当てて先ほどの三人組を見つめる女子高生アルバイトが目に入った。彼女の眉は八の字に下がり、目は潤んでいるように見える。「感動スタイル」だ、と鈴は思う。

でも――なにに？　だれに？

彼女は祈るように手のひらを合わせ、人差し指の側面を唇に押し付けていた。小指の爪の下に黒いものが付いているのが目について、鈴は思わず手を伸ばした。

「いたっ！」

高校生アルバイトは、びっくりしたように手を丸めた。鈴は抓《つま》んだ形の二本指を離してみた。指の腹にはなにも付いていない。

「なにするんですか」

「ゴミが付いてた」

高校生アルバイトは自身の小指を見た後、心外そうに、

「ホクロです」

と言った。

「ごめん、勘違いだった」

謝った後、鈴はフロアの笹野を振り返り、

「あのひとに注意される前に取った方がいいと思って。ごめん」

顔の向きを戻すと、彼女の表情が一変していた。興味深いものを見つめるような、ワクワクしたような顔だ。

「笹野さん厳しいですからね」

それにちょっとこわいし。彼女はそう言って鈴をチラリと見た。同じ感情を抱くひとを見つけた。彼女の表情はそれを物語っていた。

話題の人物がやって来る。笹野は立ったままの二人に注意する。高校生アルバイトは、頬を紅潮させながら言った。

「でも笹野さん、ヨウですよ！」

無反応な笹野に、アルバイトはじれったそうに言う。

「知りませんか？　モデルのヨウ」

笹野の視線がちらりと鈴に向けられる。鈴は肩を竦《すく》めた。二人の反応にアルバイトは目を剥く。

「今、大注目のひとですよ」

「そんなこと言われても。ネットもテレビも見ないし」

アルバイトの表情は「信じられない！」を通り越して「そんな人間が存在するなんて！」に変化している。

「やっぱオーラがあるよな」

いつの間にか厨房から出て来たスタッフが感嘆したように言う。

「オーラ？」

鈴は眉を顰《ひそ》め、ヨウを見つめる。彼がモデルだと聞かされたせいか、死神のようだと思った黒ずくめファッションが多少お洒落《しゃれ》に見えてくる。長めの黒髪が端正な顔立ちを際立たせている。

オーラより気になるのは――。

鈴は、彼の首にかかる十字架に目を向けた。

ヨウが、気付いたようにこちらに顔を向ける。

「うそ！」

アルバイトが再び両手で口元を覆う。

「目が合った！　やだ、こっち見てる！」

うん、たしかに。鈴は冷静に思う。こっちは見てる。でも……。

ヨウが再び会話に戻る。きゃあきゃあ騒ぐアルバイトを、笹野が注意する。

あの目で、いったい「なにを視て」いたんだろうね？


「四千八百円です」

鈴は、魂が抜かれたような表情で会計作業をするアルバイトの横を通り過ぎる。派手な服の男が領収書を求めているところだった。ヨウはすでに女性と店外に出ている。

テーブルの片付けに向かった鈴は、客の忘れ物に気付く。あのクロスだ。鈴がそれを手に店外に出ようとした時、強い力で腕を摑まれる。びっくりして見ると、鼻息を荒くしたアルバイトだった。

「わたしが届けます」

会計を終えたアルバイトが鈴の手からひったくるようにクロスを取った。声をかける間もなく、彼女は店外へ飛び出して行った。

鈴は空《から》になった手もそのままに、店外に視線を移した。ちょうど、アルバイトがヨウにクロスを渡すところだ。ヨウの奥にいる女性が「やれやれ」といった表情でやり取りを見ている。かき上げた髪の向こうに濃いグレーの顔が視えて、鈴はそこから目が離せなくなる。彼女が動いても、グレーの顔は動かない。やがて彼女が歩き出した時、グレーのものがアルバイトの方へゆらりと移動し出す。

たまらず、鈴は飛び出した。

「ちょっと待って！」

派手な男はげんなり顔、女性の顔には「勘弁してよ」と書かれているようだ。アルバイトはただ目を瞠《みは》っている。どれでもない表情をしているのがヨウだ。彼は落ち着き払った態度、見ようによっては人を馬鹿《ばか》にしているようにも見える表情で鈴を見つめている。

「ちょっと待ってください」

鈴が言うと、ヨウの後方にいた女性が迷惑そうに間に入って来る。

「悪いんだけど、これ以上は――」

鈴は女性を無視し、ヨウを真っすぐに見上げた。

「あんたにも視えるの？」

鈴の隣にいたアルバイトが息を呑んだ。言葉の意味を理解してではなく、有名モデルを「あんた」呼ばわりしていることへのショックにちがいない。

ヨウはなにも言わない。

「なら、どうやって？」

グレーのものの存在を感じながら、鈴はヨウから目を逸らさない。ヨウが、首から下げたクロスに手のひらをあてる。答えを得た気がして、鈴はヨウの手の上からクロスを摑んだ。

「ちょっと！」

女性とアルバイトが同時に悲鳴のような声を上げる。鈴はグレーのものが消えたのを確認する。

「離れて！」

女性が鈴からヨウを引き離す。

「いくらファンだからって、マナーは守ってもらわないと」

ヨウは一ミリも驚いた様子はない。先ほどと変わらない、人を馬鹿にしたような表情で鈴を見下ろしている。

「いや、ファンじゃない。こんなひと、全然知らないし」

鈴はアルバイトの腕を取って言う。

「ほら、戻るよ。あんたみたいなのが一番たち悪いんだよ。すぐに憑《つ》かれる」

「え？　疲れる？」

「……ボケッとしないでってこと」

「年上かもしれないけど、ここではわたしの方が先輩なのに」

鈴はアルバイトの言うことを聞き流す。店の入り口に目をやると、すっかりヒト形になった濃いグレーのものが俯《うつむ》いて「待って」いるのがわかる。

女だと思ったけど……男――かな？

鈴は無意識に左手の薬指を触り、呟《つぶや》く。

「オイサメサンの指輪がないから、わたしだって今日は――」

その瞬間、ヨウに腕を摑まれた。だが、鈴が驚いたのは突然腕を摑まれたことではなかった。その強さだった。

「その名前をどこで聞いた？」

初めて表情を変えたヨウは切羽詰まった口調だ。

「なに？　なんのこと？」

「知ってるのか？　彼女が今、どこにいるのか」

掴まれている腕が痛すぎて、鈴は抗議する。

「あのさ、痛いんだけど」

ヨウは聞く耳を持たない。仕方なく、鈴は女性に訴える。

「ねえ、わたしが触るのはだめで、このひとがわたしに触るのはいいの？　すごく痛いんだけど」

女性がハッとしたようにヨウを諌《いさ》める。彼は手を放さず、目は鈴を捉えたままだ。湖面のような瞳が、今は黒曜石然として鋭い光を放っている。

鈴はもう一度入り口に目をやる。ヒト形は消えている。鈴は思う。答えは充分わかった。だから。

「手を放してよ」

ヨウの手を振り解く。掴まれていた部分が痛んだ。

「ヨウ、あなた、どうしちゃったの？」

女性は困惑顔でオロオロするばかり。いつの間にかサングラスをかけた派手な服装の男が、人差し指と中指に挟んだ名刺を鈴に向けた。

「万が一腕に問題が起きたら、ここへ連絡を。ちゃんと責任はとるから。だから、くれぐれもこのことは口外しないように。もちろんＳＮＳ含めて。あ、君もね」

男はアルバイトにも釘《くぎ》を刺した。差し出したものを鈴が受け取らないので、仕方ないといった様子でエプロンの前ポケットに滑り込ませる。

「ファミレスなんかに入るからこんなことに――」

苛立った様子で呟くサングラス男に、女性が、

「お腹《なか》が空《す》いて我慢できない、どこでもいいから飯食わせろって言ったの、ツムラさんじゃないですか。ここしか見つけられなかったんだから仕方ないでしょう」

「じゃ、そういうことで」

男は女性の言葉を遮り、鈴に言った。ヨウの腕を取り、そそくさと歩き出す。怒ったような足取りの女性がそれに続く。

男に腕を引かれながら、それでもヨウはじっと鈴を見ていた。

3

「鈴!」

「……以上でよろしいですか?」

死神ファッションのヨウが帰ってから二時間後。鈴は三人の若い男性客の注文をとっていた。彼らの隣の席から、身を乗り出して鈴を呼んでくる男がいる。

「それでは、ご注文を繰り返します」

「鈴ちゃん、ねえねえ、鈴ってば」

「うるさいなあ! 今仕事中!」

一瞬、店内がシンとなる。

「あのー」

気まずそうに、男性客が言う。

「そっちのひと、先にしてもらっていいですけど」

隣を指さし、客は苦笑いを浮かべている。

「いや、大丈夫です。あのひと客じゃないので」

「そりゃないよ鈴！　どうしても来てほしいっていうから、俺――」

「黙って、類《るい》。いい？　静かにしてて」

ぴしゃりと言うと、鈴は三人の客に向き直った。

鈴が厨房に向かうと、いつの間にか背後に回ったアルバイトが、

「あのひと、檜木さんの彼氏さんですか？」

と訊いてきた。

「ちがう」

「だって、熱烈視線送ってますよ」

類のいるテーブルを見ると、彼は頬杖《ほおづえ》をついたまま器用に上体だけを完全にこちらに向け鈴を見つめている。薄茶色の髪と見事な茶眼で中性的な顔立ちの類は、鈴と目が合うと両手を頭の上で交差させた。

ため息を吐《つ》き、鈴は視線を逸らした。

「だれにでもあの調子だから。それに、類とは幼馴染《おさななじみ》っていうだけで特別な関係じゃない」

「えー。そう言うのを世間では特別な関係って言うんですよ」

鈴と類は、たしかに「特別な関係」だ。特に鈴にとっては。でもそれをだれかに言うつもりはないし、言ったところで理解されるとも思えない。

「じゃあ、彼氏さんは別にいるんですか？　檜木さん、ちょっと手を加えれば美人そうですもんね。姿勢が悪いけどスタイルはいいし」

微妙なコメントを発する間、アルバイトは鈴の全身に値踏みするような視線を走らせた。

「わたしの彼は大学生なんですけど、童顔のせいか年上なのにすっごくかわいくて。あたしのこと姫って呼ぶんですよ！」

今度は鈴が高校生アルバイトに視線を走らせた。日本のお姫様じゃなさそうだと鈴は思う。切れ長の目にぽってりとした唇、高く通った鼻筋。彼女の顔立ちは、海外の有名アニメのキャラクターを彷彿《ほうふつ》とさせる。ドレスを着せたら完璧に「姫」だ。

「檜木さんて学生ですか？　それともフリーター？　ヨウを知らないなんて、いったいどんな生活してるんですか」

フロアに居る笹野が厳しい表情でこちらを見ているのに気付いた鈴は、一方的な姫の会話を引き上げるには都合がいいと思う。

「悪いけど、プライベートなことを話す気はないし、仕事以外で関わりを持つ気もないから」

姫のあからさまなドン引き顔を見て、鈴は思う。こんな態度をとられるくらいなら、笹野の咎めるような視線の方が何千倍もマシだな、と。


使い古したバックパックを背負って鈴が職員専用口を出た時、近くの壁に寄りかかっていた類が背中を浮かせた。

「おつかれ」

類は胸の前で組んでいた腕をほどき、両手をパンツのポケットに突っ込む。

「アパートまで送るよ」

そう言って、なんとも自然に鈴の隣に移動する。

「ここからだと結構距離あるな。ファミレスで働くなんて鈴らしくないけど――」

「だよね。わたしもそう思う」

類はびっくりしたように目を剝《む》く。

「どゆこと？　どうしてもやりたかったんじゃないの？　だから工場辞めたんでしょ？」

これまで鈴が勤めていたのは、流れ作業で機械の部品を組み立てる工場だった。いつも同じ組み合わせの人々と同じ空間で決まった時間働く。特に、鈴にとってはひとの出入りがないというのが重要で、予想外のものを「視て」しまう可能性を下げられた。

「まさか。不特定多数の出入りがあるファミレスなんて、絶対自分じゃ選ばない」

「じゃあなんで？」

鈴は類と同じように両手をポケットに突っ込み、つま先に視線を落とした。

「……七海がそうしろって」

類はなにも言わない。口にしてから脱力するような後悔が押し寄せた。だから、急いで言いわけをする。

「しつこくて。言うこときかないといろいろ面倒なことになるのはわかってたし、実際すでにスマホも一台壊されて――」

「うん、わかった」

それだけ言うと、類は黙った。鈴は自分に悪態を吐く。

バカ馬鹿！　類に七海の話をするのは厳禁なのに！

「……ごめん」

鈴が謝ると、類はびっくりしたように立ち止まった。つられて鈴も足を止める。

「鈴が謝るなんて。雪でも降るんじゃない？」

類は大袈裟に空を仰いだ。

「はいはい。ほら、行こう」

鈴が促すと、類は嬉しそうについてくる。

「仕事はどうだった？」

「……身支度の段階でマネージャーに叱られた。その後も、まあいろいろ……完全に目をつけられた」

「だろうね」

愉快そうに、類が言う。

「だれにでも態度を変えないのが鈴のいいところだけど、接客業となるとね」

「わかってる。類みたいなタイプが向いてるんだよ。類はアルバイトしてないんだから、そのスキルわたしに貸してよ」

類が声を上げて笑う。その顔に、その声に、鈴の胸はきゅっとなる。

「スタッフのひとたちとは上手くやっていけそう？」

「まあ、なんとかね。そんなに人数もいないし」

類は安心したように頷いている。

「そういえば、スタッフの中に『姫』がいた」

鈴の説明を受け、類は感心したような顔になる。

「それと、ヨウってひとがお客さんで来た」

「モデルのヨウ？」

「へえ。類、あのひとのこと知ってるんだ」

「最近人気らしくてネットでよく見かけるよ。撮影で来たのかな。ファミレスで食事って、ちょっと親近感が湧くけど」

ものすごい強さで腕を摑まれたと話したら、親近感どころか嫌悪感を抱くだろうと鈴は思った。

「ところでさ、突然呼び出しちゃったけど大丈夫だった？」

またしても立ち止まった類が、演技がかった口調で、

「鈴が俺の心配してる……やっぱ、雪が――」

「もういいや」

「嘘《うそ》！　待ってよ！」

鈴に追いついた類は、

「大学は休講だし、麻友《まゆ》はサークルの合宿中だし」

交際中の彼女の名を出し、鈴に顔を向けた。

「実はさ……心配で様子見に行ったんだよね。鈴の始業前で、中には入らなかったけど。だから、来てほしいって連絡もらえてよかった」

類はこの上なく幸せそうな、優しい目をして鈴を見つめる。

小学六年の時転校してきた類は、当時から鈴にとって「なんでも話せる」友人だった。類と七海は、鈴の数少ない――唯一の――親友だった。類には中学生の頃から途切れることなく彼女がいた。鈴に面識はないが、今付き合っているのは同じ大学のミスに選ばれるような美人らしい。「ちょっと気が強いのが玉に瑕《きず》だけど」と類は言っていた。

類との「特別な関係」は出会った時からなんら変わらないし、変えてはいけないのだ。そう思っていても、この眼差《まなざ》しを向けられると時々鈴は勘違いしてしまいそうになる。

「で？　今日はなにが出た？」

昼のメニューはなんだった？　というような気軽さで、類が訊ねる。

「濃いグレー」

「うっわ、マジか。それって結構ヤバいやつじゃん」

「うん。だから来てもらった」

話を聞いてもらいたくて。側にいてほしくて。それらの言葉を鈴は飲み込んだ。

「だれに憑いてた？　まさか地縛霊じゃないよな？　だとしたら、あそこで働き続ける限り逃げられないよ？」

「はじめは女性のお客さんについてきたんだけど、その後『姫』に憑こうとしてた……」

「浮遊霊ってやつか」

「呼び名はなんでもいいけど……そういうやつ、かな」

「じゃあ、まだバイト先にいるの？」

「わかんない。『待ってる』感じはしたけど、途中で消えた」

「今さらだけどばあちゃんの指輪は？　あれ嵌めてると相当いいんだろ？」

鈴は左手を顔の高さに突っ張った。金の指輪が街灯のあかりを受け鈍く光る。

「仕事中は外すよう言われて。そりゃそうだよね。うっかりしてた」

「……ん？」

突然手を取られ、鈴は驚いて足を止めた。類はしげしげと鈴の手を見ている。

「なに」

「いや、指輪が……あれ？　こんなに傷だらけだった？」

類の手からなるべく自然に逃れると、鈴は動揺が声に滲まないよう努めながら、

「……最近また増えたかも」

と言った。触れられた手が熱を持ったように熱かった。鈴の焦りにまるで気付いていない類は、

「霊に驚いて怪我《けが》することが多いせいで傷ついたのかな。ゴールドは軟らかいから気を付けないと」

と言った。指輪の傷は外傷が原因ではないのだが、それにはまず「祖母から受け継いだ」と以前類に話したことは嘘だと言わねばならない。さらに、指輪の由来を口にする必要がある。

類は特別な存在だが、それだけはできなかった。

「明日からはチェーンに通して首から下げようかな」

唐突に、鈴の脳裡《のうり》にシルバーのクロスが浮かぶ。それに、あの妖しい瞳も。

――知ってるのか？　彼女が今、どこにいるのか
ヨウはなにを訊きたかったのだろう？　彼女とはだれのことだろう？

「しかし鈴も大変だな。おかしなものにつきまとわれて」

完全に他人事《ひとごと》のように言う類に、鈴は、

「いや、大変なのは類でしょ。突然呼び出されて。全部わたしの妄想かもしれないのに」

と言った。類は口をへの字に曲げた後、ひどく真剣な顔になり、

「妄想なわけないじゃん」

断言すると、なぜかちょっと怒ったような顔になる。

「今始まったことで、今、そうだって言われたらもしかしたら……信じられないかもしれない。でも小学生だよ？　ちびるほど怖がってる友だちに、かわってる、おかしな奴だって言えるか？」

どう見ても生きているように見えないもの。生きているようには見えるが、生きている人間がとるには不可能な体勢や動きをするもの。それらが視えることを、鈴は祖母の忠告に従い極力周囲に漏らさなかった。だが、そういったものは時と場所を選ばず現れた。なにもないところを見て怯える鈴に、クラスメイトや担任は気味の悪いものを見るような目を向けた。周囲の冷たい反応や、その後の大きな不幸を乗り越えられたのは、類が側にいてくれたからだ。

「ちびるって、だれが？」

鈴が咎めるように言うと、類はあわてたように片手を突き出した。

「比喩的な意味で。でもさ、あの時の鈴はホントなんて言うか——」

鈴は初潮後、祖母から指輪を渡されるまでの間、突如現れる「もの」に怯えて過ごした。指輪を身に着けていると視えなくなったが、指輪を身に着けられない場面では「グレーのもの」や赤いワンピースの女など、よくないと感じるものほど頻繁に現れ鈴を震え上がらせた。

「あの頃はうまく対処できなくて、ダメだってわかってるのにほぼ全てのものを『認めて』たから」

鈴にしか視えないものたちには特徴がある。目が合う、怯える、逃げる。鈴がそれらの行動を取ると追いかけて来るのだ。つまり、『存在を認める』と行動をエスカレートさせてくる。

「おばあちゃんに言われてたんだけどね。『視えることを悟られたらだめだ』って。『あれは視える者を探しているんだから』って」

「でも、中にはいい霊もいるんじゃないの？　遺族になにか伝えたいとか、子どもの成長が気がかりでただそこにいるだけ、とかさ。そういう霊なら相手してもいいんじゃない？　そしたら鈴に感謝して成仏するかも」

「いい霊なんていない。わたしに視えるのはよくないものたち。自分が死んでることに気付かない霊ですら、そこにいるだけで生きてる人間に悪影響を及ぼす」

「でも――」

「類の言ういい霊たちは、死後すぐに旅立つの。心残りがあるとしても、残された人々が手を合わせたり思い出したりするうちにいなくなる。あまりにも残された側の悲しみが深いと……引き留められることもあるけど……」

言葉が尻すぼみになっていくのを自覚した鈴は、類の様子が気になって隣を見上げた。気遣わし気な目を向けられていることに気付き、急いで付け足した。

「大抵は、すぐいなくなる」

「……じゃあ、鈴に視えてるのは」

「恨み、憎しみ、憎悪、執着――そういう感情だと思う。強い想いは『念』になって留《とど》まり続ける。視えるひとや、憑きやすいひとを見つけるために」

「憑きやすいって、バイト先の『姫』みたいな？」

「うん。なんでも信じちゃうような子がタイプとしては多いかな」

「よく言えば純粋。俺のことじゃん」

胸に手を置く類を無視して、鈴は続ける。

「純粋って、ある意味怖い。信念を曲げないひとも純粋っていえるし」

「てかさ、やっぱ、鈴の能力はそういう『残された念』を成仏させるためにあるんじゃないの？　って、俺、鈴の秘密を聞いた時から言ってる気がするけど」

「うん、ずっと言ってるね。わたしは絶対しないっていつも答えてるはずだけど」

類は鼻息を荒くする。

「なんで？　だれにでも備わった力じゃないんだし、使わないのは神だか仏だかの意に反するんじゃゃ――」

「神？　仏？　いるならなんで？　なんでわたしなの？　こんなの視たいなんて頼んでない。わたしが手を貸したら、なにかいいことある？　無報酬でただ怖い想いだけさせられて、しかも向こうはなんの情報もくれないのに」

「話を聞くとかさ。あなたはどうしてわたしに――」

「お茶でも飲みながら話を聞けばいい？　それは辛《つら》かったですね、わたしが無念を晴らしてやりましょう、って？」

ばかばかしい。鈴は吐き捨てるように言った。

「そもそもだれかもわからないんだよ。首から名札を下げてるわけでも名乗ってくれるわけでもない。それなのにどうやって調べろって？」

「鈴が知ろうとしなかっただけで、なんかヒントみたいなものがあるんじゃない？　だって、気付いてほしくて、なにかを伝えたくて視える人間を探してるんだろうから」

そう言われると、鈴はぐうの音も出ない。

「協力できることがあればなんでもするよ。って、これもずっと言ってることだけど」

類は、またしても例の優しさ溢《あふ》れる——類に気がある者が見たら百パーセント勘違いしてしまいそうな——目で、鈴を見つめた。

鈴は自分に言い聞かせる。ちがう、類はそういうんじゃない。でも。

「……なんでそこまでしてくれるの？」

え、というように類が真顔になる。その変化に、鈴の心臓が鼓動を速める。

「だって——」

勝手に高鳴る胸の音。類に聞かれまいと、鈴は胸にそっと手をあてた。

「だって、親友じゃん」

急激に胸が冷えていくのを感じて、鈴は胸にあてていた手を下ろした。

「それに、なにか理由があって鈴には視えるはずだって信じてるから」

「理由は簡単。おばあちゃんも『視える』ひとだった。遺伝でしょ」

鈴がそっけなく言うと、

「だっておばさんは視えないんだろ？　鈴の兄貴も」

「隔世遺伝っていうの？　そういうやつなんじゃない？　おばあちゃんのおばあちゃんもそうだったみたいだし。多分、女にしか遺伝しないんだよ」

「選ばれし者だからだよ」

——親友じゃん

類は友だち。大事な親友。わたしを信じてくれる、唯一のひと。でもそれだけ。わかってるはずなのに、どうしてこんなに胸が痛いんだろう。

「そんなわけないでしょ」

苛立ちを隠せず、鈴は突き放すように言った。

「類、しつこいよ。覚えてないの？　学生時代にわたしが経験したこと。類が言うようなこと、わたし、やったよね？　その結果どうなった？」

相手を想ってしたことだった。類の言うように、自分にだけ視えるのにはなにか意味があるのだろうと、模索した時期もあった。

「問題が解決すると相手の要求はどんどん増えていった。今度はいつ、どこでなにが起きる？そんなことわたしにわかるわけがないのに。相手の要求を満たせないと見切りをつけられる。そもそも信じてくれないひとは、はじめから距離を取られる。解決しようがしまいが、どっちみちひとり」

ひとり。言ってから、言葉の重みにやられそうになる。

「そんなわけないじゃん。俺がいるんだし。それに『視える』ひとは、鈴の他にもいるんじゃないの？」

——あんたにも視えるの？

「……知らない。視えるひとがわかるわけじゃないし」

「それだって見つけようとしなかっただけで、その気になれば見つかるんじゃない？」

鈴は、イライラと進めていた足に急ブレーキをかけた。

「類、やめて。今日来てもらったことは感謝してる。でも、これ以上その話はしたくない」

類の気まずそうな顔を見て、鈴は悲しみと同時にわずかな怒りを感じる。

「類が言ってることはわたしの望みじゃない。わたしの望みはただ一つ。あんなもの、視えなくなればいい」

類に背を向け歩き出した鈴は、自分がなにに苛立っているのかわからない。視たくないのに視えるものへの怒り？　それとも——

「鈴、待って！」

路地に類の声が響く。鈴は前を向いたまま立ち止まった。息を切らした類がすぐ後ろに立ったと思うと、首元に冷たい感触がした。

「やるよ」

振り返った鈴に、類が言った。プラチナのベネチアンチェーンは、類が長年愛用していたものだった。

「ちょっと、なんで……いらない、もらえない」

「鈴。慌て過ぎだし、いらないって失礼じゃない？」

両手をポケットに突っ込んだ類は、カラカラと笑った。

「もらってよ。俺の気持ちだと思ってさ」

「これ、類がずっとしてたやつじゃん。大事なものなんでしょ？」

類はちょっと考えるようにして、

「大事って言うか……想いがつまってる？　みたいな？」

「だったら余計もらえない」

鈴がチェーンを外そうと留め金に触れた時、正面から類が両手を回した。抱きしめられているような感覚に、鈴は眩暈《めまい》をおこしそうになる。

「お守りみたいなものだと思ってさ」

首の後ろに回した鈴の両手を、類の大きな手が包み込んでいる。類の手はやけに冷たい。上げた顔に類の吐息を感じ、鈴は緊張で息が止まる。

「側にいられない時の代わり」

そう言って類が微笑む。きゅっと口角の上がった笑顔はいつにも増して魅力的で、顔はあり得ないほど近いし息もできないし、とにかく息をしないと。

「あの……さ」

逃げるように顔を伏せた鈴は、うわずってしまう声を憎々しく思いながら言う。

「手、離してくれない？」

状況を把握するのに手間取ったらしい類は、数秒後慌てたように鈴の手を離した。握っていたものが汚れたゴミだったと気付いたように離すのではなく、大事なものをそっと手放すような手つきだったことが、鈴は堪《たま》らなく嬉しかった。

再び両手をポケットに入れた類は恥ずかしそうに横を向いている。鈴は類に気付かれないように一度だけ両手を胸にあててから腕を下ろした。

「類」

鈴の声に類が顔を向ける。

「ありがと」

類の想いがつまったチェーンに触れ、鈴は精一杯の感謝を口にした。

4

「一日のうちに二人の異性から手を掴まれるなんてことある？　あ、ちがうよ。同時じゃない。両手を引っ張られる、なんていうドラマみたいな感じじゃなくて。特にあのひと——ヨウってひとは力加減なしの摑み方だった」

鈴は出かける支度をしながらテーブル上のスマホに向かい、話す。ヨウに摑まれた腕にはうっすらと痣《あざ》が浮かんでいる。

「七海は知ってる？　モデルなんだって。姫の話だと、結構有名なひとらしいけど。きれいな顔立ちだったし、独特な雰囲気はあったかな。でも、女の腕を馬鹿力で摑むなんて紳士じゃないのはたしかだね」

捲《まく》し立てるようにしゃべっていた鈴は、壁掛け時計を見上げ、はっとする。

「もう出なくちゃ！　七海、また帰ったら話すね」

ジャケットを羽織った鈴はスマホに軽くタッチした。


「檜木さん、ギリギリですよー」

鈴がフロアに出ると、背中を丸めた姫が覇気のない口調で言った。

「明日から気を付ける……え、間に合ったんだから問題ないでしょ」

姫は、澱《よど》んだ目を鈴に向けた。

「まあ、そうですけど」

ランチタイムをとうに過ぎた『ディアガーデン』は閑散としている。笹野とは入れ替わりだったので彼女の姿はない。

「腕。大丈夫ですか」

姫は、痣がついた鈴の腕をちらりと見たが、心ここにあらずといった様子だった。

「大丈夫」

姫は鈴の返事を聞いているのかいないのか、盛大なため息を漏らし、視線を遠くへ向ける。ため息吐きたいのはこっちだよと鈴は思いながら、

「なに。なんかあったの?」

と、仕方なく聞いた。

「聞いてくれます?」

鈴の返事を待たず、姫は滔々《とうとう》と語り出した。前々からあやしいと思っていたが、どうやら彼氏に二股をかけられているらしいこと。彼は否定しているがそのせいで大喧嘩《おおげんか》になったこと、家に帰ってから連絡がつかないこと——まだまだ続きそうな気配にバトンタッチを試みようと厨房を振り返ったが、目が合った男性スタッフは即座に首を横に振った。

「ひどいと思いません?」

「え? ああ、うん。ひどいね」

鈴は期待を込めて店の入り口を見遣った。客がやって来る様子はない。

「二股の相手、彼と同じ大学のひとだと思うんです……高校生じゃ、お子さまに見えるのかな」

こっちの気持ちなどお構いなしにしゃべる姫を鬱陶しく思っていた鈴だったが、涙ぐむ女子高生はいじらしく哀れでもあった。

「やっぱり、そういう関係にならないとだめなんだ……」

「え? なに? どういう関係?」

鈴の素早い反応に、姫はその日初めて悲しみ以外の感情を瞳に灯らせた。

「だから……そういう関係、ですよ」

しばしフリーズした後、鈴は、

「ちょっと、あんたいくつよ？　十七？　十八？　そんなの、まだ早いに決まってる！　なに言ってんの、まったく」

ぶつぶつ文句を言う鈴をしばらく見つめていた姫は、ハッとしたように口元を押さえた。

「まさか。檜木さんも、まだ——」

鈴は慌てて姫の口に手をあてた。厨房を振り返ると、びっくり顔のスタッフと目が合った。

「ひょはっは」

手のひらで口を覆われたまま姫が呟く。脱力した鈴は、手を離した。

「よかった」

わざわざ言い直し——繰り返し——た姫は、

「周りの子たち、みんな経験者なんですよ。早い子なんて中学の時に——」

「はっ？　中学？」

益々力が抜けた鈴は、身体を支えるために近くのテーブルに手をついた。

「一番早い子は小学六年だったかな……？」

姫の言葉に、鈴は頭を抱えた。

「檜木さん、なんだかお母さんみたい」

笑いを含んだ口調で姫が言う。

「檜木さんも、お嫁に行くまでは——って考えですか」

「いや、別に……そういうわけじゃないけど……」

「いい相手に巡り合えなかった――？」

それ以外にも重要な問題があるのだが、それをここで披露するつもりはなかった。

「その男は、あんたがやらせてくれないから他の女に走ったの？」

「ハッキリと言われたわけじゃないいけど――多分」

今度は鈴が盛大にため息を吐いた。

「そんな男のどこがいいの？　顔？」

「顔は――タイプです、もちろん」

鈴は片手を姫の肩に置いた。

「好みのタイプに魅《ひ》かれるのは仕方ない。それってきっと遺伝子レベルで感じることだろうから。自分じゃどうにもできないだろうし」

姫はコクコクと頷く。

「容姿と声は、本人の努力の及ばないこと。それはわかる？」

言葉の意味を噛《か》みしめるように頷《うなず》く姫。

「かっこいい顔。かわいい顔。美人、美形。でもさ。重要なの、そこじゃなくない？」

わからない、というように姫が首を傾《かし》げる。

「だってそれだけだったら、わたしたちなんか永遠に勝てっこない。生まれた時から美形軍団に差をつけられて終わり」

「実際、そうですよね。美人はずっと優遇されて、お金持ちと結婚して――ていうか、『わたしたち』って言いました？」

「いや、だから――人間の魅力って容姿じゃないってこと。たしかにそれも大事かもね。それを大事に思うひとにとっては」

「まさか、人間中身が重要だって言うつもりですか？　そんなきれいごと――」

「きれいごとかもしれないけど、それこそ真髄だよ。死んだらみんな肉と骨の塊になるだけ。どんなに顔がきれいでも、ほっとけば腐って醜くなる。みんな一緒」

「なに怖いことさらっと言ってるんですか。しかもいいことみたいに」

「そのひとを作る軸って言うの？　魂、本性、性格、呼び方はなんでもいいけどそういうやつ。それこそ重要じゃない？」

「え、と。なに言ってるかちょっと――」

「わからないわけないでしょ。もう十八なんだから」

「まだ十七です。檜木さん、さっきはまだ早いって――」

「初体験がその歳《とし》じゃ早いってこと。ものごとを正しく見極める力はもうあるでしょ。十八歳なら」

「いや、だから十七――」

鈴は両手を姫の肩に置き、しっかりとその目を覗き込んだ。悲しみの色が薄まった瞳は、戸惑いと好奇心で溢れている。

「そんな男とはきれいさっぱり別れる。姫は自分を大事にする。次は顔じゃなくて中身が綺麗な男と付き合う。ＯＫ？」

「お、おっけぃ」

姫の返答に満足した鈴は、彼女の肩から手を離した。

「だから檜木さん、そんななんですか？」

「そんなって、どんな」

　姫は困ったように微笑みながら、遠慮がちに、

「磨けば光るって感じなのに、自分に手をかけてないっていうか。わざとダサくしてるっていうか」

「ダサい？　わたしが？」

　両手を広げ、鈴は自身の身体を見回した。姫も鈴の全身に目を走らせている。最終的に鈴の顔をとっくりと眺め、言った。

「ビフォーアフターのビフォーがずっと続いてる……みたいな？」

「……それって悪口じゃない？　え、わたし、けなされてる？」

「ちがいますよ！」

　厨房の中から押し殺した笑い声。

「ちょっとなによ、みんなして。わたしだってね、メイクすれば――」

「あ、お客さんだ」

　躊躇い気味に入店してきた男性客のところへ姫が向かう。その後ろ姿を見ながら鈴は胸を撫《な》で下ろす。

　表情も明るくなったし、大丈夫。

　鈴と同年代くらいの男性客はひとりで、案内を受けながら姫のことをちらちら見ている。

　次の出逢いだってすぐにありそう。

　傷を負っている今、姫の心は隙だらけだ。悪いものに忍び寄られたらひとたまりもない。ずっとビフォーの容姿が役に立ったなら、まあそれでいいか。

深夜勤務のスタッフと交代した鈴が着替えをしていると、隣にいた姫が胸元を覗き込んできた。

「なに」

鈴は自身の薄い胸を隠した後、思わず姫の胸に目を向けた。半分だけボタンを留めたワイシャツからは豊かな胸が覗いている。

「それ、だれかの形見ですか」

姫は鈴の首元を指さしている。

はいはい、ごてごてした派手な指輪ですよ。

「いや、ちがう」

答え終えた鈴は着替えを続ける。

「え、ちょっと……終了ですか」

「うん」

まじまじと鈴を見つめていた姫が、ぷっと吹き出す。

「檜木さんて面白いひとですね」

「そんなこと初めて言われた」

「面白いですよ。普通は会話を広げようとかするけど、檜木さんて天然ていうか、なにものをも恐れないっていうか」

「それ、誉《ほ》め言葉?」

「もちろん」

ワイシャツのボタンを留め終わった姫は、ロッカーから黒いスクールバッグを取り出した。持ち手部分にハートを抱いたクマの小さなぬいぐるみがぶら下がっている。

「檜木さんて、名前なんて言うんですか？」

「鈴」

「すず？」

「そう。リンリン鳴る鈴」

バッグを肩にかけた姫が思案顔なのを見て、鈴は先回りして言った。

「名前負けしてるとか言ったらぶっ飛ばすよ」

わざとらしく眉を顰めた後、姫が破顔した。

「やっぱ、鈴さんて面白い」

「なぜ突然名前呼び？」

「鈴さんでいいですよね？　そっちの方がかわいいし」

「名前呼ぶのにかわいさ一ミリもいらないでしょ」

「大事ですよー。呼ぶ方だって気分が上がるし。名字で呼ばれるより下の名前で呼ばれた方が嬉しくありません？」

「え。わたし、あんたの名前知らないけど」

「姫でいいです。ほら、帰りましょ」

姫にいざなわれるようにして鈴は更衣室を出た。年下の高校生にいいようにあしらわれているような気がしてくる。

「それにしても、『ぶっ飛ばす』って！」

姫が肩を震わせている。

「言葉の前に『ぶ』を付けると怖い感じがでますよね。本気度っていうか、勢いを感じるっていうか。『ぶ』っ殺す、なんて特に。でもだめですよー、女の子がそんな言葉使ったら」

「最近はジェンダーフリーで――」

「それとこれとはちがいます。男性に愛されたいなら、やっぱり可愛げがないと。ぶっ殺すって言われて『こいつ、かわいいな』って思います？　あれ、もしかして鈴さんの恋愛対象、同性ですか」

「ちがうし、ぶっ殺すとは言ってない」

「昨日の、わんちゃんみたいな幼馴染は彼氏じゃないんですよね？」

「ちがうってば……わんちゃん？」

ふふ、と笑いながら、姫が通用口のドアを開ける。

「ご主人様をじっと待ってる、かわいいわんちゃん」

「なにそれ」

と言いつつ、類を犬に例えるなら子犬のコーギーかな、などと鈴は思う。

「ああいうタイプのひと、要注意ですよー。あの顔で、だれにでもあんな態度ってことは、それだけ守備範囲が広いってことですから。勘違いしちゃう女子が続出」

自分のことを言われているようで鈴は言葉につまる。

「本気になっちゃだめですよ。彼みたいなひとは自分しか愛せないんだから」

「え、なに。類のこと知ってるの？」

「まさか！　過去に同じようなタイプのひとと付き合ったことがあって。だからわかるんです」

「十八で何人と付き合ったの」

「んー、七人かな？」

「しっ……」

「鈴さんの反応、いちいち面白い。あとわたし、まだ十七です」

春の生暖かい風が二人を包んだ。

「初体験を済ませてないだけで、恋愛経験はわりとあるんですよ」

いたずらっぽく微笑む姫に、鈴はどきっとする。姫には独特な雰囲気と引力がある。太腿《ふともも》半分までの丈の紺色プリーツスカート。袖を捲った白いワイシャツ姿の姫は女子高生特有のオーラも発している。

「ねえ、まさかその格好で帰るの？　こんな時間に、一人で？」

姫は不思議そうに首を傾げている。

「はい。そうですけど――」

「だって今日、土曜なのに。なんで制服？」

「学校の特別講習に出て、そのままバイトに来たんで」

「家はどこ？　ここから近いの？」

「鈴さん、わたしの心配してくれてるんですか？　嬉しいな」

「あのさ、冗談じゃなくて――」

「大丈夫ですよ。わたし、ここのバイト始めて二年ですけど、その間なにもなかったし、怖い想いをしたこともないですから。この辺りでなにか起こったなんて話も聞かないし、犯罪に巻き込まれる確率なんて雷に打たれるより低いんじゃないかな」

姫は余裕の笑顔を見せる。

「今まで大丈夫だったから今日も大丈夫なんて保証、どこにもないよ」

鈴の声が大きくなる。

「鈴さん……？」

自分の中の熱を冷ますように、鈴は息を吐き出した。

「怖いものに遭遇したらさ。ましてや被害に遭ったらさ。事故も事件も確率なんて関係ないんだよ。何万分の一だとしても、それが自分の身に降りかかったら確率なんて言ってらんないでしょ」

鈴の本気度を感じ取ったらしい姫は茶化すような笑顔を引っ込めた。代わりに子どもみたいに純粋な瞳を鈴に向けた。

「鈴さんの言う通りかも。自分が被害に遭ったら、たしかに確率は関係ない。うん、ほんとそうですね」

姫は嚙みしめるように言った。

「明日からは母に迎えに来てもらうようにします。それか、ちょっと面倒だけど弟か」

姫の唇に優しい笑みが浮かぶ。

「わたし、双子なんですよ。だから弟って言っても同い年なんですけど」

姫は空を仰ぐように顔を上げ、なにがおかしいのか笑った。

「ウチ、父親いないんです。そのせいか、弟が父親面する時があって。それがまあ、ウザイのなんの」

言葉とは裏腹に、姫の表情は和やかだ。

「バイト始めるって言った時もいろいろ言われて。自分なんて家計を気にして高校に行かずに、きつくてあぶない仕事してるのに」

しんみりとしていた姫が気付いたように謝る。

「すみません、ひとりでしゃべって」

「いいよ、別に」

鈴の顔を覗き込んだ姫は軽く咳払《せきばら》いし、わざとらしい真面目顔を作った。

「『プライベートなことを話す気はないし、仕事以外で関わりを持つ気もない』とか言っておいて、相談にはのってくれるし、滅茶苦茶《めちゃくちゃ》面倒見いいじゃないですか。ホント、お母さんみたい」

「お母さんて歳じゃ――」

「わかってますよ、二十八くらいでしょ」

「まだ二十一！　そりゃ、十八歳からしたらオバサンかもしれないけど」

「だから、十七です。あ、でも」

姫がローファーの踵《かかと》を軸に半回転する。両手で提げていたスクールバッグがふわりと浮かぶ。クマのぬいぐるみが束《つか》の間浮遊を楽しむと、小さな黒い瞳で鈴を見上げた。

「明日には十八になるから、もういいです」

ふふ、と姫が笑う。

「鈴さんとは知り合ったばかりだから、誕生日プレゼントとかいいですからね」

「あげないし。だから、プライベートな付き合いはしないってば」

「はいはい。そんなこと言って、来年は絶対用意しちゃいますよ。わたし、だれにでも好かれるタイプなんで」

「はいはい」

「真似《まね》しないでくださいよ。わたしが思うに、鈴さんて自分で言ってるようなひとじゃないと思うんだけどな」

鈴より年下の女子高生は、年上の大人のように言った。

彼女の目は、自分とは違う「視えないもの」を視てきたのだろうと鈴は思った。

「鈴さん、こっちですか?」

歩道に立った姫は、ファミレス裏手の細い道を指した。鈴が頷くと、今度は反対側の大通りを指さして、

「わたしこっちなんで」

と言った。手を下ろすと、街灯が照らす寂しい裏道を見つめた。

「鈴さんの通勤路の方がよっぽどひと気がなくて危ないじゃないですか」

「大丈夫。怖いもの、たくさん視てきたから」

姫はちょっと不思議そうに首を傾げた。

「なんですか、怖いものって。いや、やっぱいいです。おばけとかの話だったら本気でお母さんか弟に迎えに来てもらわないといけなくなっちゃう。それじゃ」

慌てて背中を向けた姫は、鈴の方を見ないまま、

「鈴さんのおかげで彼のこと考えずに済みました。ありがとう」

と言った。歩き出したと思うと急に立ち止まり、くるりと振り返る。

「今度、メイクの仕方教えてあげますね」

鈴が呆気《あっけ》にとられていると、

「あと、ネットくらいは見た方がいいですよ。ヨウを知らないなんて――」

言葉を切った姫は肩を竦めた。そして今度こそさようならと言うように手を振った。

「また明日！」

スカートの裾を翻し、姫は駆け出した。

春風のような子だな、と鈴は思う。優れた洞察力や、生活の苦労を物語る荒れた指先。昨日気付けなかった部分がやけに明るくはっきりと見える。そう思った時、鈴は出会ったばかりの彼女に心を開きかけていることに気付いた。

さすがに誕生日プレゼントは用意しないけど。

小さくなる姫の後ろ姿を見ながら、鈴は思う。

でも明日、名前を聞こう。

5

「ありがとうございました。またのご来店をお待ちしております」

「檜木さん、レジお願い」

まだ頭を下げている鈴の前をせかせかとした足取りの笹野が通りかかる。

「その後、四番テーブル入って」

日曜の昼時、『ディアガーデン』は満席だ。ホールは三人で回す予定だったのだが、一人が欠勤しているため鈴と笹野は大忙しだった。

「無断欠勤なんて非常識だわ」

笹野が小声で言った。

レジ作業を終えた鈴はふと思う。

『また明日！』

昨日、姫はそう言った。具合でも悪いのかな？　無断欠勤するような子じゃないと思うけど。

厨房スタッフが言うには、姫はこれまで無遅刻無欠勤だったそうだ。

「檜木さん！　早く」

笹野の抑えた叱責で我に返った鈴は、ホールに向かった。


客の姿がまばらになり始めた十五時過ぎ、体格のいい若い男性客が入店してきた。白のビッグTシャツを着た彼の首には、シルバーの太いチェーンネックレスが下がっている。彼は眉間にうっすらと皺を寄せている。初めて見る人物なのに、鈴はその顔に見覚えがあるような気がする。

「いらっしゃいませ、何名様ですか」

男性客は鈴には視線を向けず、切れ長の目で忙《せわ》しなく店内を見回している。首を巡らす度、耳元でたくさんのピアスが光る。

「お待ち合わせですか？」

問いかけに応じる様子のない男性は、まだキョロキョロしている。

「あの、お客様――」

「常磐《ときわ》は？」

「――とき……？」

「古賀《こが》常磐」

男性が初めてこちらに視線を向けた。聡明そうな瞳と目が合った時、鈴は彼にだれの面影を見ていたのか気付いた。

「……姫のこと？」

鈴の返答に男性は眉を顰めた。

「あいつ、ここでもそんな風に呼ばれてんだ……で、どこ？」

客ではなさそうな男に、鈴は口調を変えた。

「いや、それはこっちが訊きたいけど」

瞬時に曇った彼の顔を見て、鈴の胸はざわついた。

「来てないんだな。連絡はあった？」

「姫の弟、だよね？」

姉ほど愛嬌《あいきょう》のない顔で、彼は頷いた。

「なにかあったの？　今日、彼女無断欠勤して――」

わずかに天を仰ぐようにした常磐の弟は、短く刈り上げられた頭に手を置いた。

「昨日は何時に帰った？」

「夜九時過ぎ。一緒に店を出たから間違いない。ねえ、なにかあったの？」

彼は考えるような仕草をした後、

「いや、なんでもない」

そう言うと素早く背を向け、店を後にした。


終業までの間に鈴は二つミスをした。姫のことが頭から離れず、手元が疎《おろそ》かになった結果だった。一つは些細《ささい》なミスだったが、もう一つは客に迷惑をかけてしまい、対応後笹野に更衣室に呼ばれ注意を受けた。

「そんなことよりも」

くどくど続く説教の終盤で、鈴は我慢できず声を上げた。笹野は話を遮られた驚きを顔面に張り付けている。

「姫——古賀さんの無断欠勤、おかしいと思わないんですか」

笹野の驚きが苛立ちに取って代わる。

「無断欠勤することがおかしいわね」

鈴は呆れたようにため息を吐いた。

「笹野さん、彼女の上司でしょ？　ここの責任者でしょ？　一度も無断欠勤したことのない彼女から連絡がないこと、心配じゃないんですか」

笹野の顔が怒気に染まってゆく。

「それはわたしの役目じゃない。スタッフが無断欠勤した際、こちらから連絡すべきという決まりはないの。そんなことマニュアルにもないし——」

「マニュアルなんか関係ない。わたしは二日分しか知らないけど、笹野さんは二年分の彼女を知ってますよね？　どんな性格で、どんな風に働いてたか。家族がここに来るってことは余程のことですよ」

歯を食いしばったせいで、笹野の咬筋《こうきん》がぐっと盛り上がった。

「だったらなんだって言うの？　やるべきことはやってる。だれからも文句なんか言われる筋合いはないわ」

「だから、そういうことじゃなくて――」

「話は終わり。フロアに戻って」

勢いよく入り口ドアを開けた笹野は、鈴を待っている。鈴は更衣室にかけられた時計で時刻を確認した。

「時間なので、このままあがります」

叩《たた》きつけられたドアがしばらく振動していた。

6

ぬるく湿った風を受けながら、鈴は大通りを見つめた。

『また明日！』

昨日姫はそう言ってスカートの裾を翻し、駆けて行った。

鈴は大通りを目指し、歩き始めた。

車の往来が激しい国道へ出ると、鈴は左右を見回した。整備された歩道はなく、ガードレールや縁石もない、白線だけが引かれた幅の狭い歩道だ。日が落ちたせいか人の往来はほとんどない。呑気《のんき》なスピードの自転車が一台通り過ぎる。なんとなくそれを見送り、顔を反対側へ向けた鈴は目を眇《すが》めた。

反対車線の歩道に女子高生らしき人物が立っている。二、三十メートル先に立つ彼女は、白いワイシャツに黒っぽいミニスカート姿で、右手に鞄《かばん》を提げているのが見える。車のライトが彼女を照らす。顔を確認しようと目を凝らした時、スカートの彼女は身を翻した。手にしていた鞄からなにかがふわりと浮いた。

姫だ。あれはクマのぬいぐるみにちがいない。

彼女を追おうと一歩踏み出した鈴は、激しいクラクションに慌てて身を退いた。心臓が鳴り、冷や汗が噴き出る。クラクションを鳴らした車が迷惑そうに歩道から距離を取るとブレーキランプが消えた。走り去る白いセダンを見送った鈴は、ハッとして反対車線に目をやった。

彼女の姿は消えていた。

信号のある横断歩道まで走り、青になるのをじりじりと待つ。駆け足で渡り、姫を見かけた場所に立つ。国道沿いは車のディーラーや家電量販店、スーパーなどが建ち並び、看板の灯りが煌々《こうこう》と灯っているので、どちらへ行っても明るさは保たれている。鈴は、姫が向かった方へ歩を進めた。

ワンブロック進んだ先で鈴は足を止めた。閉店したカフェと音楽教室の間に道がある。つきあたりにある公園までの細い道が街灯に照らされ、鈴のいるところから離れた街灯下に女子高生が立っているのがわかった。下半身しか見えないが、紺色のプリーツスカートを穿《は》いて黒いスクールバッグを提げている。ハートを抱いたクマのぬいぐるみが取っ手からぶら下がっている。公園への道を鈴が進むと、しばらく待つようにしていた彼女がパッと駆け出した。鈴は後を追った。

公園の外周は一・五キロ。朝夕はジョギングコースとして人気があるのだといつだか類が教えてくれたが、二十一時を回った今は、ランナーの姿はほとんどない。

公園の中央は小高い丘になっていて、頂上には立派な東屋が建っている。広々とした芝生ゾーンを抜けると幼児向けの遊具がいくつか設置されているエリアに出た。その先には本格的なアスレチック施設がある。

どうしてこんなところへ誘い出すの？

連絡もせず外泊したことへのうしろめたさで家へ帰れないとか？

姫は昨日、彼氏とケンカしたと言っていたが、もしかしたら仲直りして彼の家へ泊まったのかもしれない。一線を越えたのかもしれない。今日が誕生日だと言っていたし、その可能性は大いにある。

だから余計、帰りにくい？

「だからって、なんでわたし――」

視界の隅でなにかが動いた。素早く視線を向けると、帽子を被《かぶ》った男性ランナーが外周を颯《さっ》爽《そう》と走り去るところだった。

鈴は息を吐き出しながら天を仰いだ。真っ黒な雨雲が夜空を覆うように広がり、短い稲光が雲間に光るのが見えた。心の深部から染み出る恐怖が鼓動を支配する。

風が起こる。身体を押され、震えるようにシャツがはためく。

頬の傷痕に雫《しずく》が弾《はじ》ける。次は額に。降り出した雨に、鈴は降参したような気分になる。

「出てこないなら、もう帰る」鈴は言った。「もう帰るからね」今度は少し大きな声で。

「帰るから！」

肩に手を置かれた。

「えっ」

振り返るが、だれもいない。辺りを見回しても人影すらない。

「うそでしょ……」

たしかに手を置かれた。肩にはまだその感触が残っている。

「やめてよ。姫なの？　ふざけてないで、もう出て来てよ」

肩に手をやる。自分を抱くように鈴は力を込めた。

サーッという雨音。薄闇の中で犬だか馬だかを模した遊具がこちらに顔を向けその身を震わせている。だれものっていないブランコがかすかに揺れる。

「かんべんしてよ——」

鈴は、首から下げた指輪を摑んだ。雨が強くなる。手の中の指輪は臆病さを消し去ってはくれなかったが、ここから去るだけの決意をくれた。

鈴は指輪を握ったまま歩き出した。すると、再び肩にひとの手の感触を覚える。今度は手を置くどころかきつく摑まれているような感覚だ。強く引き留める時にするように。

驚きで息を吸い込むと、喉がひゅっと音を立てた。おそるおそる左肩に目をやると、だれかの右手が目に入る。長くしなやかな指から、女性と思われた。振り返るために体勢を変えようとした時、頭上で雷鳴が轟《とどろ》いた。恐怖で身体が竦んだ。

雷はいやだ。「あの日」のことを思い出させる。

きつく閉じた瞼《まぶた》を開く頃には、背後にいたはずのだれかは姿を消していた。頭を庇《かば》うように回した両腕の隙間から確認するが、ひとの気配は皆無だ。それなのにヒリつく直感は鈴に絶えず訴えかける。

なにかがいるはずだ——と。

鈴はふらつきながら立ち上がり、確信を持って彼女を探す。

いるはずだ、彼女が。だってあの手は——

肩に置かれた右手。荒れた指先。

——ホクロです

小指のホクロ。

姫がわたしを呼んでいる。

7

巨大な獣は天上で、落雷のタイミングを計るように喉を鳴らしている。

鈴が一歩進むごとに、スニーカーが雨を踏む。シャツは濡《ぬ》れそぼり肌に張り付いている。公園の中央、丘のふもとに辿り着く。傾斜のきつい丘を登るために、木製の手すりが付いた階段が設置されている。離れた場所には丸太階段もある。劣化状態から、後者はおそらく公園開設当時から、前者はごく最近取り付けられたものと思われた。鈴はそれらの階段を交互に見遣ると、しばらく思案した。吸い寄せられるようにここまで来たが、目的地は鈴にもわからない。

肩を打つ雨が勢いを増す。鈴は動き出す。階段の手すりを摑み、一段上がる。濡れたスニーカーの足を二段目にのせる。

「――自分で言ってるようなひとじゃないと思うんだけどな」

突然聞こえた姫の声は、鈴の右手側から届いた。咄嗟にそちらを見るが、だれもいない。執《しつ》拗《よう》に顔を打つ雨粒に目をしばたたかせると、睫毛《まつげ》に付いた雫が頰を落ちていった。頂上の東屋を見上げた鈴の耳に、

「ヨウですよ！」

はしゃぐような姫の声。声は先ほどと同じ方向から届いた。丘の曲線、こちらから見えないところから発せられているようだ。

「鈴さんて面白い」

鈴は階段から足を下ろした。声の方へ向かう。ばしゃばしゃと騒々しい雨音の中にあっても彼女の声はよく聞こえた。

いったい、どこから――？

回り込むと、丘にぽっかりと穴が開いていた。

トンネルだ。大人ふたりが並んで通れるかどうかといった広さで、中を覗くと半円状の頼りない灯りが十メートルくらい先の出口を示していた。光源はないようで内部は暗い。

空の猛獣が堪りかねたように吼《ほ》える。鈴は丘の胎内に逃げ込んだ。

鈴の足元には、早くも水溜《みずた》まりができ始めていた。片手を壁につき、もう片方のびしょ濡れの袖で目元を拭う。激しい雨が降るトンネルの外に目をやった後、内部に目を凝らす。どんなに目を凝らしても安心を得るには心もとないと気付いて、背負っていたバックパックを肩から下ろした。サイドポケットからスマホを取り出し画面を見た鈴は、今の状況も忘れ微笑んだ。

類から怒濤《どとう》の連絡が入っていた。雷が苦手な鈴を心配する内容ばかりで、不在着信も数件残っていた。

スマホのライトを点灯させ、トンネル深部へ掲げた。見えなかったリアルが迫る。壁に描かれたスプレーの落書き、足元に転がる羽虫の死骸。顔の近くに蜘蛛《くも》が垂れ下がっているのに気付いて、鈴は慌ててそれを避けた。狭い空間と足元を交互に照らし、鈴は慎重に進んでいった。

雷雨が遠ざかったように感じて振り返るが、アーチ状の縁からはさほど離れていない。スマホの小さな穴から放たれる力強い照明と、手のひらで触れるざらついた壁が頼れる相棒のように思えてくる。

足裏から「プチッ」と音がする。こわごわと足をどけて見ると、粘液質な体液を破裂させた甲虫が潰れていた。

「……ごめん」

足を浮かせたままそう言うと、鈴はさらに奥へ進んで行った。

トンネルの中央には闇が吸い込まれるような横穴が存在した。覗いて見ると、舞い上がる埃の向こうに白っぽい引き戸が見えた。ところどころ塗装が剝げた扉は、錆《さ》びた取っ手の斜め上に、

『使用禁止』

の紙がガムテープで貼られている。

トイレだろうが、そうとわかる表示マークはない。トイレだと強く感じさせるのは、取っ手下の施錠を報《しら》せる鍵部分が赤だったせいだ。

使用禁止でなくとも、こんな薄気味悪いトイレを日中でも使用する者がいるだろうか——ライトで浮かび上がる扉を照らしながら、鈴は思った。ひとの出入りがないことを示すように、扉下には世界一低い砂の城壁が出来上がっていた。扉付近には大小さまざまなサイズの羽虫や甲虫の死骸が転がっている。

姫の声はトンネルに入ってから一度も聞こえない。なによりひとの気配が皆無だ。ここから脱出すべく、鈴は身体の向きを変えた。と同時に背後で物音がした。それはトイレと思われる扉の向こうから聞こえた。耳を敧てるが、くぐもった風雨と端的な雷鳴が頭上に被さっているだけで、あとはなにも聞こえない。

トンネル出口から射《さ》し込む弱々しいあかりを確認するように見つめた後、鈴は横穴部分へ入って行った。

ひんやりとしているトンネル内部でも、窪《くぼ》んでいる箇所は一層冷えるようだ。鈴は扉の前に立つと視線を下げた。すると、床に溜まった砂の盛り上がりが一部切れている箇所があることに気付く。それは鈴に、切れた結界を想起させた。注視すると、それはこちら側から扉の向こうへ、なにかを引きずったような跡にも見えた。

ゆっくりと手を伸ばし、取っ手を摑む。横に引こうと力を入れると、鍵のあそびでわずかに動いたかに思えた後、止まった。

込み上げる安堵が唇の隙間から吐息となって漏れた。今度こそ退去しようと扉に背を向ける。

カチャン。

すぐ近くで響く金属製の音に、鈴の動きは止まる。ゆるゆると振り返る。

鍵の開閉を報せる扇状の部分が青になっていた。

下顎から力が抜け、唇が開く。引き攣《つ》るように胸が上下する。

いくら見ても鍵の部分は青だ。

唇を引き結ぶと喉元が大きく音を立てた。身じろぎすると、足元で砂がじゃりじゃりと鳴った。その瞬間、九年前小学校のトイレで聴こえたのと同じ音が始まった。鈴が入って来たのと同じ入り口から裸足で駆けてくる音だ。あっという間に迫る恐怖に、鈴ができたのは首元の指輪に触れることだけ。

足音は横穴の手前、鈴の後ろで止まった。逃げ場はない。意を決して足音がした方を振り返り、光を向ける。冷え冷えとしたコンクリートのほかにはなにも映るものはなかった。恐ろしい現象に背を向ける。これ以上の恐怖に引きずり込まれる前に。

扉に向き直った鈴は、凍えるほどに冷たくなった指先を伸ばす。金属の取っ手は、ついさっき触った時とは比べ物にならないくらい冷えている。しっかりと握った取っ手を横に引く。

なんの抵抗もなく扉はすっと開いた。

8

充満していた黴《かび》と鉄のようなにおいが、扉を開けた途端押し寄せる。鈴は思わず一歩後退した。入り口から内部を照らす。正面の壁に設置された小便器がひとつ。その右手に扉が閉まった状態の個室がひとつ。左手にある洗面台上の鏡は白濁している。

鈴は結界のような砂の盛り上がりを跨《また》ぎ、中へ入った。滑るように扉が閉まる。暗さが増した空間で、陶器の白さだけが浮かび上がる。

鈴は個室前に立った。心臓を摑まれたように苦しい。足音のせいで蘇《よみがえ》った記憶のせいだ。鍵部分に色はない。手のひらでそっと押すと、「ぎっ」という音と共に扉が開いた。

目の高さに見るべきものはなかった。

和式便器は、かつて水が溜まっていた便鉢部分を縁取るように茶色く変色している。壁に取り付けられたペーパーホルダーはぐったりと項垂れている。「あの」気配がしたような気がして、鈴は咄嗟に個室を仕切る壁に光を向けた。赤い袖に見えたのは、スプレーの落書きだった。自分に呆れて、鈴は引き攣った笑みを唇の端に浮かべた。

洗面台の方へ移動する。細かな鱗《うろこ》がびっしり張り付いたような鏡が鈴の輪郭をぼんやりと映し出している。黴くさい世界には雷鳴も届かない。吸い込まれそうな静けさだけが落ちている。

物音の正体は――？

鈴は、掲げたスマホで内部を照らした。ぐるりと回した光が、これまで気付けなかったものを映す。個室の向かいにもう一つ、同じ色をした扉があった。個室のものより幅が狭い。掃除用具入れだろうか？　鈴は思った。押してみるが、中でなにかがつかえているのか、数センチしか開かない。隙間から中を覗いて見るが、剝げたタイルの壁が見えるだけだ。

出口に向かいかけた鈴は、強い視線を感じて足を止めた。振り返るが、もちろんだれもいない。後ろ髪を引かれる想いで足を進める。もう一度振り返る。なにもいない。どうにも気になって、鈴は再び掃除用具入れの前に戻る。扉を押してみるが、なにかがつっかえ棒になっているような抵抗があり、やはり開かない。

一歩下がり、扉の下部を照らす。

息が止まる。

扉下部のわずかな隙間から、黒く小さな瞳がじっと鈴を見上げていた。

「ひ……め？」

半分顔を出したクマのぬいぐるみを鈴は拾い上げた。それはひどく湿っていて、最後に見た時とは別ものののように汚れ、ひしゃげていた。

「いるの？」

ぬいぐるみとスマホをその場に置くと、鈴は用具入れの扉を両手で押した。先ほどと同じように、扉は数センチ開いて止まった。扉に肩を押し付け、体重をかけてみる。中からの抵抗は変わらない。今度はもっと力を入れて押してみる。衝撃が内側へ吸収された。扉が三十センチほど開いている。鈴はその間から腕を差し込むと、開閉の邪魔をしているものを探した。手の甲に堅い感触を覚える。それを摑み、横に引く。腕を抜き出して見ると、それはモップの柄だった。毛は大部分が抜け落ちカサカサになっている。鈴はモップを後ろの個室扉に立てかけると、スマホを拾うために膝を曲げた。視界の隅に映ったものにぎくりとして屈んだまま顔を上げる。

半分開いた扉の向こうに、脚が見えた。鈴は腰が抜けたようになる。それが立っているひとの脚ではないからだ。右脚——剝き出しの太腿——は浮いた状態で、膝は曲がっている。黒いソックスを穿いた足から脱げたローファーが床に転がっている。

鈴は、床につけていた手をなんとか持ち上げた。どうしようもなく身体が震えていた。手のひらを扉に押し付ける。ゆっくりと扉が開く。

壁に取り付けられた掃除用流し台に座らされ、脚を大きく開いているのは——。

ボタンが無くなり血痕が飛び散ったワイシャツ。ずり下げられたブラジャーから覗く乳房。つま先に引っかかっているショーツ。血の付いた腿。

浮遊する埃が真っ白な雪のように常盤を包んでいる。

——初体験を済ませてないだけで
こんなところで。こんな姿で。

はやくたすけてあげないと。

這うようにして常盤に近づく。顎を下げた彼女の顔は長い髪に覆われて見えない。

はやく隠してあげないと。

立ち上がりかけた鈴は、左側頭部に強い衝撃を覚える。殴られたのだとわかったのは、右頬に受ける冷たいタイルの感触と、構えるようにモップを持つ人物を見上げたからだった。

床のスマホから放たれる光が鈴の前に立つ人物を足元から照らしている。

モップを振り上げるヒト形が急激にぼやけていった。


隠してあげないと。

「——!」

はやくたすけてあげないと。

「おい!」

鈴は、視界が赤黒くておかしいな、と思う。いやに瞼が重たいし、それに——。

「しっかりしろ!」

鈴の肩を揺すっている男は上半身裸だ。裸の男が泣きながらなにか言っている。

裸？　そうだ……隠してあげないと。

「――て」

男が鈴の唇に耳を近づける。男の首にかけられているチェーンがじゃらりと鳴った。

「かけて……あげて」

離れた男の顔が、これ以上ないくらい辛そうに歪む。男はどこかを見た後、短く刈り上げられた頭を両手で抱えた。慟哭《どうこく》する男が見ている方へ、鈴は視線を向けた。

いつの間にか床に下ろされた彼女は、ほんとうのお姫様のように白いドレスを纏っていた。

9

落ち込んだ顔をしている。常に口角を上げている類がこんな顔をするのは珍しい。なにかあったのかな。受験後の結果を待つ間、今と同じ顔をしていたっけ。大学の試験の出来でも悪かったのかな。

あ、笑った。笑った――のかな？

口角に不思議な笑みを溜めた類が、気付いたようにこちらを見下ろす。真顔になった類としばし見つめ合う。

「鈴？」

びっくり顔になった類が笑顔を咲かせる。鈴は起き上がろうとするが、頭を殴られたような痛みを感じて顔を顰《しか》めた。

「起き上がっちゃだめだって」

類が慌てて手を伸ばす。鈴の首を支え、枕へ戻してくれる。

「しばらくは安静だって、先生が言ってた」

「先生ってだれ――」

鈴は、自分が置かれている状況を瞬時に把握した。仕切りになったグリーンのカーテン。白いシーツと掛布団。どう見ても病室のベッドの上だ。

「おばさんたちはもうすぐ着くはずだから」

「どうして病院なんか」

唐突に押し寄せる記憶と感情に鈴の心は追いつかない。なんとか折り合いを付けようと図るが心が悲鳴を上げてパニックを起こしそうになる。上体をひねり、力の入らない腕で身体を支えた。ベッド脇では、類がおろおろと見守っている。

「姫は――?」

鈴はかすかな希望を抱いて類を見上げた。

類は痛ましそうに顔を歪め、小さく首を横に振った。


その後鈴が何度も嘔吐《おうと》したことを類はひどく心配した。医師は念のためにとすでに行った精密検査を繰り返したが、頭部に異常はみられなかった。

原因はハッキリしている。鈴は思う。彼女の最期の姿が瞼に焼き付いて離れないからだ。

入院中、鈴は警官から質問された。真摯《しんし》に答えたつもりだが、ほとんどが説明しにくいことだった。

なぜ真っすぐアパートへ帰らなかったのか。夜の公園になにか用事があったのか。トンネル内のトイレに入った理由は。

マネージャーに説教され、気分がむしゃくしゃしていて、真っすぐ帰る気持ちになれなかった。歩いていたら偶々《たまたま》公園に辿り着いた。今のアパートに住んで一年ほどになるが、その公園に入るのは初めてだった。突然雨が降ってきたので丘のトンネルに入った。トイレに入ったのは、物音が聞こえた気がしたから。

わたしを殴った犯人の顔？　見たような気もするけれど、覚えていない。

退院には、わざわざ実家からやって来た母親と類が付き添ってくれた。鈴を挟んでふたりが会話している。

「類くん、ごめんね。大学で忙しいでしょうに」

「俺、就活の必要ないから全然忙しくないんです」

「卒業後はお父さんの会社に？」

「はい」

「後を継ぐのね」

「中学くらいまでは『お前の好きな道を進め』って言われてたんですけど、数年前に事業拡大してからですかね。父の会社継ぐのが既定路線になったの」

「大手ＩＴ企業の社長さんが同じ村に住んでるなんて――矢羽田《やはた》さん家《ち》がなくなった今、唯一の村の誇りよ。でも……あんなに辺鄙《へんぴ》な場所で、お仕事に差し障りはないの？」

「そこはまったく問題ないです。村の澄んだ空気とストレスフリーの生活の方が、都会で暮らすより何倍もメリットがあるはずですから」

「なるほどねえ」

鈴の母は納得したように言うと、意味ありげに娘を見遣った。

「類くん、鈴と仲良くしてくれてありがとね」

「場所変わろうか？」

鈴の提案を、母は肘で返した。

「病院にも真っ先に来てくれて、本当に助かったわ」

「気にしないでください。俺が勝手にやってることなんで」

「この子ったら職場を変えたことも教えてくれないし――こんなことがあったんだから、もう家に帰ってきたらどう？」

母親が急に足を止めた。怒ったような顔をしている。

「心配なのよ。だって鈴、犯人を見たんでしょう？　まだ捕まってないし、顔を見られたと思った犯人が鈴を襲うかもしれないじゃない」

母親は怒っているわけじゃない。恐怖を感じているのだ。そうと気付いて、鈴は申し訳ない気持ちになる。

「心配してくれるのはありがたいけど、大丈夫だよ。勤務先やアパート周辺を警察のひとがパトロールしてくれるみたいだし」

「そんなこと言ったって、いざという時ひとりじゃ――」

「俺がいますから」

ふたりの視線を受けた類は凜々《りり》しい態度で言った。

「俺が鈴を守ります」

10

類は、宣言通り鈴のボディーガードをこなすつもりらしかった。退院してからもちょくちょくアパートに顔を出したし、久々の出勤になる朝はわざわざ迎えに来た。

「あのさ、類。心配してくれるのはありがたいけど、ひとりで大丈夫だから」

送ってもらった『ディアガーデン』の裏で鈴は言った。

「笹野さんが配慮してくれて、しばらくは終業時間が夕方以降になることはないし――」

「明るさが安全を保証してくれるって言いたいの？　そんなものに意味はないって鈴も知ってるでしょ」

長い間閉じ込められている悲しみが類の目に表れている。鈴はなにも言えなくなる。

「じゃ、またあとで」

類に、いつもの笑顔はなかった。

鈴には、スタッフのだれひとりとして以前と同じには見えなかった。笹野ですら、時折放心しているように見えた。

詳しく話を聞きたがるような配慮に欠けた者はおらず、皆、こわれものを扱うように鈴に接した。こんな時にかけるべき言葉をだれも持ち合わせていないようだった。

常磐のいない現実を、皆受け止めきれないようだった。

「お疲れさま。今日は大丈夫だった？　明日からも無理しなくていいのよ」

笹野が言った。彼女はやつれて見えた。目の下の濃いクマがそう感じさせるのかもしれない。鈴は礼を述べ、明日も出勤すると答えた。

笹野の痩せた背中を見ながら、鈴は以前彼女に放った言葉を後悔した。

たった二日分より、二年以上の記憶と思い出を持つ笹野の方が、鈴よりずっと悲しみが深いに決まっている。


常磐との十八年分の思い出を抱いた彼を見つけた時、鈴は息苦しいほどの悲しみを感じた。

通用口からよく見える駐車場の一角に黒いバイクが停まっていた。その近くのフェンスに男が寄りかかっている。スニーカーのつま先で地面を蹴る彼は、コンクリートに穴でもあける勢いだ。首から下がるチェーンが音を立てている。

鈴が近づくと、男が顔を上げた。

「わたしを待ってたの？」

眩《まぶ》しい時にするように目を細めた後、常磐の弟は頷いた。

バイクを挟み、ふたりは歩き始めた。

「あの、さ。こんな時だけど、今でないと言う機会がないから――トンネルで助けてくれてありがとう」

常磐の弟は前を向いたままだ。

「結果的にそうなっただけで、別に助けるつもりじゃなかった」

「そうだとしても、あの時来てもらえなかったらきっと……」

続く言葉を鈴は飲み込んだ。

「とにかくありがとう」

隣の彼は口を開かない。

「お姉さんのお葬式……入院してて行けなかった」

「姫でいいよ」

相変わらずこちらを見ないまま、彼は言う。

「だってそう呼んでただろ？　常磐も周りから言われて喜んでたし」

「あ、うん」

ふたりはしばらく無言で歩いた。がちゃがちゃとランドセルを鳴らしながら小学生がふたりの横を駆けていく。

「姫の弟はなんで――」

「ちとせ」

「なに？」

「俺の名前。せんさい、で、千歳《ちとせ》」

「ああ……うん」

再び訪れそうな沈黙に鈴が構えた時、ふいに千歳が言った。

「常磐と俺は双子なんだけど」

彼はやはり正面を向いたままだ。

「『常磐』も『千歳』も不老長寿とか永久不変とかめでたい意味がある名前なんだ。それなのに」

ハンドルを握る千歳の腕にくっきりと血管が浮かび上がる。

「常磐緑、千歳緑って色があって。どっちも似たような緑色。そこから俺たちの名前付けたんだって母親が言ってた」

常緑樹の常磐。その葉に似た色の千歳緑。双子にふさわしい名前だと鈴は思う。

「葬式に来られなかったって言ってたけど、来なくてよかったよ」

「どうして——」

「母親がずっと泣いて。見てる方がどうにかなりそうなくらい泣いてた。だから」

鈴はなにも言えず、前に顔を向けた。

類も鈴の母も。寄り添った「つもり」の言葉は鈴の心の上辺を滑っていくだけで、どれひとつとして響くものはなかった。

どんなに慰めの言葉をかけられても、あそこにいたのは自分だけなのだ。常磐の最期を——春風のようだった彼女の無残な姿を——見たのは自分だけなのだ。

ちがう。鈴は思う。このひとも、見たのだ。彼は冷たくなった常磐に触れもした。彼女を冷たい洗面台から降ろし、着ていた白いTシャツで剝き出しにされていた常磐の肌を覆った。

警察の話では、現場となった公園を常磐が通るのはバイトの時だけだったそうだ。突っ切ると時間を短縮できるという理由で、夜間もそこを通っていたらしい。

夜勤のために家を留守にしていた常磐の母と、家を空けていた千歳が異変に気付いたのは翌日の昼だった。バイトに出かけたものと思い込んでいたふたりは、常磐が帰宅した形跡がないことに気付いた。母は友人に連絡し、千歳は常磐を探しながらバイト先へ向かった。だれも常磐と一緒ではないとわかると、母親は110番通報した。千歳は連絡のつかない姉を心配し、その後も心当たりの場所を捜していた。公園を通りかかった際、あやしい人影を見た彼は気になって後を追った。

鈴が助かったのは、千歳の気配に気付いたのか、犯人が逃げ出したからだ。

「どうしてわたしに会いに来たの？」

「常磐を見つけたのは偶然か？」

ちらりと鈴に視線を向けた千歳が訊ねる。

「大雨の夜、ひと気のない公園になんの用があった？　常磐からなにか聞いていたんじゃないのか？」

「なにかって……？」

「だれかに会うとか、呼び出されたとか」

「……聞いてない。そんなに大事なこと聞いてたら真っ先に警察に話してる」

眉間に深い皺を刻ませ、千歳は言った。

「じゃあ、なんで。なんであそこにいた」

鈴はすぐには答えなかった。

常磐に呼び寄せられるように公園へ行ったことを話したかった。制服姿の常磐を追いかけたこと、彼女の声が聴こえたこと、すべて正直に話したかった。だがそれは彼をひどく傷つける行為だとわかってもいた。

「偶然あそこにいたって警察に話したらしいけど、そんな話信じられるか」

「心配で。職場のみんなも姫は無断欠勤するような子じゃないって言ってたし、なにより姫の弟――千歳くんが姫のこと訊きに来たことが不安だったから。だから、捜した」

「なんで嘘ついた？　警察にもそう言えばよかったのに」

「それは――」

咎めるようだった千歳の表情が幾分か和らいだ。

「別にあんたを疑ってるわけじゃない。女のあんたにできることじゃないから」

あの時の光景が蘇ったのか、千歳はこめかみに血管を浮き上がらせ言った。

「ただ、知ってることがあるなら話してほしい」

秘密を透かし見るような切れ長の目で、千歳は鈴を見た。

「なにも……あてもなく姫を探して歩いていたらあの公園に行きついて。雨が降って来てトンネルに――」

「雨が降って来てトンネルに入った。そこまでは理解できる。だけど、あのトイレは防犯上問題が多いって理由で、ここ数年使われていない。『使用禁止』の張り紙がある、あんな気味の悪いトイレに入った理由は？」

「物音が――聞こえた気がしたから」

千歳は話の続きを待っている。

「中からなにか聞こえた気がして」

「大雨で、雷も鳴ってたのに？　そんなに大きな音がしたのか？」

「そんなこと言ったら犯人だって、千歳くんの足音かなにかに気付いて逃げたんじゃないの」

千歳は悔しそうに唇を噛むと、鈴に訊いた。

「なんで犯人だって思う?」

「だって……わたしを殴ったのは犯人だからでしょ。姫を見つけたから。千歳くんもそう思ってるんじゃないの?」

「犯人が現場に戻ったんだろう。そう確信してる。トイレから飛び出して来たあいつの後ろ姿を見た時はなにがなんだかわからなかったけど――追いかけるべきだった」

千歳の奥歯がギリリと音を立てた。

「常磐は丸一日、あそこに置き去りにされてた」

黴と鉄のようなにおい。舞い上がる埃。冷え冷えとした陶器。

いつの間にか千歳は背中を丸めている。その姿は、彼氏とケンカしたと言って落ち込んでいた常磐と重なった。

「常磐の命を奪ったのは俺なのかもしれない」

「なに――なんでそんなこと」

「常磐の口に押し込まれてたぬいぐるみは俺がやったものなんだ」

鈴は、意味がわからず狼狽《うろた》える。

「ぬいぐるみ――? 押し込まれてたって、どういう――」

「警察からなにも聞いてないんだな。常磐は口に『異物』を押し込められて、殴られた鼻からは出血もしてた。そのせいで……」

「ぬいぐるみは、姫が鞄につけてたクマの……?」

鈴の声が震えていることに千歳は気付いていないようだった。

「あれ、俺がクレーンゲームで取ってやったんだ。あんなもん欲しがるなんてガキだよな」

見落としそうなくらいかすかに、千歳は笑った。

「それを口に押し込まれて——俺が取り出してやるまでずっと苦しかったはずだ」

千歳の拳がハンドルを打った。

「……千歳くんが取り出すまで、ぬいぐるみはずっと……？」

「そうだよ。ガムテープを剥がしてやるまでずっと」

鈴が見た姫は項垂れていて、しかも長い髪が顔を隠していた。口元は見えなかった。ガムテープで口を塞がれていたとしても気付かなかった。だが——

用具入れのドア下から覗いていた小さな黒い瞳。鈴は、ひどく湿ったぬいぐるみに触れさえした。クマのぬいぐるみはトイレから出て行こうとする鈴を引き留めた。常磐へと導くように。

千歳の押していたバイクが停まった。鈴が顔を向けると、彼は待ち構えたように視線を捉えた。燃えるような目をしていた。

「犯人の顔を見たか」

殺気立った気配を纏い、千歳は言った。

「見た……はず」

歯切れの悪い返事に、千歳は業を煮やしたように、

「どっちだよ。見たのか、見てないのか」

と声を荒げた。

「急に殴られて、意識が朦朧《もうろう》としてたし——」

「スマホのライトがついてた」

「そうだけど、思い出せるのはあいつが着ていた服の色くらい。顔は光が届かなかったのか黒くて。すごく背が高いような気がしたけど、それはわたしが床に倒れてたからだろうし。覚えてることは全部警察に話した」

目の下を引き攣らせた千歳は、

「警察なんかどうでもいい」

と憎々し気に言った。

「警察に捕まえてもらうことが望みじゃない」

なにが望みなのか。その答えを、鈴はすでに知っている、と思った。

「常磐をあんな目に遭わせた奴を、俺は絶対に許さない」

常磐の最期を見た者なら。彼女がされたことをその目で見た者なら。

血を分けた姉弟ならなおさら。

「ぶっ殺してやる」

千歳が吐き出した魂の叫びは、鈴が必死に保っていた平常心の糸を断ち切った。

彼女との思い出が頭の中を占拠して、匂いまで運んでくるようだった。

――言葉の前に『ぶ』を付けると怖い感じがでますよね。『ぶ』っ殺す、なんて特に
「ふっ、ふぅ……」

鈴の笑い声とも泣き声ともつかぬ声に、千歳は驚いたように目を瞠った。

「ふ――ぶっ殺す、て」

熱いものを感じ、鈴は乱暴に頰を拭った。手の甲についたものを見て初めて自分が泣いていることに気付いた。

「ぶっ殺すなんて言っちゃだめだよ。姫はそう言って――」

鈴はその場に膝をつき、泣いた。人目も憚《はばか》らず泣いた。

こんなに泣くのは、親友の七海が死んで以来初めてのことだった。

11

鈴が仕事に復帰して一週間。常盤を強姦《ごうかん》、殺害した犯人が逮捕されたという報道はまだない。

類は休みなく鈴に付き合ってくれた。送迎はもちろん、買い物にも同行し荷物も運んでくれた。鈴の中で、類と類の彼女に対する申し訳なさが日増しに強くなっていった。

警察が鈴のアパートを訪ねて来ることはなかったが、付近を頻回にパトロールしている様子があった。

朝、鈴を迎えに来た類が言いにくそうに口を開いた。

「どうしても都合がつかなくて迎えには行けない」

安堵した鈴が微笑を浮かべたのを勘違いしたらしい類は、

「なんで嬉しそうなんだよ」

と、心外そうに言った。

「ちがうって。類には感謝してるけど、もう申し訳なさ過ぎて」

「なにを今さら。俺たちの間で遠慮とかそういうのないだろ」

「っていうか……類の彼女に対しても申し訳なくて」

「大丈夫だよ。麻友、気は強いけど心が広いから。今日迎えに行かれないのは彼女と会うためなんだけど、ちゃんと話してわかってもらうよ」

「え。待って。わかってもらうって――今までのこと、彼女の承諾があってやってくれてたんじゃないの？」

「承諾ってなに。なんで俺がすることに麻友の許可がいるの」

「いや、そうじゃなくて」

「俺は鈴のことが大事だし、おばさんに鈴を守るって言ったのも言葉だけじゃない、ちゃんと実行するつもり。それをあれこれ言う権利はだれにもない」

「権利とかそういうことじゃなくてさ」

鼻息を荒々しく吐き出すと、類は胸を張った。

「大丈夫。俺が好きになったひとだから、わかってくれるよ」

俺が好きになったひと。その言葉にチクリとどころかグサリとやられて、鈴はそれを態度に出さないよう誤魔化《ごまか》すのに必死だった。

類は「帰りは必ずタクシー呼ぶこと！」と念を押した。

だれもいない通用口を見た時、申し訳ないと思いつつ類が側にいてくれることにすっかり慣れていた自分に気付き、鈴は自嘲した。

「俺が好きになったひと――か」

類と一緒の時はもっと遠ければいいと思っていたアパートまでの道のりが一人で歩くとやけに遠く感じて、鈴は益々自分が嫌になる。

「アホだな、わたし」

俯きながら歩いていた鈴が背後の気配に気付いたのは、通勤路を半分ほど行った時だった。

小学生かな。そう思って振り返るが、いたのは長身の人物だけだ。黒い中折れ帽を目深に被り、顔を伏せるように歩く男。ぎこちなく足を進める様子は、ひと目を気にしている者ならではの歩き方だ。

鈴は血の気が引いて行くのを感じた。

浮遊する埃の向こうに聳《そび》え立つ人物。棒状のものを振り上げるヒト形。蘇った記憶は瞬時に恐怖を呼び起こした。身体中に蔓延《まんえん》してしまう前に、鈴は足を動かす。駆けたくなるのをぐっと堪《こら》え、振り返らないように歩いた。だがそれも、わずかに進んだところで決壊した。一度溢れ出した恐怖は急激にスピードを上げ、鈴を焦らせる。素早く視線を走らせるが、最近よく見かけるパトカーや制服警官の姿はない。

聞こえなかった足音がすぐ後ろまで迫った時、鈴は覚悟を決めた。背負っていたバックパックの肩紐の片方をしっかり摑み、肩から抜く。勢いをつけて振り切ったバックパックは男の顔面に直撃した。男の身体が大きく傾き、帽子が吹き飛んだ。

鈴の目があるものに釘付けになる。カーディガンの隙間から光る十字架。逃げ出そうという決心が瞬時に失《う》せる。

男は殴られた顔を片手で押さえている。痛みにもがく声が、完璧に美しい指の間から漏れ聞こえる。鈴は提げていたバックパックを背負い直すと、男に言った。

「なんか用？」

膝を折っている男は顔を上げない。

「どうしてわたしの後をつけるの？」

顔から手を離した男は、すっと膝を伸ばした。男の顔を見上げた鈴は、思わず吹き出した。

「ちょっと、その顔」

顔の中心は円状に赤くなり、まるで熱々の丸いフライパンを押し付けられたようになっていた。金具で切れたのか、頰にはうっすらと血も滲んでいる。

「まず、人としてなにか言うことがあると思うけど」

ヨウは真面目くさった口調で言う。

「いや、まず、男が無言で女を追いかけるとかないと思うんだけど」

鈴は返した。


「いてっ」

消毒液を含んだコットンを傷口に押し当てられたヨウが声を上げた。救急箱の蓋を閉めた鈴は、ヨウを流し見た。

鈴のアパートはベッドとチェストが置かれた六畳のワンルーム。類以外の男がこの部屋に入るのは初めてのことだった。

カーペットの上に直《じか》に座ったヨウは、頰の傷口を気にするように手を近づけた。

「大袈裟」

鈴がつれなく言うと、ヨウは目を剝いた。

「結構な大きさの傷だと思うけど」

「たいしたことないよ。せいぜい、このくらい」

人差し指と親指で表された傷の長さを、ヨウは一蹴した。

「倍はあるはず」

ため息を吐いた鈴はスタンドミラーを差し出した。

「確認してみれば」

こわごわとミラーを覗き込んだヨウが動きを止めた。

「なんだ、この痕」

「すごいよね、そんな風になるなんて」

ミラーの向こうから顔を出したヨウが片眉を上げる。

「それ、付けた本人が言う言葉？　心配するような声かけはないの？」

「……フライパンみたいな痕はもう少ししたらとれるよ、きっと」

鈴は笑いたくなるのを堪えた。

「こっちの傷は――」

ヨウは頬の傷に触れながら言った。

「職業柄、顔は大事なんだけど」

ラックに救急箱をしまった鈴は、はっとして振り返る。

しまった。

「この前わたしの腕を捻り上げたじゃない。これでチャラにしてあげる」

内心ひやひやしながら鈴は言った。ヨウは冷めた目でこちらを見ている。

「お茶でも飲む？」

話題を変えようと試みる鈴は、ヨウの返事も聞かずキッチンへ向かう。リビングからわずか数歩の収納からコップを出すと、鈴はちらりとヨウの様子を窺《うかが》った。

彼はベッドのマットレスに背をあずけ、珍しそうに部屋を見回している。鈴がコップに注《つ》いだ麦茶をテーブルに置くと、ヨウが、

「だれかと暮らしてるの？」

窓辺に干された男性用下着を遠慮がちに指さしながら言った。口まで運んだコップを勢いよく置くと、鈴は吊るされたボクサーブリーフパンツを引っ張って外した。

「ちが、これはお母さんが」

ヨウは小さく吹き出した。

「古い手だな。父親と暮らしてる設定？」

「いや、わたしの年齢的に同棲でしょ。なんで父親？」

鈴が隠すように持ったパンツに視線を向け、

「中年以降が穿いていそうなデザインだったから」

「そッ……それって偏見。若くてもこういうのが好きなひとはいるでしょ」

鈴は父親の「新品の」パンツを広げて見せた。

「たしかに。でも、古い型のラジオや救急箱なんかもあるし、年齢的にも……君、二十歳《ハタチ》くらいだろ？　同棲よりは父親と暮らしてるのかと思ったんだ」

ヨウはベッドの向かいに置かれたチェスト上のラジオを見上げ、言った。

実年齢以上に見られるのが常の鈴は、彼の正確な年齢判断に驚いた。

「ラジオは……壊れてるけど大切なものだから飾ってあるの。救急箱は、わたしが怪我すること多いから置いてあるだけ。それにしても、よくわたしの歳がわかったね。大抵五、六歳は上に見られるのに」

ヨウは意外そうに目を瞠る。

「どこをどう見たらそんな歳になるんだろう？」

彼は好奇心以外、まったく他意を感じさせない純粋な目を鈴の全身に向けた。

「ヨウは？　何歳？」

「俺は二十三……もう少し自分を労《いた》わってあげると肌も髪も生きやすくなるとは思うけど」

「え？　なに？」

「喉がカラカラの時に数滴の水しかもらえないのと、好きなだけ飲ませてもらえるのとじゃ全然違うだろ？　肌も髪も同じだよ」

「姿勢を直せとかメイクした方がいいとか、そういうことね」

「そんなこと言ってない」

ヨウはきっぱりと否定した。

「どんな姿勢でどんな風に歩こうが君の自由だ。姿勢や歩幅も、体質的なことやその日の体調でも違うし、メイクに関しての考え方はひとそれぞれだからしてもしなくてもどっちでもいいと思うよ」

ヨウの意見に、鈴は面食らった。鈴の周りには「自分をよりよく見せる」術《すべ》を当然のこととして押し付けて来る者がほとんどだった。モデルならなおさら気にすると思っていた事柄を「個人の自由」と言われ、鈴は戸惑った。

「モデルなのにそんなこと言うんだ」

「だからこそだよ。〝見せて、魅せる〟ことは仕事だから。周囲が望むものには期待以上のパフォーマンスで応える。表現できないものは自分を変えることで対応する」

「自分を変えるって――」

「それこそメイクや姿勢や――肉体改造で。それに、内包する知識が目や表情に表れることもあるから、知識量を増やしたり内面を磨く努力もしないと単一的なものしか撮れなくなる。年齢が上がるにつれてそういったことは顕著に表れるから、市場に飽きられないためには日々努力をしないと」

鈴の、モデルに対する認識がガラリと変わった瞬間だった。

「俺は仕事だから求められるものになるけど、君は――」

煌《きら》めきを放つヨウの目が鈴を捉える。

「自分が求めるものになればいい」

外見以上の「なにか」を言われているような気がして、鈴ははっとする。

「乾いた土壌には水をあげた方がいいとは思うけど」

ヨウはそう言って、急に真剣な面持ちになる。

「そんなことより、一人暮らしの家に上がり込んでごめん」

「怪我させたのはわたしだし、あんた――ヨウは有名人らしいから、外で目立つと困るかと思って」

しっかりと鈴の目を見つめ、ヨウは微笑んだ。

「ありがとう。そういえば、腕は大丈夫だった？」

「痣にはなったけど、まあ大丈夫だった」

「あの時は我を忘れてあんなこと――ごめん」

「我を忘れると乱暴になるの？」

ヨウはいたたまれないのか、身体を縮めた。

「事務所に連絡くれたら待ち伏せなんかしなかったんだけど」

「あれは待ち伏せっていうか、軽いストーカーだけどね」

「怖がらせて悪かった」

「……わたしも。モデルの顔に傷つけちゃって、ごめん」

気まずい沈黙が落ちる。それを紛らわすように麦茶を一口飲んだヨウは、

「名前、訊いてもいいかな」

と言った。

「檜木鈴」

「俺は、大宮要」

「ヨウって、本名だったんだ」

「父親が付けてくれた名前。必要の、要」

「ふうん。わたしの名前はおばあちゃんが付けてくれた。鈴の音は魔を祓《はら》えるからって。って、そんなことはどうでもいいか……どうして来たの？　わざわざわたしに会うために東京から来たわけ？」

要の表情が真面目なものに変わる。

「訊きたいことがあって。このクロスを届けてくれた時に君が言ったこと」

「あのさ、できれば名前で呼んでくれない？　呼び捨てでいいから。君、なんて呼ばれるとぞわぞわする」

「わかった」

「それに、クロスを持って行ったのはわたしじゃなくて――」

唐突に「感動スタイル」を取っていた常磐の姿が浮かび、鈴は慌ててそれを打ち消した。

「そうだった。高校生くらいの子が持ってきてくれた」

「……で？」

「彼女になにか言った後、あることを言っただろ？」

要は答えを待っている。鈴は彼の求めている答えがわからない。

「『オイサメサン』」

要がそう口にした直後、ラジオが「ジジ」と鳴った。直後、要は胸のクロスに手のひらをあてた。一秒にも満たない時間そうすると、なにかを払うように手首を振った。初めて会った時も彼はこの仕草をしていた。癖なのだろうと鈴は思った。

「彼女のことを知ってるのか？」

要の問いに、鈴は慎重に考えを巡らせた。

「なにを知りたいの？」

「俺は――あるひとを探してる。そのために、彼女の居場所を知りたいんだ」

「彼女ってオイサメサンのこと？　そんな重要なことわたしが知るわけない」

「じゃあ、あの時言ってたことはなんだ？　『オイサメサンの指輪』がどうとか言ってただろう」

鈴は、要の首にかかるクロスを指さした。

「それは？」

クロスを見下ろした要はポカンとしたように、

「これが？」

と訊ね返した。鈴はじれったくなって言った。

「だから、それもオイサメサンにもらったものじゃないの？」

「もらう？　なんのことだ」

探り合うように見つめ合った後、鈴は思い違いをしている可能性に気付いた。

「え、ちょっと待って。要は……『視える』んだよね？」

要はわけがわからない、という顔をしている。

「うそでしょ。じゃあ、なんで」

「いったいなんの話をしてるんだ？」

「ちょっと黙って」

手のひらを要に向け、鈴はストップをかけた。

「要が言ってる『オイサメサン』って、なに？」

「霊が視えると言って大金を巻き上げる詐欺師だ」

下げた手で、鈴は頭を抱えた。

「なにそれ……」

「心の隙間に入り込んで大金を詐取するだけでなく、人生までもぶち壊す最低最悪の詐欺師」

両手で頭を抱えた鈴は、

「お互いに思ってるのとは多分、ていうか絶対ちがう」

「じゃあ、そっちが思ってるのは？」

鈴は顔を上げた。

「もう一回訊くけど、要はホントに視えないんだね？」

要は返事をせず、ただ怪訝《けげん》そうにこちらを見るだけだ。

「じゃあ、話さない」

「どうして」

なにかに思い当たったのか、要の表情が曇る。

「まさか――霊が視えるとか言わないよな？」

鈴が黙っていると、彼は嘲笑した。

「勘弁してくれよ」

自分でも不思議なほど深く、鈴は傷ついた。彼を「同じ境遇の人間」だと思っていたせいかもしれなかった。

「俺が生まれて間もなく、父が死んだ。それに耐えられなかった母はオイサメサンと名乗る女霊媒師に縋った。あいつは母から金を巻き上げ、挙句破滅に追い込んだ」

要はむしゃくしゃしたように髪をかき上げた。

「霊が視えるなんて言う奴らはみんなまともじゃない」

蔑むような目で、要は鈴を見た。

「母は身内を巻き込み滅茶苦茶にして修復も試みないまま女霊媒師の後を追った。母の消息を知る手がかりになるんじゃないかと思って待ち伏せまでしたが――まさか、おかしな連中の仲間だとは」

軽蔑の眼差しは止むことなく鈴に降り注ぐ。

「もしかして、君も詐欺師なのか。あの女の仲間か。『お諫め』なんてもっともそうな名前だな。君の言うオイサメサンとやらも霊を呼び出して高額な代金でお祓いをするのか？」

鈴は、膝の上に置いた手をぎゅっと握った。

「あんたの過去には同情する。わたしを蔑んだり詐欺師呼ばわりするのは勝手だけど、『本物の』オイサメサンを悪く言うのはやめて」

「指輪がどうとか言ってたが――それのことか？」

要が指したのは、鈴の首元で光るオイサメサンの指輪だった。

「買わされたのか。いくら払った？　十万？　百万？」

「オイサメサンは金銭の要求なんてしない」

「そんなはずない。あいつはそれで稼いでいるんだから」

「もうやめて。お互い別のひとを思い浮かべてるんだから話にならない」

話を切り上げようとする鈴に、要は尚《なお》も言う。

「別人とは限らない。手口を変えたのかもしれないし。君のオイサメサンは儀式をするか？女性なんだろう、いくつくらいだ？　どこに行けば会える？」

「だからそんな重要なこと知らないって言ってる」

「じゃあ、どうやってその指輪を手に入れた？」

「これはおばあちゃんが――」

「なんだ、代々詐欺師に貢いでるのか」

要が呆れたように笑うのを見て、鈴の怒りの導火線に着火した。

「君が霊を信じるのは自由だけど、一日も早く目が覚めることを祈るよ」

「ほっといて。なにを信じようとわたしの勝手でしょ」

「勝手だけど、それで身を滅ぼした母を持つ身としてはどうしても口出ししたくなるんだよ。いいか。献金させるのは人間で、神も仏も霊も金を無心したりしない」

鈴は深々とため息を吐いた。

「だから——」

「君は洗脳されてる。向こうは君のことなんてATMとしか思ってない」

「ちがうし、やめて」

「今ならまだ間に合う。おかしな奴らとはきっぱり手を切って元の生活を取り戻すんだ」

したり顔で説教を続ける要を、鈴は見つめ返した。怒りを抑え込むのが難しくなる。

「わたしの元の生活がどんなだったかなんて、あんたが知るはずない。ひとりきりで視えないものに耐えることが、どんなに恐くて孤独なのか想像もつかないでしょ。あれは——」

いつ終わるとも知れない身を削《そ》がれるような恐怖。目的を語らず、恐怖と驚愕《きょうがく》を与える霊たちは前触れもなく現れた。

安全でくつろげるはずの我が家で。守られて当然の学びの場で。

お日さまのにおいがする布団の中で突如漂う腐臭。背中越しに伝わる気配。目を開けるのも瞑るのも恐ろしく、硬直したまま朝を迎える。カーテンの向こうの明るさに涙が出るほどの感謝を覚えながら身体を起こす。ベッドから足を降ろそうとした時、背後から強烈な視線を感じる。一晩中背中に張り付くようにしていた「彼」は、今、布団から青い顔を半分出して鈴を見上げている。

伝説や物語における朝陽は、怪物や霊を消滅させる絶対的信頼がおける存在だ。だが、鈴に視える霊たちに朝陽の効果は皆無だった。

学校ではいつ赤い服の女が現れるかと常に気を張っていた。特にトイレは我慢して回数を減らし、使用する時は順番待ちをしている同級生が驚くほどの速さで個室から出た。何度か膀胱《ぼうこう》炎にもなったが、警戒すべきは個室の中だけではないことも学んだ。

冬。中学校の体育館。三学期の始業式が始まろうとしている。薄いグレーのブレザーに身を包んだ生徒たちが整列している。風を受けないだけで、体育館の中は屋外並みに冷え込んでいる。体育館の隅でいくらジェットヒーターが唸《うな》りをあげようと、暖を取れるのは近くにいる教師とわずかな生徒だけだ。多くの生徒はかじかむ指先を伸ばしたり握ったりして凍《い》てつく寒さに耐えている。鈴は、斜め前の男子生徒の呼気が白く立ち昇るのを目の端で捉える。思わず彼を二度見したのは、細く上がっていた呼気が煙を吐き出す煙突のような勢いで上がったからだ。一気に室温が下がり、鈴は身震いした。壇上で話を始めた校長が、生徒に座るよう促す。冷え冷えとした床に生徒が腰を下ろし始める。鈴はぎこちない動きで膝を抱える。スカートのポケットを探った鈴は絶望的な気持ちになる。

オイサメサンの指輪を家に忘れた。祖母にもらった小さな巾着に入れた指輪は今、自室の机の上に置かれたままだ。鈴はそろそろと顔を上げた。ほぼすべての生徒が座っているのに、鈴がいる列の壇上に一番近い生徒ひとりだけが突っ立っている。グレーの制服がぐらぐら揺れる。具合が悪いのか――心配になった鈴は周りの生徒を見回すが、皆壇上に視線を向けている。校長も、体育館脇で並ぶ教師も、だれひとりとして「彼」に気付いている様子はない。「彼」。そう認識した途端、猛烈な違和感が押し寄せる。鈴のクラスの先頭は『安部《あべ》すみれ』、五十音順の並びでも背の順でも常に彼女が先頭だ。男子は隣の列のはずで、すみれの隣は小柄で肉付きのよい生徒だ。だが、列の先頭で項垂れて立っているのは背が高い痩せ型の男子だ。

秒針が進む速度で彼の身体が傾き始める。あり得ない角度で――床に対して四十五度、しかも真横に四十五度だ――ぴたりと止まった彼から鈴は視線を逸らせない。天井を仰ぐように身体の向きを変えた彼は、生徒側へ顔を向けた。異様な顔の白さと薄紫色の唇の彼は、半分飛び出した眼玉をぎょろつかせた。咄嗟に目を逸らした鈴は壇上を見上げる。校長は身振り手振りを加え話している。嫌でも視界に入る「彼」は、再び身体を反対へ向けた。身体を真っすぐにすると、短い階段を上がり校長の周りをウロウロと歩く。滑るようだが、時折膝が折れる不気味な歩き方だった。視えない生徒に顔を近づけられた校長は、一度だけ右手を顔の前で払った。蠅《はえ》を追い払うような手つきだった。見飽きたのか、彼は校長から離れ階段を下って来る。前列の生徒の横に立つと、彼は突然身体を折った。校長にしたのと同じように、生徒の顔を間近でじろじろと眺めている。眼玉が今にも零れ落ちそうだ。生徒同士の細い隙間を綱渡りのように進んで来る。二、三人の横を通り過ぎると背中を丸め、生徒の頬に鼻が触れそうなほど顔を近づける。そうしてどんどん鈴に近づいて来る。身体を強張らせながらも、鈴はひたすら壇上へ目を向け続ける。霊気が迫るのを肌で感じる。前の生徒の横を素通りした彼は鈴の隣へ。鈴は後方でごうごうとオレンジ色の炎を噴き上げるヒーター音を聞いている。必死に聞いている。目の端でグレーのスラックスが通り過ぎたのを確認した鈴は、いつの間にか止めていた息を吐いた。その瞬間「彼」が鈴の顔を覗き込んだ。

迸りそうになる悲鳴を、鈴はすんでのところで飲み込んだ。

いっぱいに見開いた眼はほんとうに半分飛び出ていてなおかつ血走っている。死んだ魚の腹を思わせるぶよついた顔。

鈴は、遅きに失したことを充分理解している。理解はしているが認めてはいない。その差は大きい。悪夢のような一日を——授業中机の下からふいに現れる顔を視ても、窓の外を落下していく彼を視てしまっても——発狂しそうなほどの心理状態にもかかわらず、何喰わぬ顔で過ごす。オイサメサンの指輪を思い浮かべながら。

昼でも夜でも、ひとりだろうが大勢と一緒だろうが——霊たちは現れた。視線を合わさぬよう、「気付いた」ことに気付かれぬようやり過ごすしかなかった。なぜなら鈴には追い払う手段がない上に、逃げ場もなかったからだ。

「——あれは、経験しなきゃわからない」

孤独は恐怖を倍増させた。それを和らげ、さらに生きやすくしてくれたのがオイサメサンだ。指輪を通して、彼女は鈴を——

「——救ってくれた」

鈴は、要の目をしっかりと見据えた。

「オイサメサンはわたしを救ってくれた」

ベッドで自由に寝がえりを打つこと。学校で「彼」を視る不安を感じずに過ごせること。視えない人々にとっては何気ないことを。意識して感謝するまでもないささやかな幸せを。

「オイサメサンのおかげで『普通に近いかたち』で生きてこられた。彼女は恩人なの」

鈴の、恐怖と孤独に苛《さいな》まれた過去を知らない要は、

「恩人？　変人、の間違いじゃないのか」

そう言って失笑した。グラスを手に取った鈴は、躊躇いなく中身を要の顔にぶちまけた。

「やめてって言った」

閉じていた目を開けると、要は顎から滴る雫を袖で拭った。

またしてもラジオから雑音が鳴る。

「出てって」

要はなにか言いたそうに立ち上がった。鈴は、彼の注意がラジオと、その横に置かれたものに移っていくのを感じた。

スイッチの入っていないラジオはまだ耳障りな音を発している。ラジオ横の壊れたスマホは、見なくても画面が派手に発光しているのが鈴にはわかった。要の表情が驚きから不気味なものを見るように変化していく。

「最近のペテンは手が込んでるな」

捨て台詞《ぜりふ》を吐くと、要は鈴の部屋から出て行った。

※

「オイサメ……サン――?」

鈴は、祖母が口にした言葉を反芻《はんすう》した。初めて聞くその言葉は、感情の底に溜まったざらつく恐怖をそっと撫でた。

それでいい、というように祖母は頷くと、いつも着ている白い割烹着《かっぽうぎ》のポケットから白い封筒を取り出した。

差し出されたものを見て、鈴は首を傾げた。封筒の表には墨でなにか書かれていたが、鈴には解読できなかった。難しい漢字であることは間違いなさそうだった。

「開けてごらん」

祖母に促され封を開けると、懐紙が出てきた。包まれたものに触れた時、鈴は思わずそれを取り落とした。熱を発しているような気がしたのだ。畳に転がった金色の大ぶりな指輪を拾い上げる。今度はなにも感じなかった。

「それを身に着けていると『やって来ない』よ」

これまで自分の身に起きたことを考えると『やって来なくなる』ことは奇跡に思えた。だが、指輪ひとつで避けられるというのも信じがたかった。それらの想いが顔に出ていたらしく、祖母は孫娘を安心させるように微笑んだ。

「本当だよ。わたしもオイサメサンの指輪を身に着けてから視えなくなったから」

膝の上に置かれた手を見る。祖母の指に嵌まっているのは見慣れた銀の細い指輪だけだ。

祖母が首を横に振る。今日のおばあちゃんは心が読める超能力者みたいだと鈴は思う。

「これはおじいちゃんがくれた結婚指輪」

祖母は愛おしそうに指輪に触れると、仏壇に置かれた遺影に目をやった。鈴の祖父が写真の中で笑っている。

「オイサメサンからいただいた指輪は、ずいぶん昔に返した」

鈴は手のひらに載せた指輪に目を落とした。こちらに顔を戻した祖母が続ける。

「指輪を着けているとほとんどのものはやって来ない。それだけの力が指輪には込められているから。だけど多分、それでも視えてしまう場合もある」

鈴の感情がジェットコースターのように乱高下する。

赤い女をはじめ、一見ひとと見まがってしまいそうなものたち。うごうごと蠢くグレーのもの。それらの「よくない」ものたちはこちらの都合など関係なく現れ、半年以上もの間、鈴を震え上がらせていた。

「視えなくなる」ことは、鈴の切望だった。

「……それでも全部がやって来てしまうよりはマシ。そうでしょ?」

鈴が言うと、祖母は申し訳なさそうに微笑んだ。

「わたしは、鈴ほどはっきりと『視る』力はなかった。ぼんやりと形を成したものが視えるくらい。それでも『それ』は恐ろしかったし、関わりたくなかった」

祖母の話は、最近鈴が経験したのとほぼ同じ内容だった。

初潮と同時に「それ」が始まったこと。視えていると悟られるとしつこく付き纏われること。自分には祓う能力はないこと。だからこそ視えないふりをしてやり過ごすしかなかったこと。

祖母から指輪をもらったこと。

「わたしの祖母も同じ『視る』力があった。ただし、わたしなんかより余程強い力を。鈴が駆け込んで来た時に視えたもの――」

突然現れた赤い服の女。

祖母は表情を硬くした。

「あんなものを、わたしは一度も視たことがない。力を失った今ですら視えるってことは、おそらくあれは相当に強いものなんだと思う。祖母ならなんとかできたかもしれないけれど、わたしができるのはこれくらいしかない。オイサメサンがどこまで守ってくださるかわからないけれど、今よりはずっと楽になるはずだから」

鈴は指輪を右手の中指に嵌めてみるが、ぶかぶか過ぎて外れてしまう。拾い上げた指輪を鈴はしげしげと眺めた。大人が嵌めても目立つ幅の指輪には、傷はもちろん汚れひとつ付いていない。

「学校には着けて行けないだろうから、小さな巾着に入れていつもポケットに入れておくといいよ。ただ、指輪のことをお母さんは知らない。だから注意してね」

鈴は、祖母の助言はもっともだと納得する。

お母さんには「視えない」し、「視えていた」時期もない。その事実は、祖母に訊く前からわかっていた。また、母はオカルトの類いを毛嫌いしていることも。

「オイサメサン――って、だれなの？」

指輪をほかの指に移しながら、鈴は訊いた。滑らかな指輪の表面が弱い冬の日差しを受けて輝いた。

返事がないので祖母を見ると、彼女は普段見せない真剣な顔をしていた。

「だれでもない」

思いがけない返事に鈴は戸惑った。祖母は視線を庭へ向けた。しんしんと降り積もる雪が、いつか赤い女が立っていた辺りを純白の世界に変えていた。

「名前も持たず、俗世とのつながりも持たず、ただ一身に厄を引き受ける稀有《けう》な方。この世に留まっている霊を『諫めて』あちらへ送る大事な役割を果たしてくださっている」

鈴には祖母が言っていることの半分も理解できなかった。祖母は鈴へと視線を戻すと、わずかに微笑んだ。

「本来いくべきところへ霊を還すのが、お諫め。オイサメサンは姿を見せないの。どこにいるのか、それは秘密なの」

「じゃあ、指輪はどうやって?」

「鈴のほかにも、この世ならざるものに悩まされているひとがいる。そういうひとがだれかに助けを求めると――鈴の場合はわたしね――そのひとたちにはわずかながらつながりがあって、口づてに広がってゆくの。そうしてある時現れる」

「オイサメサンが?」

祖母はゆるゆると首を振った。

「使者よ。彼女に仕える使者」

「オイサメサンは女のひとなんだ……」

祖母はにこりと笑った。

「はるか昔から、ずっとね」

「オイサメサンの仲間が来て指輪をくれるの? おばあちゃんは指輪を返したって言ってたけど、それをほかの困ってるひとにあげたらよかったんじゃないの?」

「いいえ。わたしの指輪はわたしのためだけのもの。鈴のも同じ。これはあなたの厄を和らげる、鈴だけのもの。オイサメサンはそのために指輪とつながっている」

「指輪とつながる? どういうこと?」

「指輪を着けているひとの厄を引き受けてくれるの。だからこそ、ただ一つの指輪なのよ」

「……おばあちゃんはどうして指輪を返したの? 視えなくなったって、どうして? どうやって指輪を返したの? 指輪をしてると『やって来なくなる』のはどうして?」

「そんなにたくさん、一度に答えられないよ」

その後、祖母は鈴の疑問に一つずつ答えてくれた。

鈴が一番ショックだったのは、これから訪れるはずの「視えない」生活が、『オイサメサン』の犠牲の上に成り立っていくらしいということだった。

12

「知らない男を家に上げるなんてどうかしてる」

職員通用口を出た鈴に、開口一番、類が言った。

類に経緯は話してあったし、『ディアガーデン』にいた一時間、彼はずっと仏頂面をしていたので、こうなることを鈴は予想していた。

「あんなことがあった後なのに、よくそんな危険な真似ができたな」

「要は危険じゃないよ。モデルだし。嫌な奴ではあるけど」

「なんで？　モデルなら大丈夫って保証でもあるの？」

「だって有名人らしいし。事務所の連絡先も知ってるわたしに、下手な真似するわけがない」

「なにそれ。そんなの理由にならない」

口をへの字に曲げた類は、まだ言いたいことがあるようだ。

「有名人だからって危害を加えない保証なんかないだろ」

「向こうだって選ぶ権利あるでしょ。よりによってわたしなんか――」

自嘲気味に言うと、突然類に肩を摑まれた。

「鈴は！」

類の顔が目前に迫る。

「鈴は、もっと危機感を持たないと」

「うん……？　いや、充分持ってるけど。昨日だってそれで要を殴ったわけだし――」

「自覚しろよ」

「え、と……なにを？」

「自分がか弱い女子だってこと」

首を傾げたくなる類のセリフに、鈴は実際首を傾げた。

「わたし、か弱くなんかないし、そのセリフはちょっと時代にそぐわないんじゃないかな」

類の表情が一変して固くなった。あっという間に起こったそれは、鈴に恐怖すら感じさせた。類を怖いと思うなんて初めてのことだった。

「じゃあ、逃げてみなよ」

「類、肩痛い」

「か弱い女子じゃないって言うなら、俺から逃げてみせてよ」

肩を掴む両手から類の本気が伝わってくる。

「なんでそんなこと。ねえ、放してよ」

「ほら、早く」

鈴は身を捩《よじ》るが、類の手はしっかりと肩を掴んだままビクともしない。全力で抗《あらが》うと、ふいに類の手が離れた。次の瞬間、鈴は類の腕の中におさまっていた。

「……ちょっと、類」

背中に回される類の手は、肩を掴んでいた時とは別だった。力強さは同じだが、限りなく優しい。

「ほら。無理だろ」

耳元で囁かれる声は、いつもふざけている類のものとは思えない。胸の広さも、手の大きさも全部。今、鈴を抱きしめているのは男の類だ。

「——やってるの」

震える声が、類の向こうから聞こえる。

「なにやってるの！」

怒号に驚いた二人が離れると、声の主がすごい勢いで迫って来る。

「あなたが鈴？」

目を吊り上げる女性が名乗らなくても、鈴には彼女がだれだかわかった。

「麻友——俺のあとをつけてきたのか？　ちょっと二人で話そう」

類が言うと、彼女は人差し指を鈴に突き付けた。手入れの行き届いた爪が綺麗なグラデーションを描いている。

「ハッキリさせて。このひととわたしのどっちが大事なの？」

つやつやした肌と髪。身体のラインに沿った服。彼女は自分を美しく見せる方法を知っている。それはつまり、自分の美しさを知っているということだ。

類は困ったようにため息を吐いた。

「何度も説明しただろ。鈴は俺の大事な親友だって」

「男女の間に純粋な友情なんか存在するわけないでしょ。類はただの親友だと思ってても、このひとも同じとは限らない。そうでしょ？」

麻友は意地の悪い笑みを——都合の悪い真実を暴く者特有の笑みを——浮かべ、鈴を睨《にら》みつけた。

突然のことに鈴はなにも言えない。麻友の剣幕に恐れおののいたわけではなく、秘めていたはずの恋心を見破られたショックだった。

鈴の驚きに交じった羞恥心を嗅ぎ取った麻友は、鬼の首をとったかのように、

「ほら！　だから言ったじゃない！」

と類に向き直った。類がどんな表情をしているのか、顔を深く俯けた鈴にはわからなかった。恥ずかしさで消えてしまいたかった。

「二度と類に連絡しないで」

鈴の前に立った麻友が言う。

「聞いてるの？」

ぐいと胸元を摑まれ、鈴はよろけた。

「麻友！」

類に止められた麻友の手にさらに力が入る。

「類が優しいから勘違いしちゃったんだろうけど、彼は同情してるだけ。辺鄙な村から出て来て友だちもいないらしいね。幼馴染の親友だった子は事故で死んじゃったんでしょ？　その子が生きてれば類以外にも友だちがいたかもしれないのに残念だね」

「麻友、やめろ」

「今回類がＳＰ並みにくっついてるのは、あなたが、殺された女子高生を見つけたから。ただそれだけ」

「麻友！」

麻友は興味を失ったように鈴から手を離した。

「あなたの周り、ひとが死に過ぎじゃない？　そんなこと、普通なら一度も起きない。幼馴染の子のことはよく知らないけど、女子高生は――夜中にひとりで歩くなんてどうかしてない？」

麻友がせせら笑う。

「家庭環境も悪かったってネットでさらされてた。ひとり親で、弟はなんかやばい仕事してるらしいって。犯人、弟の関係者じゃないの？　現場に弟がいたっていうのも出来過ぎ。もしかして、弟が関係してるんじゃない？」

「麻友、いい加減にしろ」

「殺された子、ミニスカート穿いてたんでしょ。そんなカッコで夜中にひとりふらふら歩いてたら――襲ってくださいって言ってるようなものじゃない」

鈴が大きく一歩踏み出すと、麻友は驚いたように後退した。

「な、なによ」

「被害者が悪いって言いたいの？」

鈴の迫力に、麻友の目が息を吹き返したように光る。

「殺された女子高生にも非があるってこと」

当然のことじゃない、というように麻友が言った。

今度は鈴が麻友の胸元を摑んだ。

「あんたみたいな奴が、遺族まで被害者にするんだ」

「わたしは自分の考えを言っただけ。ていうか、放してくれない？」

「なんにも知らないくせに。あの子のことも家族のことも、なんにも知らないくせに！」

止めに入ろうとする類を、鈴は肩で押しやった。

「どうして黙ってられないの？　口にすると、あんたの中のなにかが満たされるの？　そんなことのためだけにひとを傷つけるの？」

麻友は怒りに燃えた瞳を向け、鈴の髪を強く摑んだ。

「言論の自由って知ってる？　高卒じゃそんなこともわからないか」

麻友が力任せに髪を引く。その拍子に麻友の胸元から鈴の手が離れた。

「ひとの男に手を出すのは悪いことだって教わらなかった？　ねえ！」

地面に叩きつけられそうになり、鈴の身体が宙に泳いだ。受け止めてくれたのは類だった。

それは、麻友の怒りを益々燃え上がらせた。

「なんで——なんでそんな女を助けるの？　類の彼女はわたしでしょ！」

類にそっと手を離された鈴は膝に手を置き、顔を上げた。類と麻友が押し問答を繰り広げている。

独特な感覚を伴って、鈴の目がある一点に釘付けになる。

麻友の肩辺りに漂うグレーの靄が、さざ波のように揺れる。靄の中から這い出た手のようなものが麻友の肩を摑む。

「——！」

鈴の視線に気付いたらしい麻友が怪訝そうな顔になる。彼女も類も、靄に気付いている様子はない。

輪郭がはっきりしてきたグレーのものは麻友から這い出るように形を大きくした。はっきりとヒト形となったそれは、麻友の隣に立ち、ゆらりと揺れた。

鈴が後退すると、それを察知したようにグレーのヒト形が向かってくる。細い脚で滑るように鈴の方へ進んで来る。

胸元へ手を持って行った鈴は、心もとない感触にぞっとする。確認しながら手探りするが、指輪はない。足元を見下ろすと、チェーンごと外れた指輪がコンクリートの上に落ちていた。

膝をつき、指輪に手を伸ばした鈴は動きを止めた。グレーのものがすぐ近くに迫っていた。冷や汗が噴き出る。グレーのものが手の甲にかかる。それはたっぷりと水を含んだスポンジで手の甲を踏まれているような感覚だった。グレーのものが触れている箇所から、純粋で強烈な悪意が体内に侵入してくる。見上げると、丸まった手から生えたしなやかな指が、鈴の首に向かって伸びてきた。膝がコンクリートに擦れるのも構わず、鈴は這いずった。指先が指輪に触れた時、グレーのヒト形に変化が起きた。痙攣するような動きをみせた後、急速に輪郭がぼやけた。それから鈴が触れている指輪に、一気に吸い込まれていった。鈴は驚いて指輪から手を離した。指輪は、なにごともなかったかのように転がっている。鈴は四つん這いの体勢のまま動けなかった。

麻友が、手足を地面に着けたままの鈴にずんずん近づいて来る。指輪がかすかに震え、カタカタと音を立てる。

振動じゃない。

意思があるかのように、指輪自体が震えている。

麻友は奪い取るようにチェーンごと指輪を拾い上げると、手の中に収まったものを食い入るように見つめた。

「これ、類の――」

麻友が呟いた直後、指輪の穴からグレーのなにかが勢いよく噴き出した。それは麻友の心臓辺りを目がけ、飛び込んだ。

鈴は呆気にとられ、口を半開きにしたまま麻友を見つめた。彼女が今のことに気付いている様子はない。ものすごい勢いで「なにか」が体内に飛び込んだはずなのに、衝撃すら感じていないようだ。

麻友は大通りへ向かって走り出した。類が後を追う。鈴がようよう立ち上がり通りを見た時には、すでに麻友の手から指輪は離れていた。

13

「類。顔上げて」

類が首を振ると、額が床に擦れてゴリゴリと鳴った。

「謝って済む問題じゃないってわかってるけど、ホントごめん！」

類の尻のせいで三十センチほど開いたドアの隙間に人影が見える。アパートの狭い玄関で土下座する男から目いっぱい距離を取ろうと後退った隣人女性は、危険物を避けるように上体を反らし横歩きだ。

「部屋に上がってくれない？　わたしのために」

類がおずおずと顔を上げる。

「お願い」

鈴に言われ、類は膝を立てた。障害になっていた尻が引っ込んだことでドアが動く。

閉まりかけたドアの向こうに女が立っていた。赤い服を着た彼女は、瞳孔の開いた目で鈴を凝視していた。

鈴は自分を抱くように回した腕に力を込めた。靴を脱いだ類が前に立つ。今の異変に気付いている様子はない。

ドアに背を向けた鈴は類に上がるように言い、ベッドに腰かけた。チェストに背を向けカーペットの上に座った類は、しょんぼりと背中を丸めている。

「なんで正座？」

「だって謝りに来たんだし」

「そんなことされると気まずいよ。足、くずして」

雨に濡れた子犬のような類が顔を上げた。

「麻友さん——大丈夫だった？　ちゃんと話してきた？」

類はいたたまれない様子で顔を伏せた。

「麻友があんなことするなんて——ごめん」

「類や彼女のせいじゃない。悪いのはわたし」

ぱっと顔を上げた類が、

「ちがう。俺がちゃんとしないから」

と、強い口調ではっきりと言った。

「俺が悪い。ごめん」

そう言って、切れたチェーンと潰れた指輪をポケットから取り出した。

「探してくれたの？」

麻友が国道に向かって投げた指輪は車に圧《お》し潰されたようで、見事なまでにひしゃげていた。これでは指に嵌めるどころかチェーンにすら通せそうもない。

「すぐ直すから。それまでは俺もできるだけ一緒にいるよ」

交通量の多い国道でどのようにして指輪を見つけてくれたのか。そう考えただけでも類の気持ちが嬉しかった。

「ありがとう。でも、修理はわたしが自分で頼む。離れる時間をできるだけ短くしたいから。それより、類の大事なネックレス壊しちゃってごめん」

「壊したのは麻友だ。鈴が気にすることじゃない。それに、これを着けてほしいって頼んだのは俺だし」

テーブルにチェーンを置いた類が言った。

「これは俺が直してくるから。そしたら、またもらってくれる？」

わずかに緊張した面持ちで類が訊ねる。

「今回のこと気にして言ってるなら、気持ちだけで充分」

「そうじゃない。今回のことは関係ない。鈴に、俺のものを身に着けてもらいたい。それだけ」

類が微笑む。その笑顔は今の言葉と相まって充分過ぎるほどの期待を鈴に抱かせる。

類への想いを麻友に暴かれたことが急に思い出され、鈴は気まずさから顔を背けた。

「あのさ。彼女が言ってたことだけど、そんなことないから。わたしは類のこと――」

「好きだよ」

「友だちで……え？」

浮かべていたささやかな笑みを消すと、類は真顔になった。

「好きだよ、鈴」

ふたりの間に沈黙が落ちた。類は鈴の反応を待っているようだ。鈴は、類の言葉の意味を理解するのに時間がかかった。

類が、わたしを好き――？

「え……いや、でも類は――」

「何人も彼女がいた。だけど、ずっと感じてた。彼女たちといてもなにか違うって。麻友に『どっちが大事なの』って訊かれてハッとした。ボディーガードみたいなことしたのは鈴を守りたいからだし、彼女のことより鈴を優先したのは、つまりそういうことなんだって」

しばし見つめ合った後、類は照れくさそうに笑った。

「なんか言ってよ」

「だって……麻友さんは？」

「別れてきた。鈴が責任感じる必要ないよ。俺のせいだから。俺がもっと早く自分の気持ちに気付いていれば……別れたばかりでこんなこと言っても全然説得力ないよな。でも」

顔を赤らめた類は、はにかみながらも真っすぐに鈴を見つめた。

「今度こそ間違わない。俺は鈴が好きだ」

なぜかはわからないが、鈴はこれ以上ないほど落ち着いて類の言葉を聞いていた。

これはきっと待ちわびていた言葉。飛び上がって歓声を上げたっておかしくないくらいの出来事。それなのに、どうしてわたしはこんなに冷静なんだろう。

「鈴？」

「……ごめん」

「ごめん――？」

ショックを露《あら》わにした類に、鈴は慌てて言う。

「ちがう、そういう意味じゃなくて。ぼうっとしてた、だから」

気を取り直したように、類は、

「急がないよ。だから、鈴も考えてみて。俺のこと」

と言った。

要が帰る時にはあれだけ騒がしかったラジオは、今度は沈黙したままだった。

14

『ディアガーデン』には常連客がいる。皆、大抵同じ時間にひとりでやって来る。そのうちのひとり、スーツ姿で文庫本片手にやって来る中年男性は決まってコーヒーを注文する。彼は、四十分の間に一度おかわりをして出て行く。鈴が気付いた限りでも、彼が持っている本の表紙は三度変わっていた。彼は土日を除く平日、毎日決まった時間にやって来るのだが、今日は姿が見えない。鈴は時計を見上げながら、いつの間にかその客を待っている自分に気付いておかしくなる。

仕事が忙しくて抜けられないのかな。鈴がそんなことを考えていると、いつもより三十分遅れて文庫本の男性がやって来る。

今日はだれかと待ち合わせなのかな？

肩で息をする男性を見て鈴は思う。店内を見回す彼の視線が案内に来た笹野に落ち着く。席に着くまでの間、彼は空の両手を体側で開いたり丸めたり落ち着きがない。席に着いてからも、ハンカチで汗を拭ったり太腿を手のひらで擦ったりいつもと様子がちがう。

笹野がコーヒーを運んで来た時、彼は覚悟を決めたように顔を上げた。

「笹野さん、やりますね」

姫ならそう言うだろうと鈴は思った。

顔を真っ赤にした笹野は明らかに動揺していて、会話が聞こえなくても男性から告白を受けたことがわかる。

鈴は心の中で呟く。

姫。出てきてよ。話そうよ。それで教えてよ。

姫を殺した犯人を。

轢死《れきし》した指輪は復元したが、悪いものが『やって来なくなる』能力は失われていた。それは、修理された指輪を受け取った瞬間にわかった。ジュエリーショップ店主に張り付いていたグレーのものは、消えるどころか蠢きを強くした。「表面の傷はそのままで……とのご希望だったので手を付けていませんが、これからでも直せますよ」店主は言った。鈴は首を横に振った。この傷はオイサメサンに対する感謝の数であり、鈴が背負っていくべき傷でもあるのだ。

手元に指輪がなかった間、鈴はとにかく視えない姿勢を貫いたが、グレーのもの以外は、人間と違いがわからないほどリアルにはっきりと視えた。

ジュエリーショップからの帰り道、鈴は横断歩道で立ち止まった。道路を挟んで反対側にいる母子は手をつないでいるが、なぜか幼児だけ背中を向けている。黒々とした頭部と縞《しま》の服がよく見える。なにかおかしなことでもあったのか、母親は大きな口を開けて笑っている。声は聴こえない。母親は上体を折って笑い出す。やはり声は聴こえない。お辞儀するような姿勢だった母親が顔を上げると、笑顔は憤怒に変わっていた。彼女の身体の動きがおかしくなる。まるでシーソーのように上体を激しく折り始める。顔を上げる度、彼女の表情が変わる。泣き顔、嫌悪、目を見開いた恐ろしい笑顔。

スピードを出した車が通過するタイミングで、それまでじっとしていた幼児が突然後ろ向きのまま走り出した。衝撃音や悲鳴が頭に浮かんで咄嗟に目を背けた鈴は、普段と変わらない車の走行音に目を開けた。

母子の姿は消えていた。道路にも、横断歩道にもふたりはいない。後退った鈴は気配を感じて振り返る。

背後に母子が立っていた。ふたりは真っ赤な目で鈴を凝視していた。


そうしたものは、いたるところに視えた。

電柱のはるか上で逆さになっている男。水路から這い出ようとする老婆。一見、並んで佇《たたず》んでいるだけに見えるが肢体を引きちぎられたような男女。

直した指輪は常に持ち歩いていたが、以前のようにそれらを消してはくれなかった。むしろ、前よりも多くのものが視えている気がした。

その夜、鈴は夢をみた。

小学校の図書室で、七海と本を読んでいる夢だ。

図書室にはほとんどひとがいないのに、二人はお尻を半分ずつのせて一脚の椅子に座っている。二人は開いている本の挿絵を覗き込む。その絵はひどく恐ろしい。だが、なぜかおかしくなって、二人は笑う。司書の女性がわざとらしく咳をする。神経質そうに寄せられた眉と鋭い視線は、普段の和やかな雰囲気の彼女とかけ離れている。顔を見合わせた二人は司書に気付かれない程度に肩を竦め、再び本に向かい合う。

丸と黒い点で描かれた眼が鈴を見上げている。丸の中の黒点の大きさがわずかに違っている。

ページを捲《めく》ると、髪を振り乱した女性が現れる。正気とは思えない鬼のような表情でだれかを呪っている。そうとわかるのは、ざらついた紙から伝わってくるからだ。彼女の狂気、愛憎、悲しみが。

七海がページを捲る。

「ひっ」と声を上げ、七海が椅子から転げ落ちる。一緒に座っていた鈴もバランスを崩す。ひっくり返らずに済んだのはだれかに手首を摑まれたから。鈴はお礼を言おうと手の主に向き直る。

本の中から伸びた青白い手が、鈴の手首をしっかりと摑んでいた。鈴は遮二無二腕を振り回し、その場から離れる。

奇妙な音に顔を振り向けると、挿絵の女のような司書がこちらを睨みつけていた。音の正体は、彼女が歯の間から強く息を吐き出す途切れない音だった。色のないカサついた唇はところどころ切れて血が滲み、吊り上がった口角が引き攣っている。剝き出しの茶色い歯が素早くカチカチと音を立てる。

鈴はぞっとして、司書から目を逸らす。振り返った先に親友の姿は見えない。図書室を見回すが、ぽつぽつ居たはずの児童は本だけを残して消えている。いつの間にか背後に迫った「しゅー」「しゅー」という音に、鈴は見てはいけないと思いながらも振り返ってしまう。

司書は、いつの間にか麻友に変化していた。麻友は髪を振り乱し、汚らしい歯を剝き出して嗤《わら》った。低い体勢で鈴を見上げるのは朱で縁取りされたような眼だ。彼女はものすごい速さで歯を鳴らし、何度か首を傾げる仕草を見せる。恐れで息が止まった鈴の顔面に、女の茶色く尖《とが》った歯が迫る。

全身汗みずくで飛び起きた鈴は洗面所へ向かった。頭に居座る鮮明な悪夢を追い払おうと両手で頭を抱えていた鈴は気付かなかった。

チェスト上の壊れたスマホが、なにかを報せるように発光していたことに。

15

告白が成功したらしいことは、文庫本の男性が入店した時点で鈴にはわかった。彼女を探す目が輝き、頬が紅潮している。案内に向かった笹野は俯き加減だが、耳まで赤くしている。仕事に厳しい彼女も、プライベートではあんな顔を見せるのか。

鈴はレジ作業を進めながらそんなことを考える。二人に目をやると、男性が笹野の後ろを歩いているところだった。彼は喜びを噛みしめるような表情で笹野をちらちらと見ている。その瞬間、

わたしはとんでもない間違いを犯したのではないか、なにかとても重要なことを忘れているのではないか――

そんな考えが胸に飛び込んで来た。

それは強く作用し、鈴に過去を振り返らせた。

「檜木さん、その話、今じゃないとだめなの？」

客の目に触れない場所まで腕を引かれた笹野は、迷惑というより困惑した様子で言った。鈴は、じれったさのあまり足踏みを始めた。

「今、どうしても。あれ、防犯カメラですよね？」

天井に据え付けられたドーム型のカメラを指し、鈴は訊ねる。

「もちろん録画されてるでしょ？　過去の記録を見たいんです」

「そう言われても――なにか問題でもあったの？」

「大問題です、しかもものすごく急いでるんです。お願いします、見せてください」

笹野は鈴の勢いに押されるように、

「お客様とトラブルでもあったの？　わたしが見ていた限りではそんな様子もなかったと思うけど」

「そうじゃなくて。トラブルとか、そんなレベルの話じゃないんです」

「理由も聞かずに見せるわけにはいかないわ」

ああ、もう！

鈴は足踏みしていた右足をどんと鳴らした。

「犯人が写ってるんです！」

笹野の顔色が変わる。

「犯人て――」

「姫を殺した犯人！」

絶句する彼女の肩を摑んだ鈴は、狼狽《ろうばい》した笹野の目を覗き込んだ。

「思い出したんです。笹野さんの彼氏を見た時に」

零れんばかりに目を見開いた笹野の顔は蒼白《そうはく》だ。

「なに……彼が……彼が犯人なの？」

もどかしさで爆発しそうな鈴は、笹野の肩を激しく揺すった。

「違いますよ！　あのひとは全然関係ないです」

急《せ》いた気持ちを落ち着かせるために、鈴は深く呼吸した。笹野の肩から手を離し、

「でも、あのひとのおかげで思い出せたんです」

と言った。

「いったいどういうこと？」

「さっき、笹野さんの後ろを歩くあのひとを見た時――彼、笹野さんのこと上目遣いで照れくさそうに見てました。それで思い出したんです。姫が殺された日、同じようなことがあったって」

前日に、付き合っている彼とケンカした姫はひどく落ち込んでいた。鈴と話すうちに元気を取り戻した彼女は——

「ひとりで入店してきた男の案内を姫がしました。その時、そいつは姫のことをチェックするみたいに後ろからちらちら見てた。あの時は姫がかわいいから意識して見てるんだと思ったけど」

鈴は、悔しさに奥歯を嚙みしめた。

「なんでこんな簡単なことに気付かなかったんだろう。わたしの経験値が低いばっかりに——全然違うのに。笹野さんの彼の視線と、全然違うのに！」

今度は、混乱の最中にいるはずの笹野が鈴の肩を摑んだ。

「檜木さん、落ち着いて。順序立てて話して」

「あいつは下見に来てた。獲物を探してたんだ。それで姫に目をつけて——」

鈴の身体は怒りで震えた。手のひらからそれを感じ取ったのか、笹野は肩を摑んでいた手を鈴の背中に回した。

「裏へ行きましょう」

笹野は厨房スタッフに声をかけ、鈴を更衣室へいざなった。

鈴はウロウロと歩き回り、嚙みつくように言った。

「録画された映像、見せてもらえないんですか」

笹野は厳しい表情を鈴に向けた。

「防犯カメラの映像は毎週月曜午前零時に自動消去される。あの日は土曜だった。古賀さんが発見されたのは事件の翌日、日曜の夜。月曜に警察が来たけど、その時点で映像はすでに消えてた」

ショックと落胆で足元がふらついた。笹野は鈴を支え、パイプ椅子に座らせてくれた。

「檜木さんが見たっていう、お客様。そのひとが犯人だっていう確証があるの？」

鈴は自信を持って頷きたかった。だが――

ゆるゆると首を横に振る鈴を見て、笹野はため息を吐き出した。

「どうして檜木さんがそう思ったかはわからないけれど……重要なことだし、警察に話した方がいいとは思う。だけどね」

胸の前で腕を組んだ笹野は、

「もし檜木さんの思い違いだったら？　そのひとが事件と無関係だったら？　警察に話を訊かれる。なんてことないように思うかもしれないけど、そうじゃない場合もある。ただそれだけのことで職場に居づらくなったり家族とギクシャクしたり。無実なのに、なにもしていないのに警察に話を訊かれたってだけで人生が変わってしまう場合がある。大袈裟だって思うかもしれないけど、実際にそういうことってあるのよ」

訊ねなくても鈴にはわかった。笹野の話は彼女自身の体験か、身近なひとの話だと。

「わたしだって一日も早く犯人が捕まってほしいと思ってる。古賀さんをひどい目に遭わせた犯人に罪を償わせたい。そのためにも確実な証拠や確信を持って臨むべきよ」

鈴が小さく頷いたのを見ると、笹野は組んでいた腕をほどいた。

「このまま警察署へ行くなら早退して構わない。どうする？」

コンクリートの床に視線を落としたまま、鈴は首を横に振った。

「わかった。じゃあ、気持ちが落ち着いたら出て来て」

更衣室の扉が静かに閉まると、鈴は顔を天井に向けた。片腕で目を覆うと、自問自答を始める。
なぜ、一度来店しただけの客が犯人だと思ったのか。
――目つきのせい。気になる異性を意識する目つきじゃなかったから
それでは、男はどんな目つきだったか。
――ちらちら見るのは変わらない。ただ――
ただ？
――ただ――今思い返してみると、好意から見ていたわけじゃないような気がしてきた。どうしてそう思うのかはわからない
男の特徴は？
――よく覚えていない。でも、もう一度見たらわかると思う
トイレで頭を殴られた時の男と同一人物か。
――わからない。殴られた時の記憶は戻っていない
ならば、犯人がだれか断言できないのではないか。
「その通り」
頭の中で繰り広げた問いの答えを、鈴は嚙みしめるように口にした。

16

『あるのが当たり前過ぎて見ようとしなかったものが、今回の経験を通じてクリアに、新しい

レンズで見られるようになった気がしています』

『都会にいては気付けなかった、ということでしょうか』

『そうですね。太陽や空気、水。生きていく上で必要不可欠なそれらを、僕は普段、特別なありがたみも感じず受けてきました。ところが、スタジオを出て人工物の少ない場所に行ってみると、驚くほどのパワーを感じたんです』

『これまでもたくさんの屋外撮影があったと思いますが、なぜ、今回は特別だったのでしょう』

『長野《ながの》、という土地柄のせいかもしれません。長野県は四方を山に囲まれていて、どこにいても山が見える。緑が身近で空気が澄んでいる。特に今回の撮影は明け方から行われたので、そういったことも関係しているのかもしれません』

よく言うわ。

ラジオから流れる、要と女性パーソナリティの会話を鈴は呆れ気味に聞いている。

アパートのベランダとも呼べない狭い空間から洗濯物を取り込む。窓辺に吊るした男性用のブリーフパンツが目に入り、要との会話がふいに蘇る。鈴は苛立ちまぎれにパンツを引っ張った。洗濯ばさみがばちんと鳴った。

『長野に行かれたのは今回が初めてだったのでしょうか』

洗濯物を抱えた鈴は、思わずラジオの前で足を止めた。女性は長野での屋外撮影、要が『ディアガーデン』を訪れた日に行われた撮影について訊いているらしい。ラジオは沈黙している。壊れたかな、と思って、そんな風に思った自分がおかしくなる。

元々壊れてる。

『ヨウさん？』

ラジオから女性パーソナリティの声。

『すみません、仕事では初めてですね』

『では、プライベートでは何度か？』

『……幼い頃に、はい』

へえ。

膝の上でＴシャツをたたみながら、鈴は心の中で冷淡に思った。

『その頃の印象とはまた違ったのでしょうか』

鈴はイライラして、言った。

「七海、もういいでしょ。わたし、要のことなんか興味ないんだけど」

ラジオは黙らない。

『――ですね』

「あー、もう、なにも聞かない」

鈴は両手で耳を覆った。途端にラジオの音量が上がった。

「ちょっと！」

鈴は慌ててラジオに飛びついた。

「やめてよ、七海！　わかった、聞くから。聞けばいいんでしょ」

音量が下がる。

「この部屋、壁薄いんだから！　お隣さんに迷惑でしょ！　まったく」

ラジオから離れた鈴に、

『最近、長野にご縁があるようですね。長野県の里田村《さとだ》、というところで近々公開撮影会があるとか』

聞き慣れた村名が飛び込んで来る。鈴が生まれ育った村だ。

『はい。里田村の村長さんから村おこしを兼ねて是非と直々のオファーがあって、僕でお役に立てるなら、とお受けしました。里田村は星空も美しいと伺っているので、とても期待しています』

星空！　そんな時間まで村に居座るつもり？

『ファンのみなさんに一言お願いします』

『いつも応援ありがとうございます。自然美しい里田村で、みなさんにお会いするのを楽しみにしています』

だれが行くかっての。

鈴が毒づくと同時に、ラジオは切れた。

17

類の送迎を断った鈴にとって、この状況はラッキーと言える。

仕事を終えた鈴が肩越しに振り返ると、黒いバイクが夕日に煌めき、鈴の目を射た。思わず顔を顰め、眇めた目で鈴は観察する。

ダボッとしたパーカーとカーゴパンツ姿の常磐の弟、千歳がこそこそと後ろをついて来る。尾行のつもりなのだろうが、バレバレだ。

「君、ちょっといいかな」

制服警官が千歳に声をかけた。あからさまな不機嫌顔で、千歳はバイクを停めた。

「どこへ行くの？」

警官は二人、どちらも男性だ。

「どこって——なんで」

千歳はぶっきらぼうに答える。

「あの女性の後をつけているように見えたから」

気になって様子を見ていた鈴と千歳の目が合った。

「免許証、見せてもらえる？」

「なんで」

苛立った口調の千歳は、今にも警官に摑みかかりそうだ。

仕方ない、助けてやるか。

「ちょっと！　あの！」

鈴は声を上げ、警官の元へ駆けつけた。

「おつかれさまです。女性の後をつける危険そうな男を見つけて声をかけた、それだけなら正当性しか感じないんですけど、でも」

二人の警官は不思議そうな顔をしている。

「わたしのことご存じですか。知ってて、護衛的な意味合いで彼に職質かけたんですか？　だとしたら、職務怠慢もいいとこ」

警官の顔色が変わる。飼い犬に手を嚙まれたような表情だ。

「檜木さん、わたしたちは――」

「わたしのことは知ってるんですね。それなのに、彼のことは知らない？　そんなことあり得ないんだけど」

怒りで顔を真っ赤にした中年警察官が口を開く前に、鈴は、

「被害者の家族」

と、冷ややかに言った。

「こちら、古賀常磐さんの弟、古賀千歳さん。彼とわたしは、事件後お互いの連絡先を交換して直接話もしています。彼は、未《いま》だに捕まらない犯人にわたしが危害を加えられるかもしれない、と万が一のことを考えて見守ってくれているんです。そもそも、警察が犯人を捕まえるか、彼の代わりにボディーガードをしてくれたら済んだ話ですよね。職質、まだ続けますか」

警官が去った後、二人は道路脇へ移動した。アパートへ寄るよう鈴は言ったのだが、千歳が固辞した。「ひとり暮らしの女の家に上がり込むほど厚顔無恥じゃない」と言って。それを聞いた鈴は、なるほど要は厚顔無恥なのだ、と彼の無礼ぶりに留飲を下げた。

バイクのキックスタンドを立てた千歳が言う。

「礼を言う気はないから」

「そんなの求めてない。お礼を言うのはわたしの方だし」

「なんで」

「千歳くんがいるってだけで、ちょっと安心できたから。ところで、バレバレの尾行してたのはなんで？」

千歳はため息を吐いた。

「あんたしか取っ掛かりがないから」

「とっかかり？」

「犯人につながるもんが、あんたしかないんだよ」

言ってから、千歳は頭に手をやった。

「スマホとか手がかりになりそうなものは、全部警察に持ってかれたから」

「だからってなんでわたし？」

「あんた、犯人の顔見たって言ったろ。それが本当なら、奴は焦ってるはずだ」

「でも思い出せないし――実際、見たかどうかもあやふやで――」

「すぐ逮捕されないことに犯人が安心してるとは思えない。むしろ、いつ捕まるか、いつ警察が来るかって怯えてるはずだ」

「だったら、余計わたしに関わるとは思えないんだけど。今日だって警官がいたし」

千歳は切れ長の目でちらりと鈴を流し見た。

「あんた、俺より相当年上だろうに、考えがあまいな」

「姉弟して失礼な。そんなに年上じゃない」

姉弟というフレーズに、千歳がかすかに微笑んだ。

見間違えたかと思うほど、次の瞬間には千歳の表情は凍っていた。

「見えないところに連れ込む。女に乱暴する、殺す。全部、臆病者のクズがすることだ。焦った臆病者がどんな行動を取るか、想像できるか？」

鈴の喉元でゴクリと大きな音が鳴った。

「わからない。だろ？　そう、わからないんだよ。そういう奴らが追い詰められた時どんな行動をするかなんて想像もつかない。きっと俺たちの想像の上を行く突飛な行動を取るだろう」

「わたしの口を封じるために犯人がやって来るはずだって信じてるの？」

その問いに、千歳は答えるつもりはないらしかった。

「わたしのボディーガード……なんてつもりはないんだよね。犯人を見つけるためにわたしの周辺をうろついてる。でもさ。犯人を捕まえるのが目的なら、千歳くん、やり方間違えてない？」

千歳が心外そうに片眉を吊り上げる。

「だって、目立ち過ぎ！　明らかにおかしい。しかも、犯人は千歳くんのことも知ってる可能性あるよね」

「それは——」

「しかもさ、こーんな顔して」

鈴は顰め面を作ってから人差し指で目尻を持ち上げた。千歳は面食らったようだ。

目尻から指を離した鈴は、

「どんなに犯人が突飛でも」

そっと千歳を指さした。

「こんな怖い顔した男が近くにいる時に姿を現すとは思えない」

千歳はなにごとか考えるようにしていたが、やがて、

「それもそうだな」

と、認めた。

「わたしはありがたいけどね。千歳くんにそのつもりはなくても、側にいてもらえるだけで安心できるから」

類にはもう頼めないし。鈴は思った。

「千歳くんほどじゃないにしても、わたしも犯人を捕まえたいと思ってる。だから、協力させて」

千歳の目に、はっきりと興味の色が浮かび上がった。

「姫と交流があったひとに会わせてほしい」

「犯人の顔を思い出したのか？」

「ちがう」

「警察で話を訊かれただろ？　顔写真も見せられたんじゃないのか」

「訊かれたし、写真も見せられた。でも、写真じゃだめなの」

千歳はなにか考えるようにしていたが、やがて口を開いた。

「でも、なんで。常磐の知り合いがやったと思う根拠は？」

「根拠、証拠、確証……そういうの、なくちゃだめ？」

鈴は背中を丸め、深々と息を吐き出した。

「わからない。実際に犯人の顔を見たら思い出すのか、それともこの先ずっと思い出せないのか。だけど、やってみて損はないでしょ？」

千歳は前を向いたまま返事をしない。鈴は観念して言った。

「無茶言ってごめん。わたし――」

「わかった」

千歳がバイクへ向かう。ヘルメットに手を伸ばした彼は、鈴に一言。

「また連絡する」

18

千歳と話した翌日。鈴は、空いた鈍行電車のボックス席に類と向かい合って座っていた。

祖母の三回忌のために帰省の準備をしていた鈴の元へ類から電話があった。連絡を取るのは告白事件以降初めてだった。類は彼の両親から鈴が帰省することを聞いていて、自分も一緒に帰る、と言った。

電話の間、類は告白などなかったかのようないつも通りの態度だった。着信の名前を見てスマホを取り落としたり変な汗をかいたり、緊張しているのは自分だけだと気付いて、鈴は気が抜けた。

発車からしばらくして類が言った。

「いつの間に鈴は探偵になったの?」

「探偵?　なんで?」

「だって……姫の弟と犯人捜し、するんだろ。探偵みたいだから」

駅のホームで鈴から近況報告を受けた類の感想はまさかの『探偵』だった。

「犯人捜しって言うか、逆だよね。知人の中に犯人はいないって確信を得たい」

「それって消去法で犯人捜すってことでしょ」

類は窓枠に肘をかけた。

「被害者家族が鈴になにかするとは思えないけど、話を聞く限り彼も危うい感じがするな」

「千歳くんが危険だって言いたいの？　まさか。彼、まだ十代だよ」

「年齢は関係ないよ。惨《むご》い仕打ちを受けて亡くなった姉の姿を、彼は見てる。それだけじゃない。彼は事件の一端に関わってる」

「犯人の後ろ姿を見たこと？　それは千歳くんが望んだことじゃない」

「そう、望んだことじゃない。でも、これから先起こること、起こすことは望んですることだ」

「なにが言いたいの？」

「彼が鈴に協力して犯人を捜すのは、警察に情報提供するため？　それとも、警察より先に犯人を見つけて復讐《ふくしゅう》するため？」

　鈴は唇を結んだ。

　千歳とのやり取りを、鈴は類に大まかにしか説明していない。千歳がどう言ったか――たとえば犯人をぶっ殺すと言ったことなど――は、類には知りようがないはずだ。

「なんでわかったの、って顔してるけど、探偵じゃなくてもこのくらいの推理はできる」

　類は車窓の外に目を向けると、頰杖をついた。

「大事な家族が殺されたら普通じゃいられない。それはわかるけど、捜査は警察に任せた方がいいんじゃないかな」

「そう。普通じゃいられない。居ても立ってもいられない。だから千歳くんは行動してる。それだけ」

「素人が犯人捜しなんて、無謀だし危険だよ」

「犯人捜しなんて言い方、大袈裟」

「本気で犯人捜す気なら、俺もついてく」

「そんな、類は関係ない――」

窓枠から肘を外した類は、腿の上で両手を組んだ。

「鈴さ、俺のこと避けてる?」

「避けてたら昨日の電話に出てないし、そもそもこうやって一緒の電車に乗ってない」

「そういう物理的な意味じゃなくて、心理的に。こうやって間近で話してても距離を感じる」

「それは――」

やっぱり。と言うように類が視線を下げた。

「以前の鈴だったら俺に相談して、俺と犯人捜しをしたはず。出会ったばかりの奴となんかじゃなくて」

「千歳くんは――」

「それに、俺は関係ないなんて絶対言わなかった。いつも俺を頼ってくれたのに。いつだって……」

突然、類が両手で顔を覆った。

「ごめん。ただのヤキモチ」

横に向けた顔を片腕で隠しながら、類は、

「かっこわる……ちょっと、こっち見ないで」

と言った。

鈴は、赤くなった顔を車窓に向けた。

19

類は両親に呼ばれているとかで、ふたりは鈴の家の前で別れた。

僧侶の読経を聞きながら、鈴は部屋の隅を流し見た。

通夜の時天井の角に張り付いていた赤い服の女は、今日は姿を見せるつもりはないらしかった。

「類は戻ればいいよ。わたし？」

鈴はスマホを耳にあてながら、親戚が集まった和室を廊下から眺めた。

「無理、無理。今日は泊まってく」

『じゃあ明日、用事済ませたら迎えに行くよ』

「過保護過ぎ。子どもじゃないんだから――」

『子どもじゃないけどか弱い女子には違いない。だろ？』

そのセリフで類に抱きしめられた時の感触が蘇り、鈴は空いている手で反対の腕を摑んだ。

『今日は行かれなくてごめん』

「いや、類が気にすることじゃないよ。お通夜や葬儀も一周忌の時も来てもらったし、充分だよ」

『うん……そういえば母さんから聞いたんだけど、明日、里田小の公開参観があるんだって。時間が合えば行ってみない？』

「公開参観？」

卒業して十年近く、特別な用事もなかったので母校には一度も行っていない。参観といっても知り合いの子がいるわけでもないし、類の提案を断ろうと思っていた鈴は先日みた夢を思い出した。七海と図書室にいた夢だ。

「行ってみようかな」

類は弾んだ声で参観の時間を教えてくれた。現地集合と決まり、通話を終えた。

鈴は和室を見回した。どこからか視線を感じたのだ。お斎《とき》が始まったところで、鈴の両親は僧侶に挨拶をしている。

テーブルの向かいの相手にグラスを差し出す伯母、じっとしていない息子を追いかける兄嫁。そんな騒がしい室内で、不思議なほど静かなオーラを纏った女性がいた。

女性は艶々した黒髪を肩の上で揺らし、じっと鈴を見つめていた。口元に浮かぶかすかな笑みはまるで『敵ではない』と言っているかのようだ。

三回忌ともなると集まる親戚は限られてくるが、鈴は彼女の顔に見覚えがなかった。歳は二十代半ばといったところ。くっきりとした目鼻立ちの美人だ。多くの女性がそうであるように黒色が顔をくすませて見えることもなく、喪服を着ていても彼女の肌は明るく艶めいていた。

だれも彼女に話しかけない。まるで彼女が存在しないかのように。

この世ならざる者のように思えて、鈴は彼女から目が離せない。

その女性が立ち上がり、鈴の母の元へ向かう。伸ばした手が母の肩に触れる。振り向いた母が彼女を認めたので、鈴は安堵の息を漏らした。彼女は生きた人間なのだ。

女性がこちらに向かって来る。女性の後方にいる鈴の母が、口パクで『お見送りしろ』と言っている。鈴は女性と共に玄関へ向かった。

黒のパンプスに足を滑り込ませた女性がくるりと振り向いた。近距離で見ると、黒いアイラインを目尻で跳ね上げるクセの強いメイクをしているのがわかった。

「困ってることない？」

唐突に彼女が言った。虚を突かれ、鈴は目を白黒させた。

「え、なに——なんですか？」

女性は笑みを広げ、

「問題は？　ない？」

と、問いを変えて言った。

「あの……？」

鈴の顔をまじまじと見つめる女性は、仕方ないというように口角を横に引いた。

「たとえば、そう——指輪のこととか」

「指輪って——」

「あなただけの特別な指輪。失くした？　だれかにあげた？　もしかして売った？」

「まさか！」

鈴はポケットに手を突っ込こみ、指輪を取り出した。差し出すように見せてから、この女性はいったい何者なのかという疑問が浮かぶ。

「じゃあなんでオイサメサンとのつながりが切れたんだろ」

指輪を引っ込めようとしていた鈴は、『オイサメサン』というキーワードで動きを止めた。

「あなた——だれ？」

「あたし？　薙《なぎ》」

　薙と名乗る女性が鈴の手から指輪を抓み上げた。自身の目の前に持って来た指輪を、彼女はためつすがめつしている。

「きれいな状態だけど……なんかした？」

　傷だらけの指輪を「きれいな状態」と表現した彼女は、小さな輪から覗き込むように訊ねた。

「一度潰れて……」

「潰れた？　なんで」

「指輪が車に轢《ひ》かれた」

　ぶっ、と薙が吹き出した。

「指輪って車に轢かれるんだ」

　おかしそうに言って、彼女はまた指輪を眺めた。

「で、修理したんだ？」

　鈴が頷いたのを見ると、薙は、

「『通常の切れ方と違う』ってこういうことだったんだ」

と感心したように呟いた。

「なに？」

「こっちの話」

　薙は、抓んでいた指輪を上着のポケットに滑り込ませた。

「え、ちょっと！」

「このまま持っていてもあなたの役には立たない。でしょ？　心配しないで。今度あたしが来る時は、ちゃんと『つながった』指輪を持って来る」

鈴がなにも言えずにいると、薙は値踏みするような目を鈴に向けた。

「あなた、いくつ？　二十五、六？」

「二十一。なぜかいつも年上に見られるけど。なんで？」

「そのくらいの歳になれば、もう指輪は必要ないんじゃないかと思って。自分の意思で視えないようにすることもできるのに、そうしないのは視えていたいから？　それとも貞操観念が強いから？」

「どっ、どっちでもないし、あなたに関係ないでしょ」

薙は鈴の慌てぶりを笑うと、首をひねり後方に顔を向けた。全開にしてあったはずの玄関の引き戸が、半分ほど閉まっている。

「ここだけガラスが嵌め換えられてる」

引き戸の、格子状に嵌められたガラスを彼女は指さし言った。

「これが――」

伸ばしていた手を顎にあて、薙はなにか考えるようにしている。気味悪くなり始めた鈴が声をかけようとした時、彼女は突然こちらに向き直った。

「これか」

興味津々といった様子で、薙は人差し指を鈴の頬の傷痕に向けた。

「ふうん」

彼女は納得したように吐息を漏らす。なぜ彼女が頬の傷の原因を知っているかわからないが、鈴は段々腹が立ってきた。

「傷跡がそんなに珍しい？」

小馬鹿にしたような笑みを浮かべ、薙は首を振った。

「全然。そんなの蚊に刺されたようなものじゃない」

薙は黒々とした髪を手に提げ、後ろ向きになって髪のない頭を鈴に見せた。

猛然と抗議しようとした鈴の口が半開きになる。感じていた怒りは一瞬で鎮火した。

「傷痕ってこういうものよ」

彼女の頭には無数の傷がついていた。短い筋状の傷痕がほとんどだったが、頭頂から後頭部へ向かう痕は、ジグザグと頭皮を切り開こうとしたように走っている。

鈴は絶句した。薙は満足気に微笑みながら、振り向いた。

鈴は、彼女がウィッグを被り直す時にもう一つ大きな傷跡を発見した。左耳を囲むようについている傷で、それはまるで——

「これ？　耳を削ぎ落とそうとしたの」

「え」

「あなたは視えるのかもしれないけど、あたしは聴く専門でなにも視えなかった」

パタパタと音がする。振り返ると、走り回る息子を捕まえようと鈴の兄嫁が廊下に出て来たところだった。

「ああいうの、いいね」

鈴が視線を戻すと、薙は眩しいものでも見るような目でふたりを見ていた。

「ごめん。なんの話だっけ」

あ、そうだ、と言って薙は再び話し始める。

「声の言う通りにして何度か死にかけて、これは脳の中にチップかなんかが埋まってるにちがいないと思ったんだよね。それで何度も取り出そうとした」

薙はこめかみの辺りを人差し指でトントンと叩いた。

「家族と医者に、お前に聞こえているのは幻聴だって言われて、なんだかわからない薬をたくさん飲まされて病院にも入れられたのに、声は止まなかった。ずっと、わたしに話しかけてきた。どうやら頭にチップはないみたいだし、声を聴こえなくするためにはこうするしかないかなって。だから」

薙は顔を顰め、拳から突き出した親指で左耳を切るように動かした。

鈴が後退るのを見て薙はカラカラと笑った。

「バカだよね。外側切ったって意味ないのにね。しかも切れなかったし。でも大丈夫。もう『声』は聴こえないから」

鈴は彼女の指に目を走らせた。十本の指に金の指輪は嵌まっていない。視線に気付いたらしい薙は、

「あなたの方法とは違う、もうひとつの方法で聴こえなくなった。ま、自分の意思じゃなかったけど」

「それって——」

「レイプされた」

もう帰る。そう言うような調子で、彼女は言った。

「何人もの男に代わる代わる犯された」

薙は玄関横の鏡を覗き込みウィッグを直している。

「退院させられた直後、両親は見たこともない男たちにあたしを渡した。それから知らない建物に連れて行かれてベッドとトイレがあるだけの部屋に閉じ込められた。嵌め殺しの窓から三回お日さまが昇るのを見た。

後で知ったけど、処女喪失が悪魔祓いになると信じてるカルト教団なんだって。両親も、よりによってなんであんなところを頼ったのかね。処女喪失って、一度で充分じゃない？　それを何度も何度も……教団の信仰なんかクソくらえだけど、あんなことをした奴らに金を払う親もいい加減クソだよね」

あーあ、と言って薙が向き直る。視線を落とし、

「しかも悪いことにさ、ピタッと止んだわけ。声が。もちろん教団とは無関係だけど、両親は『教団のおかげだ』って言って破産するほどのめり込むし、知人、親戚を勧誘しまくって縁切られるし。兄妹からはあたしのせいだって恨まれるしさ、声が聴こえてよかったことなんかひとつもない。悪夢」

まさに悪夢のような生い立ちを薙は淡々と語った。

「あなたは幸運だった。『視える』ひとが側にいたし、そのひとがあなたのことを信じてくれた」

穏やかな表情で、薙は鈴の甥っ子が入っていった奥の和室を見つめた。

「指輪だって――あたしのところにも、もっと早く来てくれたら良かったのに」

それは、とても悲しい声だった。押し殺した叫びだと鈴は思った。

表から響くクラクションの音に反応し、薙は言った。

「もう行くね」

退去しかけた薙が忘れ物に気付いたような顔で振り返った。

「耳を切っても目をほじくり出しても無駄だからね。あれは耳で聞いてるんじゃないし、目で見てるわけじゃないから。それが証拠にオイサメ――」

イラついたようにクラクションが鳴る。

薙が車に向かって手を振った。表には黒いセダンが停まっていて、運転席に座る中年女性がこちらの様子を窺うようにしている。

薙は早口に言った。

「視えなくなりたいなら、手っ取り早くセックスしちゃえばいいのに」

足早に去っていく薙を、鈴は唖然としながら見つめた。

20

法事の翌日、鈴は卒業後初めて小学校の校舎に足を踏み入れた。学校に着く直前、類から遅れると連絡があった。

多くの地元民が思い思いの教室へ入って行く中、鈴は階段を上がり、校舎二階のつきあたりの部屋へ向かった。

ドアを潜《くぐ》った瞬間、本のにおいに包まれる。鈴は部屋を見渡す。

こんなに狭かったっけ。

それが率直な感想だった。一生かけても読み切れない百万冊くらいあると感じていた蔵書も、今なら数年で読み切れそうに思えた。

図書室にはだれもいない。司書の姿も見えない。鈴はテーブルの端に触れようとして、その低さに驚く。椅子もテーブルも、大人が使うには小さく低すぎる。

目の端になにか映った気がして、鈴はそちらに顔を向けた。胸の高さの本棚の向こうに、黒い頭が見えた。

子どもがいたのか。でも、今は授業中なのに。

鈴が子どもの方へ足を進めると、その子は鈴を避けるように壁際へ移動を始めた。本棚の上部から見えるのは飾りをつけた頭だ。向日葵《ひまわり》色と薄いブルー、赤色の丸が寄り合わさった髪飾りは着物か浴衣に合いそうなデザインで、学校につけてくるには派手だし洋服には似合わないなと鈴は思った。さらに目を凝らすと髪飾りの三つの丸が、
ピンポンマムの花みたい――

心臓がドクンと鳴って、鈴はその場に棒立ちになった。あの飾りには見覚えがある。見覚えがあるどころか、あれは――

移動していた子どもが本棚の端で止まる。

顔を出して。お願い、顔を見せて。

棚の端を摑む白い手が見えた。こちらを覗こうとしているのか、先ほどの髪飾りが見える。本棚中央から長い「袖」がひらりと舞う。鈴が一歩を踏み出すと、その子は驚いたように本棚の陰に消えてしまう。

「待って!」

鈴は慌てて駆け寄り本棚の向こうを覗き込んだ。子どもの姿は消えていた。狭い図書室を探

し回るが、その子はどこにもいなかった。諦めきれず、もう一度本棚の向こうを覗き込んだ鈴は、子どもがいたと思われる場所に一冊の本が落ちているのを見つけた。背表紙を上に落ちている本に指をかけた時、女性の声が響く。

「だれかいるの？」

様子を窺うような気配に、鈴は屈めていた腰を伸ばした。

「すみません、すぐ出ます」

本棚の陰から足早に出ると、鈴は背の低いテーブルの横を通り抜けた。入り口に立っていたのは夢に出て来たのと同じ女性、九年前と同じ図書室の司書だった。夢と違うのは、彼女はこの九年でぐっと老けていたこと。白髪の交じった髪、深くなったほうれい線。長細い眼鏡の奥から向けられているのが猜疑《さいぎ》に満ちた目だと気付き、鈴は、

「ここでも参観をしているのかと思って。すみません」

と言いわけをした。司書は、厳しさをやや薄めた表情で、

「参観は各教室で行われていますから、ご覧になるのでしたらそちらへどうぞ」

トートバッグを脇に抱え、そそくさと図書室を出ようとした鈴の耳に司書の呟きが聞こえた。

「鍵をかけたはずなのに、おかしいわね」

21

朱の鳥居は村を見下ろすように建っている。

公開参観からの帰り道、鈴は九年前は駆け上がれた長い石階段を息を切らしながら上る。階段脇に咲くニリンソウがすました顔でこちらを見ている。

ようやく鳥居の前に辿り着いた鈴は、眼下に広がる景色を眺めた。村は息をひそめ、横たわっている。緑と水で潤って見えるこの村の地下には、脈々と流れる「なにか」があるのだ。それは巨大な氷河のように長い年月をかけて溶け出し植物に吸い上げられる。地表に染み出し、やがて飲み水となりひとの身体に入り込む。もちろん人々は気付かない。それだけ慎重に、巧妙に、侵入してくる。

この村で生まれ育った鈴は、幼い頃から——得体の知れないものが視える前から——ずっとそう感じていた。

ひとあたりのいい隣の家のおじいさんは会う度お菓子をくれた。幼い鈴はすぐにそれらを食べていた。ある時、口に入れた飴玉が大き過ぎて咽《むせ》た。手のひらに吐き出した飴は、表面のコーティングが剝げてマーブル模様になっていた。色が欠けた飴玉の奥に毒々しい色をした虫のようなものが見え、驚いた鈴は飴玉を草むらに取り落とす。呆然《ぼうぜん》と立ち尽くす鈴の足元で、カサカサと草を分ける音がする。しばらくして音が止む。おそるおそる鈴が視線を下げると、飴玉の奥に見えたのと同じ色をした昆虫がスニーカーのつま先をよじのぼってくるところだった。

泣いて帰ったことを家族は心配したが、鈴は理由をだれにも話せなかった。幼いながらに直感でわかった。証拠の飴玉はない。大人は信じてくれない。いつ見ても穏やかで優しい隣のおじいちゃんが、まさか！　そう言われるに決まっている。それにバツの悪さも感じていた。おじいちゃんは、いつも「内緒だよ」と言ってお菓子をくれた。内緒で甘いものを食べていたことを知られたら怒られるかもしれない。でも——次にお菓子をもらったらそれをお母さんとお父さんに見せよう。

だが「次」はなかった。老人は鈴が気付いたことを察したようで、以来隣の家の女の子になにかを渡すことは二度となかった。

時々見かける、畑の作業をしている村のおばさん。「いってきます」「いってらっしゃい」笑顔で挨拶を交わす。「今日も暑くなりそう！」鈴の提げたプールバッグを指し、おばさんはさらに笑みを広げる。鈴は曖昧な笑みを返答代わりにそそくさと立ち去る。ふと不穏な空気を感じ振り返ると、大きな帽子のつばの下から真顔になった彼女がじっとこちらを見ていた。嫉妬と羨望、抑えようのない破壊願望が滲み出た視線が、鈴の剝き出しの脚に絡みついてくる。目が合った途端なにごともなかったかのように「優しい近所のおばさん」を演じる彼女に、鈴はいたたまれなくなって逃げ出す。

普段隠しているねばつく思考はだれにでもあるだろうが、この村ではそれが村の「なにか」によって引き起こされているように思えるのだ。

緑深い村の中で「どんぐりの道」と呼ばれる場所がある。鳥居の前から見下ろすと、林立したクヌギの樹が小径《こみち》を挟むように腕を伸ばしている。どんぐりの道を抜けた先に小学校がある。鈴の家は逆方向にあるのであまり小径を通る機会はなかったが、何度かそこで男の子を見かけたことがある。小学校低学年くらいの小さな男の子は、クヌギの樹に隠れるようにしていつも背負ったランドセルをこちらに向けていた。ある夏、彼の手から飛んだ甲虫が快晴の空へ吸い込まれていくのを見た。捕まえた虫を逃がしてしまってさぞかし悔しいだろうと彼を振り返った鈴は息を呑んだ。男の子の顔は空と同じくらい晴れ晴れとしていて、自由を胸いっぱい吸い込んでいるようだった。彼が見ているものを鈴も見たいと思った。そうして明るい青空をもう一度見上げた。小径に目を戻した時、彼の姿はもうどこにもなかった。少年のことはそれ以来一度も見かけていない。

村の中でも一際目を惹《ひ》く白亜の豪邸がある。村で一番裕福で、一番不幸な家。会社を興し、一代で富を築いた女帝は、一人息子にすべてを託そうと、彼の力量以上のものを求め続けた。女帝に虐げられ続けた夫は、殺人欲求の種を自身の中で育て続けた。どす黒く怨念のこもった種子を薔薇の種だと言って息子に与え、女帝への復讐の道具として一人息子を使った。父子は共謀し、多くの女性や子どもを手にかけた。犠牲になった人々の中に、村の男の子がいた。彼は殺される前、どんぐりの道でクワガタを捕まえようとしていた。その時彼が着ていたのは目が覚めるような黄色いTシャツだったそうだ。鈴が見かけた男の子もいつも同じ黄色のTシャツ姿だった。

要塞のような白亜の豪邸は、村の中央に居座っている。幸福の意味をはき違えた家族。今はだれも残っていない。無人のはずの家から漂う気配に、鈴は身震いした。

視えるようになってから。親友を亡くしてから。鈴は益々この村のことを不気味に感じるようになった。

村で唯一好きな場所がこの神社だ。ここは鈴にとって癒しの空間だった。学校でも家でも、この世ならざるものは鈴の前に現れた。だが、なぜかこの神社にいる時だけは死者の影が視えなかった。神社に祭られている神さまか、なにかほかのパワーのおかげなのか、指輪を身に着けていなくてもここでだけは「普通」でいられた。

本殿を回り込む。神社裏手は階段もない急勾配の山の斜面だ。そちら側からひとが上って来ることはない。そもそもひと気のない神社で、その裏側ともなれば無人。ここは鈴の、昔ながらの特等席だった。
本殿下に腰を下ろした鈴はトートバッグを脇へ置き、古い柱に背中をあずける。まずはスマホで類に神社にいることを報せ、次に取り出した本を膝に載せた。
「ちゃんと後で返しに行くから許してください」
鈴はだれにともなく呟いた。それからざらついた表紙を撫で、親友に届くよう言った。
「なにか伝えたいことがあるんでしょ」
鈴には、図書室にいたのが七海だという確信があった。本棚の陰から舞い出た袖は、黒地に牡丹《ぼたん》の花弁が鮮やかな猩々緋《しょうじょうひ》で描かれていた。あれは鈴が小学六年の村の夏祭りで七海とお揃いで着た浴衣だ。なにより、あの髪飾りは鈴が七海に貸したものなのだ。
『雨月物語《うげつものがたり》』上田秋成《うえだあきなり》
図書室から無断で持ち出した本のページをめくる。目次には、
菊花の約《きっかのちぎり》
青頭巾《あおずきん》
吉備津の釜《きびつのかま》
など有名な話のタイトルが並んでいる。いくつかある中で鈴が目を惹かれたのは、だった。
この話を、小学生だった鈴と七海は図書室でくっつきながら読んだ。あまりの恐ろしさに声を上げてしまい、司書に窘《たしな》められた。少し前にみた夢そっくりの思い出だ。

鈴はページをすすめる。数ページおきに挿絵が描かれている。おどろおどろしい画《え》が続く。鈴の手が止まる。紙上から、読む者を睨みつける白い着物の女性。髪を振り乱した女の目は、丸に落とされた黒い点だ。鈴は丸の中の黒点に指を這わせた。夢の中で見たのと同じく、左右の大きさが違うのだ。よく見ると、大きい方の黒点は上からマジックで描き足された落書きだとわかる。

今、鈴はひとりで吉備津の釜を再読する。

吉備《きび》の国賀夜郡《かやのこおり》庭妹《にいせ》の里に井沢《いざわ》正太郎《しょうたろう》という男がいた。酒と女にだらしない性格の正太郎も、しっかり者の女性と結婚させれば落ち着くのではないかと考えた家族は、吉備津の宮の神主、香央造酒《かさだみき》の娘、磯良《いそら》に結婚を申し込む。

結婚に際し、磯良の両親は神社に伝わる鳴釜神事《なるかましんじ》を行った。釜を炊き、湯が沸き上がる時の音で吉凶を占うものである。牛が吼えるような音が鳴れば吉、音が鳴らなかったら凶とするものだ。ところが一向に釜は鳴らない。この凶兆を、磯良の母は結婚を待ちわびる娘のためにわざと見逃す。そうして結婚は決まった。

磯良は井沢家に尽くし、最初のうち二人は仲睦《むつ》まじく暮らしていたが、正太郎の元来の女好きは変わらず、やがて袖《そで》という遊女と恋仲になり家を出てしまう。

磯良の悲しみようを不憫《ふびん》に思った正太郎の父は、息子を家に監禁する。正太郎を哀れに思った磯良は心を込めて夫の世話をし、また、袖の暮らしも立つように内緒で届け物などをした。

磯良は正太郎にたぶらかされ、言われるがままに金を用意し、正太郎に渡してしまう。

すると、金を手に入れた正太郎は牢を抜け出し袖と出奔してしまう。

欺かれた磯良は、恨み嘆くあまり臥《ふ》せってしまう。

袖と正太郎は、播磨《はりま》の国印南郡《いなみのこおり》荒井《あらい》の里に住む袖の従弟《いとこ》、彦六《ひころく》を頼る。彦六は家の隣のあばら屋を借り、ふたりを世話してやった。彦六の助けで生活を始めようとした矢先、袖が体調を崩す。最初は風邪のようだったのが、やがてもののけか生霊《いきりょう》にでもとり憑かれたかのようになり、みるみる衰弱してしまう。「もしや磯良の呪いでは」と正太郎が思っているうちに、看病の甲斐《かい》なく袖はたった七日で死んでしまう。

袖の墓で正太郎が嘆き悲しんでいると、若い女性に声をかけられる。女性は「仕えている家の主人が亡くなり、奥様は悲しみで臥せっているので自分が代わりに墓参りしている」と言う。主人を亡くした奥方と悲しみを分かち合いたいと屋敷を訪ねた正太郎が見たのは、故郷に捨ててきたはずの磯良だった。死者のように青ざめた顔で正太郎を睨みつける磯良のあまりの恐ろしさに、正太郎は気を失ってしまう。

目を覚ました正太郎は逃げ帰り、陰陽師《おんみょうじ》に助けを求める。陰陽師は「七日前に死んだ磯良の四十九日が明けるまで、残りの四十二日間は物忌みをして絶対に外に出ないこと」と言った。

陰陽師の助言に従い、やっと迎えた四十二日目の夜。夜が明けたと思った正太郎は壁の向こうにいる彦六に外へ出ようと言った。賛成した彦六が外へ出ると、明けたと思っていた空は暗く、月が輝いている。隣からの叫び声に駆けつけると、正太郎の姿はどこにもなく、戸口に生々しい血が流れている。死骸と骨も見つからない。残されていたのは、軒の端にかかる男の髪の髻《もとどり》だけだった。

あらためて吉備津の釜を読み終えた鈴は、

「言いたいことはわかってる」

と呟いた。

「この前見た夢にそっくり。七海、わたしに夢まで見せられるの？」

図書室の司書が——途中で麻友に変わったが——歯を剝き出して襲って来た夢の中でも、鈴は今と同じ本を手にしていた。

「この話が、なに？」

七海は側にいないのか、反応はない。

鈴が本を閉じようとした時、それまでそよとも吹かなかった風が突然巻き起こった。鈴は咄嗟に腕で目元を覆った。小さな砂嵐が去ると、鈴はそっと目を開けた。

膝に載せていた本のページが捲られていた。髪を振り乱した白い着物の女がこちらを睨みつけている。

記憶の中でも夢の中でもこの挿絵が登場する意味を、数年ぶりにこの話を読み返した鈴は理解した。同ページに登場する「ある文句」も決め手になった。

もののけ　呪い
「——生霊」

正解！　というように、再び風が起こる。

鈴は風で乱れた髪を撫でつけ本に目を落とす。女の目が動いたように感じ、勢いよく本を閉じた。

それから鈴は考えた。過去を反芻し、熟考した。どれだけ考えても、突き詰めた結果はひとつだった。

22

これまで「視て」きた鈴の解釈はこうだ。

ひとは強い負の想いを抱えたまま死ぬと霊となってこの世に留まることがある。事故、殺人など他者の手によって突然命を奪われた場合は特にそうなりやすいようだ。そういった霊たちは死んだ時の姿か死の直前の姿で現れることが多い。多くは後者のため、一見すると生きているひとのように視える。彼らは死んだ場所に、ただ居る。呆然と立ちつくしているようにも視えるし、だれかを待っているようにも視える。死んだことを理解できずにいるのか、自分を殺した犯人がやって来るのを待っているのか。

そして、霊の中には同じ行動を繰り返す者がいる。

鈴が中学校の修学旅行先のホテルで視たのは、引きずって来た椅子の上に乗り、首にロープをかけ縊死《いし》を図る女性だ。ホテル従業員の制服を着ている彼女の胸元には洒落たデザインのネームプレートが留まっていて、目を凝らせば名前もわかりそうだった。鈴には倒れた椅子の音までしっかりと聴こえたが、それが「今」起きていることではないとわかっていた。ホテルロビーの化粧室は多くの利用客が出入りしているが、個室に入っていく生徒も、大きな鏡の前で手を洗う教師も、だれひとりトイレの奥にぶら下がっている彼女には気付いていなかったからだ。中には女性の下半身を通り抜ける者もいたが、触れた肩を軽く見遣るくらいの違和感しか抱いていないようだった。

毎朝同じ時刻の電車に飛び込む若い男性。夕刻になると決まって同じ高層マンションから飛び降りる少女。いずれも一度ではなく何度も同じことを繰り返す。自死した者の中には、そうして自身の死を繰り返す霊がいる。やり直したい、生き直したいとの想いがそうさせているのか、死んだことに気付かずそうしているのか、理由は鈴にはわからない。

事故、殺人、自死。赤い女を除き、霊の「いで立ち」や行動で死の原因が鈴にはわかった。少なくとも人間に視える霊については。

わからなかったのは「グレーのもの」だ。うごうごと蠢く、グレーの塊。それは大抵生きている人間の近くにいた。ひとの足元に影のように広がったり、肩にしがみついたり背中に張り付いたり。形状も様々だった。アメーバ状の捉えどころのない形だったり短い手足が生えていたり。完全に「ヒト形」を成しているものもいた。鈴はこれを長い間地縛霊の類いだと思ってきた。だから『ディアガーデン』勤務初日に見かけたグレーのものは、要の関係者に「憑いて」きた死者の霊だと思い込んでいた。そうでない可能性に気付いたのは、麻友についた靄を見た時だ。彼女の首と肩の辺りから、さざ波のようにそれは生まれた。まさに「生まれた」という表現がぴったり合う。面積を増やしたグレーのものは徐々にヒト形を成した。それから意思を持ったように動き出し、鈴の手の甲を踏んだ。強烈な悪意が体内に侵入してくるのを鈴は感じた。触れられた時、はっきりとわかった。あれは悪意の塊だ、と。そしてもうひとつ気付きがあった。グレーのヒト形がこちらに「手」を伸ばした時、同時に長くしなやかな指が生えた。恐怖で目を逸らせなかった鈴は、グレーのものの指先にグラデーションを描いた爪がのっているのを見た。それは麻友の指に見たのと同じものだった。『ディアガーデン』で視た濃いグレーのものは女性のように感じたが、最後には男性のようにも思えた。テーブル下から鈴の足首を摑んだ時と店外では、見開いた対の目も確認できた。

グレーのものは死者の霊ではなく、生きた人間が生み出すものなのかもしれない。

麻友との一件があった後、鈴はそう考えた。それが確信に変わったのは七海の示唆があったからだ。小学校の図書室で拾った『雨月物語』の本。文中にあった文句は、鈴の長年の問いを解消した。

——生霊
鈴は、「視える」ものすべてが死者の霊だと思っていた。だが、グレーのものは生きた人間が飛ばす生霊ではないか。そう考えると合点がいった。

心霊スポットと呼ばれるような場所で心霊体験が多いのは、そこを訪れる人々が「視えるかもしれない」「視えたらどうしよう」または「視たい」と深層心理で思っているからかもしれない。

だが、多くの場合人々はなにも感じない。ホテルのトイレで縊死を繰り返す女性にだれも気付かなかったように。霊たちはそこにいるだけの場合がほとんどだが、時折生者を狙って脅かして来ることがある。横断歩道の母子や、鈴を長年苦しめている赤い女のように。

だが、どんなに霊の「気」が強くても、生きている人間を傷つけることはできない。突き飛ばす、落とす、首を絞める、刺す、撃つ、火をつける、溺れさせる——どれもが、ひとの手で行われるものだ。オイサメサンの使者、薙がした自傷行為は霊の囁きが原因だったらしいが、霊が直接手を下したわけではない。

薙にとり憑いていたのが死者の霊なのか生きている人間の生霊なのかは定かではないが、それは耳を削ぎ落としたくなるほど彼女を精神的に追い詰めた。霊が強いせいだったのか、薤の受信能力が高かったせいなのか――

いや、ちがう。鈴は思う。

どんなに霊の念が強くても、罪悪感も畏れも抱かない人間が相手だと、なにも感じさせることはできない。

鈴は十六の時こんな体験をした。

隣家で不幸があり、鈴の一家は焼香に行った。

家人のほかに多くの他人で埋まった部屋を、真っ裸で横切っていく老人がいた。手に提げた白いタオルが畳を擦ってずりずりと音を立てている。黒い服の集団を縫うように、生白い肌をした老人は一点を見つめ歩いていく。彼が部屋から出たのを確認し、鈴はわずかに安堵する。が、次の瞬間には再び老人が戻って来る。出て行った廊下側からではなく、皆がいる部屋の奥の扉から。鈴に大き過ぎる飴玉をくれた隣人男性は数日前に死んでいて、今は棺の中だ。それなのに、鈴にはクッキリと動いている彼が視える。頬と手の甲に浮き出た大きなシミも、彼が一歩を進める度に揺れるたるんだ臀部《でんぶ》も。台所へ手伝いに行くよう言われた鈴はこれ幸いと部屋を出るが、先んじるように老人が廊下を歩いている。そうして、彼はつきあたりの扉へ吸い込まれていった。鈴は辺りにひとがいないのを確認する。後々思い返してみても、普段は努めて無視する霊をあの時に限って追いかけたのはなぜなのか、鈴は自分でもわからなかった。しかも、普段持ち歩いているオイサメサンの指輪をその日に限って忘れてしまうなんて。

扉の向こうは浴室だった。脱衣所は木製の棚にタオルや掃除道具などが整理して並べられ、古いながらも手入れが行き届いた印象だった。曇りガラスの引き戸の向こうに気配があった。

浴槽の四角い影と、低い風呂椅子に腰かけたヒト形のシルエット。

死んでもなお、風呂へ入ろうとしているのだろうか。

そう思うと、自分に虫を喰わせようとした異常な老人のことを、ほんの少しだが哀れに思えた。浴室に背を向けた途端聞こえた水音に、鈴は凍り付いた。それは湯を愉《たの》しむ者が立てるものとはひどく異なっていた。手のひらで水面を思い切り叩くような、溺れる者がなんとか水面に顔を出そうともがくような音だった。鈴はガラス戸に向き直る。

浴槽の縁と思われる直線から突き出た枯れ枝のような二本の腕がバタついている。それに覆い被さるように、真っ黒な塊が蠢いている。

「なにしてるの」

突然声をかけられ、鈴は驚きで飛び上がった。振り返った先にいたのは、この家の五十代の女性だ。彼女の眉間の皺を見なくても、この状態をどう思われているか鈴には想像できた。

「台所に行こうとしたら迷ってしまって」

苦し紛れの言い訳を彼女が信じたかどうか、鈴には判断がつきかねた。軽く小首を傾げた彼女は感情の読めないのっぺりとした表情で、

「こっちよ」

と言った。彼女の後に続いた鈴は一度だけ浴室を振り返ったが、見えたのは浴槽の四角い影だけだった。

「お風呂は、お義父《とう》さんの一番好きな場所だった。亡くなったのも浴槽だったし……お義父さん、お風呂が本当に好きでね。毎日、朝夕二度お風呂に入っていたの」

鈴を振り返りもせず、女性はしゃべり出す。

「朝のお風呂はお義父さんしか入らないし、夜だって一番先に入るんだからお湯を沸かし直せばいいのに、その度お湯を張り替えるのよ。無駄だし環境にも悪いのに、ねえ」

この家の老人は風呂で溺れ、亡くなった。鈴は両親から聞いて知っていた。

女性の一方的な会話は続く。

「朝晩二度もお風呂掃除をさせられて大変だったわ。お掃除だってお料理だって自分はなんにもしないのに、時々監視するみたいに側にいることがあったっけ。お義母《かあ》さんも厳しいひとだったし」

彼女の苦労は村人たちも知る所だった。彼女の義母は誤嚥《ごえん》が原因で数年前に亡くなっていたが、生前はいびられて辛い想いをしたようだ。

それにしても――と鈴は思う。ともすれば故人の悪口とも取られかねない話を身内でもない隣家の人間にするのはどういうわけだろう。彼女は鈴が生まれるより前にこの家に嫁いでいて鈴の家人とも世間話をするくらいの付き合いはあったが、悩みや愚痴を言い合えるほどの仲ではなかったし、そもそもそれをするには精神的にも物理的にも距離が近すぎた。鈴とは顔を合わせれば挨拶をするくらいで、たとえ鈴が一般的に言われる大人の年齢だったとしても、子ども時代を知る隣人にとっては永遠の子どもであり、人生相談をするはずがなかった。

「わたしの留守に勝手に部屋に入られたこともあった。目を吊り上げたお義父さんに問い詰められた時はさすがに肝を冷やしたわ。大ごとにならずにすんだけど、あれ以来わたしの趣味は取り上げられてしまった」

何の話をしているんだろう。鈴はふと不安になる。台所はまだだろうか。そんなに長くない廊下が、延々と続いているように感じる。

「でも、お義父さんのおかげで歯止めがきいたのはたしかね。あのまま続けていたらどんどんエスカレートしたでしょうから。だからお義父さんには感謝しているの」

彼女のゆっくりとした足取りは、今や止まりそうなほどだ。

「お義父さんとお義母さんはとても仲が良かったし、今はやっと二人になれたって喜んでいるかもしれない」

それを聞いた鈴は、これらの話は彼女なりの思い出話であり、弔いなのかもしれないと思った。

だが、彼女の後ろ姿を見ながら、鈴は強烈な違和感を覚えた。それと同時に、じわじわと恐怖が湧いてくるのも感じた。

五十過ぎの彼女の髪は白いものが多く見られたが、今日は根元までしっかりとカラーリングされている。いつもは一つに束ねているだけの髪型も、プロの手によるものなのか綺麗に結い上げられて、普段の彼女とは別人のようだった。父親の突然の死に戸惑う夫と違い、彼女はテキパキと指示を出し、葬儀を取り仕切っていた。重圧から解放されたかのように、彼女は生き生きとしている。

彼女は歩みを止め、言った。

「それに、大好きなお風呂で亡くなったんだから、お義父さんも幸せでしょう」

突如感じた強い気配に、鈴は思わず振り返った。間近に老人の顔があった。鈴の真後ろで、彼は鈴ではない「だれか」を凝視している。彼は、生前では見せたことのない表情をしている。「憤怒」の表情だ。

一方、彼女は微笑んでいた。唇に浮かべた笑みが、鈴には勝利の微笑に見える。

ゾッとして、鈴は無意識に後退った。

それに気付いたように、彼女がこちらへ顔を向けた。真顔だった。

「わたしが作った飴玉、美味《おい》しかった？」

23

本殿下で眠り込んでしまった鈴は目を覚ました。

昔から頭を使った後は眠くなるタチだった。いくら眠くなるといっても、家以外で実際に寝てしまうことなどなかった——学生時代授業中に居眠りしたことを除けば——まさかひとりきりの屋外で眠ってしまうなんてどうかしている、でも生霊になった女は夢に出てこなかったし、隣家のおばさんの悪事は露見していない……

はっきりしない頭で、鈴は矢継ぎ早に考えた。目が覚めたのは、だれかに肩を揺すられているからだ。

類かな？　ぼんやりと思う。

鈴は目をしばたたかせ、手を置かれた側を見上げた。

だれもいなかった。だれもいないのにまだ肩を揺すられている。

ひめ——？

公園で常磐を見つける前にも同じようなことがあった。だが今、鈴は言いようのない恐怖を感じている。

姫じゃない——これは。

ぎしぎしと首を動かす。肩の上に白いものがのっている。それは爪のない指、どす黒い血管が浮いた白い手、その後ろに。

鈴の肩から覗くように顔を出しているのはあの女だ。赤い服の女は瞬きしない見開いた目を鈴に向けていた。

途切れない悲鳴を上げながら鈴は本殿下から這い出る。手足が震えて思うように進めない。それが恐怖に追い打ちをかけ、全身が強張ってしまう。視ない方がいいとわかっているのに自然と目が後方に泳ぐ。

さっきまで背中を預けていた柱の向こうから女が顔を出している。

「だれかいますか」

本殿の正面から男性の声。その声に反応するかのように、柱を摑んでいた手が素早く引っ込んだ。

「大丈夫ですか?」

本殿を回り込んできたらしい男性に背後から声をかけられるが、鈴は腰が抜けたようになって動けない。女がいた柱周辺は急に暗くなり、なにも視えない。

「あれ、君は……いったいなにが――」

なにかに気付いたように背後の男が息を吞む。鈴は崖側から漂う気配に顔を向けた。生温かい涙が頬を伝う。

崖上の雑草の隙間から白い手が覗いている。それはまるで、崖から這い上がって来たかのようだ。

呻《うめ》き声を漏らしながら、尻をつけた状態で鈴は後退る。

崖縁から女の頭が覗く。やけに大きな黒目がじっとこちらに向けられている。白目の部分には、ヒビのような黒い線がいくつも走っている。

鈴は泣きながら、必死に後退る。

「おい」

男の声は落ち着いている。

「おい、檜木鈴」

鈴は弾けるように振り向いた。

要だった。苛立ちと困惑が混じったような表情の要が立っている。

「なにしてる」

「――みえないの？」

震える手で鈴は指さした。赤い女はいつの間にか崖上に立っている。両手を重たそうに身体の前に提げ、前屈みになっている。

要が鈴の視線を辿る。彼はぶるりと身震いすると、手のひらを胸にあてて払ういつもの癖をした。

「まだそんなことを言ってるのか」

要は女が立っている辺りを見ているが、視点は定まっていない。

鈴が崖上に目を向けると、背景の木々や空に異変はないのに、女の身体だけが混線したように横にブレた。アナログテレビの砂嵐を見ているようだった。

要の口調、その態度から、鈴にはハッキリと視えているものが彼には見えないのだとわかった。

女は横にブレながら前進してくる。

「悲鳴が聞こえたから来てみたら……」

突然、女が崖上まで後退した。両肘を外側へ張り出し首をもたげるぎこちない動きはひとのそれではない。

縁で止まった女はくるりと向きを変え、崖下を覗き込むように上体を傾けた。身体がブランコのように大きく揺れる。吸い込まれるように倒れ――

落ちる――

「こんな茶番いつまで続ける気だ」

要が呆れたように踵を返した。次の瞬間、それまで宙に浮くようにしていた赤い女が縁に立った。茶色い歯を剥き出し両手を広げ、鈴に向かって跳躍した。

鈴は無我夢中で要の脚にしがみついた。きつく閉じた目を開いた時、女はどこにもいなかったが、裸足の足に蹴られた土はまだ舞い上がっている。

「いったいなんだ――」

要は、風もないのに上がる土煙を眇めた目で見ている。奇妙なものを見るような表情にわずかな恐怖が忍び寄った。

「――また例のペテンか……？　どうやった？　なぜ俺を巻き込む？」

鈴は返事ができない。喉元に張り付いてしまったように声が出せないのだ。

「鈴！」

本殿の表から聞こえるその声に、鈴は心からの安堵を覚えた。

「鈴！」

声の主が飛び込むように裏へ回って来る。類は肩で息をしながらふたりを交互に見た。鈴と目が合うと、類は駆け寄り膝をついた。

「鈴、大丈夫か？」

鈴はガクガクと頷き、要の脚から腕を離した。

安心したように表情を緩めた類だったが、すぐに厳しい目つきで立ち上がり、要と向かい合った。

「鈴になにをした」

詰め寄る類に、要は冷静そのものの態度で答える。

「俺はなにも。悲鳴が聞こえたから来ただけだ。その時、彼女の様子はすでにおかしかった」

「じゃあなんで泣いてる？」

「俺にはわからない」

でも——と言うように、要は先ほどまで土煙が上がっていた辺りを見遣った。

「あんたモデルのヨウだろ？　前にも鈴の後をつけて家にまで上がり込んだらしいな。今回も同じように後を追って来たのか」

要は、座り込んだままの鈴に視線を落とした。

「仲間がいたのか」

冷めた目からは恐怖が消えている。

「なるほどね」

「なに勝手に納得してんだよ」

解釈の意味を知るはずのない類がつっかかる。

「なんで鈴につきまとう？　こんなとこまで来るなんてどうかしてる」

「彼女が俺につきまとってるんじゃないのか」

その発言は想定外だったらしく、類は面食らっている。

「こんな田舎で偶然会うなんて、どれだけの確率かな。今回の再会が彼女の思惑でなければ
——」

「鈴がお前に会いたがる理由なんかない」

類はムキになって言った。それに答えるように、要がわずかに顎を上げた。

「公開撮影を知って追いかけて来たんじゃないのか」

類は怒りで言葉が詰まったようだ。鈴はやっとのことで言った。

「だから……あんたのことなんか知らないって言ってるでしょ」

膝に手をつき立ち上がる。

「世界中の人間があんたのこと知ってるとでも思ってんの？　しかも全員自分のファンだって？　思い上がりもいいとこ」

類が手を貸そうとしているが、鈴は気付かないふりをした。差し出された指先がピクリと動く。類は気まずそうに腕を下げると伸ばしていた指を丸め、拳を作った。

要はその様子をつぶさに見ていたが、関心ないと言うように、

「この村で公開撮影があるってことは相当宣伝したからだれでも知ってる。それでもまだ偶然だって言うのか？　じゃあ、君たちはなんのためにこの村へ来た？　こんな辺鄙なところへ観光か？　それともひと気のないところを選んでデート？」

静かなトーンで続ける。

鈴は、赤い女のせいで感じていた恐怖が薄れ、徐々に怒りが湧いてくるのを感じた。

「昨日でも明日でもない、今日なのはなぜだ？」

「理由を知りたい？　それはね、二年前の今頃祖母が亡くなったから。昨日は祖母の三回忌だった。だからこの村に帰って来た」

眉を寄せる要に、類は、

「なんか壮大な勘違いしてるみたいだけど、ここは俺たちの故郷」

と言った。鈴は苛立ちを消化できなかった。

「ごめんね。おばあちゃんに、死ぬならもっと早くしてって言えばよかった？　ああ、それか、もう少し先まで我慢してって？　二年後の未来であんたに会わずに済むように」

大好きだった祖母が聞いたらどんなに傷つくだろう。そう思うと早くも後悔が押し寄せた。居丈高の男にそうと悟られるのが癪《しゃく》で、鈴は頰の内側を噛んだ。

「世界が知る超有名売れっ子モデルが俺たちの故郷のこんな辺鄙な田舎を選んで撮影に来るなんて、それこそどれだけの確率だよ」

嫌味たっぷりな類の発言を、要が気にしている様子はない。ただ、鈴に向ける視線にはわずかながら謝罪の色が見えた。

「わかったら行けよ」

強気な類の言葉に、要は思わずというように口を開いたが、結局なにも言わなかった。形の良い唇を結ぶと、今度は一瞥もくれず背中を向けた。

24

鈴は、琥珀《こはく》色に染まったグラスを人差し指でなぞった。アイスティーのグラスが汗をかいて、テーブルに大きな水たまりを作っている。

五月の爽やかな陽気に誘われるように、カフェのテラス席は大方が埋まっている。新聞を広げる中年男性、おしゃべりに興じる女性たち。大きなトランクを脇に置いた外国人旅行客カップルは互いの肩と腰に手を回している。鈴と連れは並んで座っていたが、ふたりとも正面を向いたまま黙っている。

彼の苛立ちが伝わってくるせいで、鈴は会話を切り出せずにいた。

イラついた貧乏ゆすりと腕組みのポーズがなくても、千歳の機嫌が悪いことはその仏頂面を見れば一目瞭然だった。耳の外側を囲むように着けたピアスが鋭い光を放っている。

ほとんど空になった千歳のグラスを指し、鈴は言った。

「新しいの買ってこようか」

千歳は鈴を流し見ると首を横に振った。鈴は浮かしかけていた尻を椅子に戻すと、駅ビル近くの大時計で時刻を確認した。待ち合わせ時間を十五分過ぎていた。苛立つ千歳と反対に、鈴は諦めの気持ちになりかけていた。

そもそも無理なお願いだった。常磐と生前関わりがあった人々は悲しみの中にいて、親しければ親しいほど喪失感は強かった。いくら弟とはいえほとんど会ったこともない千歳と、面識すらない鈴が相手では友人たちは多くを語ってくれなかった。これまで会ったのは四人。うち三人は男性で、いずれも常磐が付き合っていた相手だ。彼らは口を揃えて常磐は真面目で性格が良かったと言った。長く付き合えなかった理由をひとりが告白してくれた。千歳が席を立ったタイミングで、彼は打ち明けるように言った。いつまで経《た》っても手をつなぐ以上のことを許してくれなかったからだ、と。彼が、弟に聞かせるのを憚る程度の良識を持っていたことに鈴は胸を撫で下ろした。そうでなければ、彼は無事では済まなかっただろうから。

女性は常磐の一番の親友で、会っている間中泣いていてほとんど話ができなかった。彼女が帰った後、千歳は盛大に舌打ちをした。むしゃくしゃしてバイクのヘルメットを殴りつけたくらいだ。遠ざかっていた彼女が怯えたように振り返ったので、鈴は作り笑顔で手を振った。千歳をなだめた後、鈴は言った。

相手が話さなくても大丈夫。

話すことが目的じゃないから。

千歳は眉間に深い皺を刻んだままだった。

「やっぱり、なんか買ってくる」

怒り心頭の千歳と一緒にいるのが苦痛で、鈴は返事を聞かず席を立った。すると、千歳が言った。

「面倒だと思ってんだろ」

彼がつっけんどんで失礼な物言いをするのはいつものことだが、今日はいささか様子が違った。怒っていることにしか目がいかなかったから気付かなかった。

「ほんとはもう、帰りたいんじゃないの」

彼の苛立ちの原因が、待ち合わせ時間を過ぎても来ない人物だけに向けられているのではなく悲観しているのだとわかって、鈴はなんだか気が抜けた。

「そんなこと思ってないよ」

ストンと腰を下ろすと、前を向いたまま鈴は言った。

「なんでそんな風に思ったの」

しばらく間があって、千歳は、

「だって身内じゃねえし。常磐とはたった二日しか一緒じゃなかったんだろ。犯人を見つけたいって言ったのは、自分のためかもと思って」

と言った。

「うん、身内じゃない。姫のことも二日分しか知らない。犯人を見つけたいのは姫にあんなことした奴を許せないからだけど、多少は自分のためかも」

やっぱり、というように千歳が視線を向けたのが見なくてもわかった。鈴はやはり前を向いたまま、言った。

「だって、殴り返してやりたいし」

ややあって、千歳が吹き出した。

初めて見る千歳の大きな笑顔は、鈴の胸を締め付けた。千歳は、初めて年相応に見えた。姉の死後おそらく初めて笑ったのだろうと思うと、益々苦しくなった。

鈴の眼差しに思うところがあったのか、千歳はすぐに笑顔を引っ込めた。

「でも、まあ、俺の気持ちなんてわからないだろうけど」

千歳の、おそらく何気なく言った一言は、鈴の創《きず》を刺激した。縫合も、消毒すらしていない心の創は、何年経っても血が滲んでいる。場合によっては血が噴き出す。

「わたしには大事なひとを亡くした経験がないと思うの？」

「いや、あんたの年齢ならあるだろ。じいさんとかばあさんとか」

「たしかに。祖母は二年前に亡くなった。それ以外は幸いにも身内の不幸に立ち会ったことはない」

「ほらな――」

「でも」

一呼吸置いて、鈴は言った。

「親友を亡くした」

隣の千歳が小さく息を呑んだのが鈴にはわかった。

「病気かなんかで――」

「病気じゃない」

五月の生暖かい風が二人の間を吹き抜ける。

鈴は、九年前の出来事を千歳に語った。

25

「悲しいお知らせがあります」

長期休み明けの小学校は騒がしい。特に夏休み明けともなると、真っ黒に日焼けした子どもたちが我先にと休み中の冒険譚《たん》を語り教室の外まで声が響くものだが、その年だけは様子が違った。

鈴のクラスだけが静かだった。荷物を整理する物音のほかには遠慮がちな挨拶が聞こえるくらいで、担任が教壇についた時には水を打ったような静けさが教室に落ちていた。「悲しいお知らせ」の内容を、クラス中が知っていた。里田の村民ならだれでも知っていた。それでも、若い女性教師が、

「佐伯《さえき》七海さんが亡くなりました」

と言うと、あちこちからすすり泣きの声が上がった。

廊下を渡って聞こえる楽し気な声が、どこか遠い惑星の出来事のように空疎な教室に届く。教室後方に備え付けられた児童のロッカーは隙間なく荷物が詰まっているのに、七海のロッカーだけが冷え冷えと口を開けている。ひとつだけ空席になっている机。隣に座った女子児童は、半袖から伸びた小麦色の腕を隠すように反対の手で握っている。教師が、

「七海さんに黙禱《もくとう》を捧げましょう」

と言うと、ひとりの男子が声を上げた。

「佐伯はどうして死んだんですか」

教師の目に困惑と動揺が走る。数人の児童が行き場のない不安から辺りを見回す。

教師は冷静を努めて言った。

「七海さんは事故で――」

「だれかに殺されたんじゃないの」

リーダー格の男子の発言は大きな波紋を広げた。

教室にざわめきが満ちる。多くは驚きの声だったが、中には納得したような追及の声も上がった。

「どこでなにを聞いたか知りませんが、七海さんは村のため池で亡くなったの」

教師は声を大きくして言ったが、先ほど発言した男子は承服できないといった態度で、

「ため池で溺れるなんてあり得ない」

と言った。クラス中が彼に視線を注いだ。

「家でも学校でもため池は危険だから必要がなければ近づかないようにって注意されてた。佐伯は言いつけを破るような奴じゃないし、大体、佐伯ん家はため池と反対側じゃん」

ざわめきは一層大きくなり、猜疑の声が聞こえるようになった。教師は同情的な視線をひとりの児童に向けた。それは一瞬の出来事だったが、七海の死後同じような視線を注がれ続けた鈴にとっては気付くに有り余る時間だった。

教師は子どもたちをなだめるような動作を繰り返した。

「なにか用事があって通ったんでしょう」

濁した言い方で、教師は答えた。大人の精一杯の配慮は、鈴をさらに傷つけるだけだった。

「池には柵もないから――」

「もし落ちちゃったとしても、あんな水溜まりみたいなところで溺れたりしないよ。佐伯は泳ぎが得意だったし」

男子児童は憮然《ぶぜん》として言った。教師は前に出していた両手を下ろし、ため息を一つ吐いた。

「ため池は波もないし穏やかに見えるわね。そんなに深くないようにも見える。だから、万が一落ちてしまっても泳いで上がれると思うかもしれない。でもね、どんなに泳ぎが得意でも『上がれない』からため池は危険なの。村のため池はすり鉢底になっていて、足がついてもそこから上がれない。底は斜めでとにかく滑る。大人でも、なにか摑まるものがなければとても

上がってこられない。ましてや雨が降っていたとなればその危険性は跳ね上がるでしょう」

教師の話に、クラスが静かになる。七海の事故を否定していた男子は顔色を変え、口を噤んだ。

「みんな七海さんのことが大好きだったよね。現実を受け入れるためにも亡くなった原因を知りたいと思うのは当然のことだと思う」

そう言って、教師は決心したように子どもたちを見回した。

「七海さんの件は、警察や学校、地元の消防団なども関わって詳細に調査と検証がされました。その結果、事故だと断定されたの」

幾分か口調を和らげた教師は、慰めるような目をクラスに向けた。

「事故が起こったのは夏休み中だったけれど、村の夏祭りの日だったから、七海さんに会ったひともいたと思う。数時間前、昨日、ひと月前。それまで当たり前にいたひとが突然いなくなるなんて信じられないよね。先生も信じられない。七海さんに会いたい。時間を戻せるなら七海さんを絶対にため池に近づけない。どんな願いでも叶《かな》えてもらえるのなら、彼女を生き返らせてもらう」

女子児童を中心に泣き声が上がる。

「でも、どうにもできない。時間は戻らないし、起きてしまったことは取り返しがつかない。だからね、みんな。少しずつでいいから顔を上げよう。それで一歩ずつでいいから進んでいこう。そうしたらきっといつか、この現実を受け止められる」

さめざめと泣く女子児童の隣で、発言を続けていた男子が言った。

「――類が見つけたんでしょ」

教師が絶句した。泣いていた児童たちですら顔を上げた。男子児童は類に身体を向けると、反り返った人差し指を類に向けた。

「類が佐伯を見つけたって、うちの父ちゃんが言ってた！」

26

常磐が死んだ時に交際していた人物は、まるで公道を歩くことを遠慮するかのように肩をすぼめ、辺りを気にしながらこちらへやって来る。着ている黒の開襟シャツはぶかぶかで、首は筋張り目も落ち窪んでいる。鈴は思わず千歳を見た。彼は鈴を見返すことはせず、眇めた目を男に向け続けた。

明らかに憔悴しきっている男は二人に気付くと怯えたように立ち止まり、おどおどと会釈した。鈴は、隣の千歳が臨戦態勢に入ったのを感じた。

「遅くなってすみません。柴咲陸人《しばさきりくと》です」

フルネームを名乗った後、陸人はぎこちないお辞儀をした。鈴はつられてお辞儀をしたが、千歳は会釈すら返さなかった。鈴が座るよう促すと、陸人はようやく腰を下ろした。

「それで、あんたなの？」

組んでいた腕をほどき、身を乗り出した千歳が開口一番言った。

「あんたがやったの？」

「ちょっ、千歳くん！」

鈴は千歳の腕に手をかけ窘めた。

「なんてこと言うの」

「こいつに見覚えは？　あの時見たの、こいつじゃないの」

嚙みつくように千歳が言う。

千歳は、常磐の元カレ三人と会った直後も同じことを鈴に訊いた。鈴はいずれの時も『違うと思う』と答えた。それは、柴咲陸人を実際に見た後にも言えることだった。

常磐の関係者と直接会うことの意味が、そもそも千歳の思惑とは違う。千歳は鈴が関係者に直接会うことで、あの時の記憶が蘇ることを期待している。「犯人はこいつだ！」と指を突き付け、断定してもらうことを望んでいる。だから、常磐の親友と会う時、千歳は不承不承という態度だった。女性にできる犯行ではないから、親友は犯人ではない。だったら会う必要などない。千歳の考えはわかるが、鈴にとって直接会う意味は男女の区別ではなかった。親友でも——間近にいた親友だからこそ——強い想いがあったかもしれない。知らず知らずのうちに分身を生み出してしまうほどの強い念を抱いたかもしれない。

憎しみの対象がこの世を去ったら、生み出された生霊はどうなるのか。消滅する？　それとも——「親」の元へ還る？

笹野の後ろを歩く男性を見かけた時、雷に打たれたような衝撃を覚えた。あの時は、気になる異性を見る目つきと、観察するような目つきの違いに気付いただけだったが、あの目自体に特徴があった。

生霊には特徴があるようで、生み出した者の特徴を持っている。麻友が飛ばした生霊は爪、『ディアガーデン』で一度だけ視たグレーの塊は目。あの時は、要の関係者に憑いてきた死者の霊だと鈴は思った。だが——

「あれ」は、最終的に常磐に憑こうとしていた。

生霊もさまざまで、真っすぐに憎しみの相手に飛んでくるものもあれば、ひとからひとへ憑くものもいるのでは？　あの時視たのは、常磐に向けて飛ばされた生霊だった。鈴は、今ではそう確信していた。生霊を生み出すほど強い憎しみを持った人物なら、常磐を殺す動機を持っているかもしれない。その人物を見つければ、なにか手がかりを摑めるかもしれない。

もう一つの確信は、理由はわからないが、要に触れると生霊も死者の霊もいなくなる、もしくは鈴に視えなくなるということだ。初めて要に会った時、彼も同じ境遇の人間だと思った。シルバーのクロスがオイサメサンとつながっていて、それに要が触れたおかげで視えなくなったのだと。だが、彼は「視えない」し、そもそも霊の存在を信じていない。鈴のような存在を嫌悪すらしている。彼に、なぜそんな力があるのかはわからないが、とにかく要に触れると霊は視えなくなる。赤い女でさえ消えた。

「あの、ごめんなさい」

鈴が千歳の代わりに謝ると、陸人は、消え入りそうな声で、

「……いえ」

と言った。

「来るの、本当はやめようかと思ってました。会っても、なにも話すことはないし……」

「なにもないって顔じゃねえけど」

千歳が鋭く言い返すと、陸人は困ったように顔を顰めた。

「ちょっと待って。わたしが間に入る。いい？」

千歳は納得がいかない風だったが、それ以上口出しはしなかった。

「わたし、檜木鈴。姫とはバイト先が同じだった。彼女との付き合いは短かったけど、彼女と最後に話したのはおそらくわたし。それで——彼女を見つけたのもわたし」

陸人が辛そうに俯く。

「姫、言ってた。付き合ってる彼氏は大学生で年上だけど童顔ですごくかわいいんだって。姫って呼ぶんだ、って」

これほど憔悴していなければ、たしかにかわいい顔立ちなのだろうが、今の陸人は何十回と受験を失敗した浪人生のように見える。

鈴は陸人の反応には目もくれず、漂う気配に意識を向けていた。

なにも視えない。今は。

「ケンカした、って姫から聞いた」

特別話を訊きたいわけではなかった。だが、そうしなければ千歳が納得しないだろうと思った。

「理由を訊いてもいい？」

鈴の言葉に、陸人は素早く反応した。さっと顔を上げたが、泣き出しそうな顔をしている。

「いいもなにも、同じこと警察でも訊かれてるだろ。ここで話せない理由なんかないよな」

千歳がもっともらしく言うと、陸人は項垂れた。

「千歳くんは黙ってて」

鈴はぴしゃりと言った。それから陸人に言う。

「ケンカの翌日、姫から聞いたの。彼と大喧嘩したって。原因も——実は、その時聞いた」

千歳が目を剝いたのが鈴にはわかった。ケンカの内容は、警察にはもちろん伝えたが、千歳にはしていなかった。彼の性格上、思い込みで陸人を攻撃する可能性がゼロではないと考えたからだ。

千歳からの痛いほどの視線を感じたが、鈴は無視した。

「柴咲さんに二股をかけられてたって」

鈴が言い終えるが早いか、千歳が猛然と立ち上がった。膝裏で押された椅子がひっくり返り、派手な音が響く。辺りがシンとなる。駅前の歩行者用信号機から、青信号に変わったことを報せるメロディーが届いたのを機に、カフェの人々からの視線が外れた。

「千歳くん、落ち着いて」

鈴は倒れた椅子を戻し、鼻息の荒い千歳を座らせた。陸人は千歳の勢いに圧されたせいか、顔色が悪い。

「姫が言ってたことは事実?」

鈴は、正直それが重要だとは思っていなかった。問いただしたのは、千歳を納得させるためだけだった。だから、その後関連して起こることは鈴の予想だにしない展開だった。

「……事実です」

答えた陸人が、太腿の上で拳を固めているのが鈴にはわかった。

「おまえ――」

動きを制するように、鈴は片手を千歳の前に出した。

「三度目はないよ。柴咲さんの話、聞く気あるの？　あるなら感情を抑えて。ないなら帰って。後はわたしひとりで聞く」

千歳は奥歯を嚙みしめている。鈴はそれで納得し、陸人に向き直る。

「ケンカの後、姫と連絡は取らなかったの?」

わずかな間の後、陸人は小さな声で、

「彼女からは何度も連絡があったけど、なんて言ったらわかってもらえるか見当がつかなくて。だから……」

「彼と連絡がつかないって姫が言ってた。もしかして、事件があった日までずっと……最後まで、彼女のこと無視してたの?」

これ以上ないほど小さくなった陸人に、鈴は言う。

「姫は悩んでた。二股かけられた理由について」

言いながら、鈴はこれまで抱かなかった感情がふつふつと湧き上がるのを感じた。しゃべる必要のない相手に問いを繰り返すのは被害者遺族である千歳のためだったはずなのに、陸人の態度を見ていると、常磐が死んだのは彼のせいではないと頭ではわかっているのにどうしても思わずにいられない。

この男が誠実な態度で接していたら、もしかしたら常磐は死なずに済んだのではないか、と。

「彼女のガードが固いから——身体を許してくれないから、違う相手に走ったの?」

千歳が摑んでいる椅子の手摺りがぎりぎりと音を立てている。

「部外者のわたしが言うことじゃないけど——しかも、もう姫はいないし——柴咲さんのそういう態度が、彼女を傷つけたんじゃないの? なにが原因か知らないけど、それを話して誠実に対応していたら」

そうしたら。今でも彼女は笑ってて。

——だれにでも好かれるタイプなんで
スカートの裾をそよがせながら、そんなことを言って。

「あなたが二股なんてしなければ。姫の誕生日を祝ってやっていれば。もしかしたら」

圧倒されそうな感情が怒りなのか悲しみなのか、鈴には区別がつかない。

陸人は完全に顔を伏せている。泣いているのかもしれない、と鈴は思った。

「あんたのやつれよう、うちの母親みたいだ」

唐突に千歳が言った。陸人がゆっくり顔を上げた。目に涙が光っている。

「常磐を失った現実に耐え切れなくて毎日泣いてる。時々うつらうつらする程度で夜も寝ない。常磐のことを考えずに済むように眠ればいいって言ってもそれもしない。葬式の後、夢に常磐が出てきたらしい。常磐は元気に生きてて、殺されたのは夢だった、よかったこっちが現実だったんだって、常磐を抱きしめようとしたら目が覚めたって。目が覚めた瞬間、常磐がいない現実に圧し潰されて息もできないって。だから二度と眠りたくない、そう言ってた」

陸人の目尻に溜まっていた涙がすっと頰に流れた。

「さすがにそこまでには見えないけど……一体、なにがあんたをそうさせてる?」

陸人は手の甲で涙を拭った。

「僕は——明るくて、自分の気持ちに正直で、だれに対しても優しい彼女のことが好きでした。でもそれは……恋愛感情とは違っていた」

鈴は千歳を案じて隣を見たが、彼はただじっと、陸人を見つめるだけだった。

「彼女から付き合ってほしいと言われた時、もしかしたら変われるかもしれないと思った。付き合えば——彼女となら、変われるかもしれないと思った」

その言い方に、鈴は違和感を覚えた。

陸人は、彼女への気持ちではなく、自分自身の変化を期待した。

「それって、どういう意味？」

鈴は訊ねた。陸人は言いにくそうに固く唇を結んでいたが、思い切ったように口を開いた。

「僕の初恋は小学三年の時で、相手はクラスの男子でした」

ほんのわずかだが、彼の表情が晴れ、重荷を下ろしたように鈴には見えた。

「それ以前も初恋以降も気になるのは同性でした。女性を恋愛対象として見たことはないけれど、付き合う相手はいつも女性でした。本当の自分をさらけ出す勇気が、僕にはなかった」

千歳が、抑えた口調で、

「常磐はカモフラージュだったわけだ」

と言った。普段の千歳なら怒りを爆発させるところだろうが、今の彼はひどく冷静に見えた。それが鈴を不安にさせた。

「責められて当然です。僕は彼女の気持ちを利用したのだから」

千歳の反応を気にしつつ、鈴は陸人に訊く。

「二股が事実だって言ったのは――」

「僕には意中の相手がいました」

鈴が訊ねるより早く、陸人は、

「もちろん男性です」

と言った。

「彼女は、僕の心が他に向いていることに気付いたようです。そのことを責められてケンカに」

「姫は、二股の相手が柴咲さんと同じ大学の学生じゃないかって言ってたけど、それは本当？」

陸人はゆっくりと頭を横に振った。

「いいえ。彼女に訊かれた時は誤魔化しました。でも、警察に喧嘩の理由を訊かれた時は誤魔化せないと思ってこう言いました。『同じ大学の女性と浮気していた』と。それなら信じてもらえると思って。だけど捜査のために警察が大学に来て、関係のない友人が巻き込まれそうになったので……」

「やっと本当のことを話した？」

同情を装った千歳の声音に、鈴の背筋は冷えた。

「大事な友人に迷惑はかけられないけど、カモフラージュの相手でしかない常磐に嘘ついて傷つけるのは平気だったんだな」

陸人が自らを奮い立たせるように拳を握ったのを鈴はテーブルの下に見た。

「正直にぶつかってくる彼女を見ているうちに、これじゃいけないと思った。僕も自分に正直になって、彼女にも本当のことを言おうと思っていた。だけど、こんなことになって――」

「あんたは自分が楽になりたいだけだ」

千歳が鋭く言い返した。

「自分の気持ちに正直になりたいと言いながら、結局常磐には本当のことを告白しなかった。常磐を傷つけても自分を守りたかったからだ。そうだろ？　お前は自分だけが大事なんだ。警察が来て友人に迷惑がかかるから告白したとか言ってるが、それだって自分のためだろ。やつれてボロボロなのも、自己憐憫《れんびん》に浸ってるせいだ。常磐を想ってるからじゃない」
一刀両断に言い捨てられて、陸人は言い返す言葉もないようだった。
「今日の告白が慰めになると思ったか？　あんたの恋愛対象が女か男かなんてどうだってい
い。保身のために常磐に嘘をついて傷つけた。喧嘩別れしたまま常磐が死んだ。俺たち家族に
とって重要なのはそこだけだ。あんたが楽になるために手を貸すつもりはない」
「……すみません……本当に、すみません」
陸人は、これ以上ないほど深く顔を伏せた。
鈴は迷った末、ある疑問を口にした。
「こんなこと聞いていいのかどうか……柴咲さんの意中のひとは――」
「彼は関係ありません」
間髪を入れずに陸人が答えた。素早く上げた顔にはうっすらと恐怖のようなものが漂ってい
る。彼を巻き込みたくないとその顔に書いてある。
「彼に常磐さんの話をしたことはないし――」
「そのひとと柴咲さんに進展があったかを訊こうと思ったんだけど……」
「すみません。最近、友人たちに警察が話を訊いているからつい……彼にまで迷惑をかけた
ら、僕はもう――それに、彼とどうこうってことはありません。今は、恋愛なんてとても
――」
今は、ね。鈴は苦々しく思う。彼は今後、自分の気持ちに正直に生きて、好きな男性と結ば
れる可能性もある。だが、常磐に未来はない。陸人が言う「今」すらないのだ。
「――もういい」

鈴は苛立ちを隠しもせず、言った。

「今日は来てくれてありがとう。でも、もう帰って」

ショックも露わな陸人の顔に、鈴は若干の安堵を見た。陸人は深々と一礼し、席を立った。

背中を丸めた陸人が去っていくのを見つめていた鈴に、千歳が言った。

「面倒に思ってるんじゃないかって、疑ってごめん。あんたが怒ってくれて嬉しかった」

珍しく素直な千歳に鈴は戸惑ったが、それより何倍もホッとした。

「千歳くんが、柴咲さんの気持ちを楽にするために手を貸すつもりはないって言った時、ちょっとだけ胸がすっとした」

ふたりは顔を見合わせ、笑った。

「あいつじゃない」

表情を引き締めた千歳が言う。

「背格好が全然違う。俺は後ろ姿しか見てないけど、犯人はあんなに小柄じゃなかった」

「わたしもそう思う。なんて言うか——纏ってる空気が違う」

「これからどうする。もっと遡って、常磐とつながりのある奴らを連れてこようか」

「ごめん。ちょっと考えさせて」

千歳は椅子の背もたれに身体を預け、顔を仰向けた。

「あのさ。あんたの親友のことだけど——」

陸人の登場によって途切れた会話を再開させるつもりらしく、千歳がやおら顔を起こした。

「なんで教師や大人があんたに同情的な目を向ける？　親友だった、って理由だけじゃなさそうだけど」

「七海が死んだのはわたしのせいだから」

それを聞いても、千歳は表情も顔色も変えない。答えが想定内のものだったからかもしれないが、そうでなくても千歳なら大袈裟に驚いてみせたりはしないだろうと鈴は思った。

「七海はわたしの家に来ようとして事故に遭ったの」

千歳は拗《す》ねた子どもがするようにぽってりとした唇を突き出した後、片側の口角に力を入れた。

「それで責任を感じてんの？」

「え――？」

「あんたは今も自分を責めてる。見ればわかる」

腕組みをした千歳は鼻から息を吐いた。

「で、その類って奴？　そいつが第一発見者なの？　あんたとはどういう関係？」

「類は幼馴染で、今でも――」

今でも――？

幼馴染？　恋人に発展しそうな友だち？　本当に？

「悲しみを分かち合える仲ってことか」

「そういうんじゃない」

鈴の否定的な断言に驚いたのか、千歳が片側の眉尻を上げた。

「……類とあの日のことを話したことは一度もない。七海の話はしないようにしてるから」

「それはだれを傷つけないため？」

「え――なに？」

「自分？　彼？　それともお互いのため？」

射貫《いぬ》くような目を向けられ、鈴は思わず顔を伏せた。

「なるほど」

たったこれだけのやり取りで千歳は鈴の気持ちに気付いたようだ。

勘がいいところは姉弟そっくりだな、と鈴は思う。

「でも本当は話したいんじゃないの、親友のこと」

おまけに、彼にはひとの気持ちを読む能力まであるようだ。

「『その日』のことじゃなくてさ。思い出とか、生きてたらこうだったよな、とか」

千歳はガサツで口も悪いが、自分にも他人にも正直だ。その上ひとの心の機微に敏感だ。

「俺の母親はまだ全然そんな風じゃないけど。俺は、常磐の話をしたいから。きっとこの先そうだろうと思うから」

鈴は、悲惨な形で姉を失った男を見つめた。

「話を聞くくらいは俺にもできるよ」

彼になら、七海の話をしてもいいのかもしれない。

その想いは、ものすごい引力で鈴を過去に引き戻した。あの日の村の景色とにおいさえ嗅ぐことができそうだった。

「――あの日は村の夏祭りで、七海とわたしは一緒にお祭りに行ったの。すごく楽しかった。いつもは夜になると死んだように真っ暗な村が、吊るされた提灯《ちょうちん》のあかりでその日だけは昼間みたいに明るいの。夏祭りの会場にはひとが溢れて村中が活き活《いい》きしてる。里田村は好きじゃないけど、夏祭りの日だけは違った。七海もわたしと同じ気持ちで、だから余計に盛り上がった。ずいぶん前から『次の夏祭りにはお揃いの浴衣を着よう』って計画して、ふたりで頑張って髪を伸ばして同じ髪型にして。着付けをしてくれたわたしのおばあちゃんが『双子みたいだ』って言うから七海と笑って——」

あの日のことを初めて口にする鈴は溢れ出る感情に任せるまま駆け足で語ったが、あまりにも鮮やかな過去に思わずその足を止めた。

追憶の沈黙を受けた千歳が言った。

「無理に話さなくていいよ。俺はただ——」

「楽しかった。本当に——楽しかった。村のひとが出してくれる屋台がたくさんあって、全部を回るの。七海は金魚すくいが得意で何匹も獲《と》るくせに、家では飼えないからって毎年わたしに押し付けて。うちで飼った金魚はもう、全部——死んじゃったけど」

千歳は一つも相槌《あいづち》を打たないが、それでも真剣に話を聞いてくれているのが鈴にはわかった。

「七海とは家が反対方向だったから、お祭りの会場で別れたの。家に帰って着替え終えた頃、辺りが騒がしくなった。なんだろうと思って外へ出たら、いつの間にか雨になってた。声がする方へ——ため池の方へ、傘をさして向かった。お祭りの会場にいた時遠くで聞こえてた雷鳴が、すぐ近くに迫ってた。空には厚い黒色の雲が垂れこめて、あっという間に激しい雨に変わった。途中で男のひととすれ違ったけど、相手はわたしのことなんて全然目に入ってないみたいだった。血相を変えて全速力で走る大人を見るのはなんだかこわかった。ため池の周りに数人の大人がいてみんな慌てた様子だった。大人に交じってひとりだけ子どもがいた。ため池を囲む樹に吊るされた提灯の下で蹲《うずくま》ってたのは類だった。遠くからでも類の顔が蒼白なのがわかった。だれも傘をさしてなくて、だからわたし、類に傘をさし向けた。夏なのに類はガタガタ震えて……それからやっと、わたしは大人たちが見ているものへ目をやった。

間近に落雷の轟《とどろ》きを聞いた。無数の雨粒に叩かれた広いため池の水面に鮮やかな色が浮いてるのが見えた。うつ伏せで浮いた彼女の手にしっかりと握られているものも見えた。わたしが貸した髪飾り。七海はそれを返そうとして――」

もういい、というように千歳が首を横に振った。

「本当は類とあの日の話をしたい。あの時のショックや――絶望的な悲しみは、きっとあの場にいた人間にしかわからないから。それに、お礼を言いたい。類は七海を見つけてくれたんだから。でも、彼を傷つけるのが怖くてそれもできない。あの時、傘の下で……類、泣いたの。むせび泣いた。その時思った。類はだれよりも傷ついてるんだって。そんな彼を追い詰めるような真似はできない」

千歳は鈴をとっくりと眺めた後、言った。

「あんた、損な役回りだな。なにが悲しくて二度も――」

語尾を飲み込み、千歳は、

「あんたの親友は事故で死んだから責める相手がいない。だから後悔しか生まれないんだ。でも、常磐の命を奪った奴のように――憎む相手がいるなら別だ。顔は見えなくても憎しみの対象にはなる。正常じゃいられないけど、立ってはいられる。心はぶっ壊れても生きてはいられる。それって生き地獄の中では一種の救いだ」

千歳の理論は滅茶苦茶だったが、大事なひとを亡くした鈴には彼の言いたいことがわかるような気がした。

「あんたには憎しみの対象がいない。喪失の傷を舐《な》め合う相手もいない。一体どうしたらそんな風に立っていられる？」

大事なひとを失った後、どうやったら生きてゆける？　千歳はそう訊いているのだ。

「七海はまだ——逝っていないから」

鈴の口からすんなりと言葉が出た。

理解と困惑を半分ずつ顔に滲ませた千歳が、

「心の中で生き続けてるって意味か」

と言った。鈴はすぐさま答える。

「そうじゃない。そうじゃなくて……七海はまだわたしの側にいる」

半分あったはずの理解の色が、千歳の顔からきれいに消えた。それからだめ押しのように大きく伸びをすると、にわかに苦笑した。

「俺にはまだわかんねえや。でもいつかはあんたみたいに思えるんだろうな」

「ちがう、いるの。七海はまだこっち側にいるの」

背負って来た後悔、苛立ち、悲しみ。理不尽に屈するしかない生き方、望まない能力、恐怖。叫んでも悶《もだ》えてもだれにも届かない願い——七海の話をした後、様々な感情が湧き上がって鈴の心は制御が利かなくなっていた。

七海の話を聞くと言ってくれた人間はこれまでにもいた。親友を失った直後のことで、それは全員大人だった。学校関係者、心理カウンセラー、家族。唯一話ができたのは祖母だったが、彼女は『視える』過去を持つ、いわば同志だった。しかも彼女はもう「完全に」いない。

事故後の大人を除けば、七海の話を聞くと言ってくれたのは千歳が初めてだった。それは鈴が想像し得なかったくらい、心を洗われる出来事だった。しかも千歳は鈴と同じく――むしろ彼の方が惨い形で――大事なひとを失っている。同じ経験をした者。ひとりじゃないと思えることは心が震えるほど心強かった。

「気配を感じる。七海が、壊れたラジオでなにか報せて来ることもある。少し前なんて、新品のスマホを壊されたこともあって」

鈴は躍起になって説明をする。孤独の暗闇で得た光は鈴の目を眩《くら》ませた。

「七海は姿を現さない。ちがう、現せないの。多分――力が弱いから。それか、わたしに視えるのは悪いものばかりだから七海は視えないだけなのかもしれない」

「え、見えるってなにが――」

「彼女がまだこっち側にいるのは、多分残された者の悲しみと後悔が深いせい。そうでなければ――わたしに対する恨み。わたしが髪飾りなんて貸さなければ。お祭りの会場で気付いていれば。あの日あの時ため池の縁を通らなければ、七海は今でも生きていたはずだもの」

千歳が怪訝そうに眉を顰めたが、鈴は構わず続ける。

「七海がこっち側に居続けることが苦しいのなら、一刻も早く手放してあげたい。でも、そうじゃないなら、わたしを恨んでいてもいいから……側にいてほしい。恨み……恨み？　姫はあんなにひどい殺され方をして犯人を恨んでないはずがない。そうでしょ？　それなのに彼女も姿を見せてくれない。わたしを導くように過去の声が聴こえただけ。今度は犯人のところまで導くとか犯人の居場所とか、なにか報せてくれたらいいのに！」

「常磐がどうした……あんた一体なに言ってんだ」

「今まで声が聴こえることはなかったのに、姫の場合は過去の声が聴こえた。そんなことができるなら、今、犯人を教えてくれたらいい。そうしたら――」

「ちょっと待てって」

手のひらをこちらに向けた千歳がストップをかける。

「さっきから何言ってる？　あんた、自分が言ってることわかってんの？」

鈴は我に返ったが、口から漏れ出た言葉たちを回収する術はなく、ただ、

「ごめん――ごめん。今言ったことは忘れて」

謝るしかなかった。

千歳は真実を見抜くような眼差しを鈴に向けたが、なにも言わなかった。それからしばらく雑踏に目を向けていたが、

「最後の方の話はよくわかんねえけど、七海ってひとがあんたを恨んでることはないだろ」

そう言って立ち上がった。

「だって親友だろ？」

27

「訊くのが遅くなったけど、ばあちゃんの三回忌は無事済んだの？」

仕事の帰り道、送迎を再開した類が鈴に訊ねた。

まだ続いている笹野の気遣いによって、鈴の終業時間が夕刻以降になることはない。帰宅時間と警官の巡回を理由に鈴は再度付き添いを断ったのだが、類は聞く耳を持たなかった。

「え？　あ、うん」

「ああいう場って結構視えるんだろ？　ほら、指輪もまだしてないし……」

申し訳なさそうな顔の類に、鈴は、

「指輪は修理に出してるの。前のジュエリーショップじゃうまく直せなかったみたいで。だから、違うひとにお願いした」

類は信頼できる親友だ。だが、オイサメサンと指輪の由来のことは話したことがない。それは祖母に口外を禁じられたせいもあるが、鈴は、恩人で稀有な存在のオイサメサンに畏怖の念を抱いていた。それに加え、自分の平穏な生活がだれかの犠牲の上で成り立っていることを恥じていた。そのことを類に話したら軽蔑されるのではないかとの危惧もあった。

オイサメサンのことや指輪の詳細は、それに付随して性交渉後に能力が消えるということもいつかは話さなくてはならない気がして、とても類には言えなかった。彼には、指輪は祖母から受け継いだものだと言ってある。鈴の祖母が指輪を手放しても平気だったのは、鈴より視える力が弱く、加齢の影響で力が失われたということになっている。

「切れたチェーンはだいぶ前に修理が終わったけど、指輪がないんじゃ必要ないか」

指輪の話に終わりの気配が見え、鈴はホッとした。

「そういえば、法事に見慣れない女のひとが来たんだって？」

「え？」

「近所で噂《うわさ》になったらしいよ。母さんが井戸端会議で聞いたって。すごく美人だけど、ひとを寄せ付けないオーラを持ったひとだったたって」

薙のことだ。唐突に、ウィッグを外した薙の姿が目に浮かび、鈴は身震いした。彼女からの連絡は——鈴の連絡先を薙が知っているかは不明だが——まだない。

「おばあちゃんが親しくしてたひとの孫らしい」

実際、法要の後鈴は母からそう聞いた。「こんな時代に、律儀なことよね」鈴の母は感心するばかりで、薙のことを深く考えるつもりはないらしかった。

「へえ。律儀なひとだな」

鈴の母と同じ感想を述べると、類は急に顔を曇らせた。

「そういや、要のことだけど……俺たちに大口叩いたくせに、公開撮影はあの日じゃなかったんだって」

鈴は、隣を歩く類を見上げた。類は珍しくイライラした様子だ。

「おかしいと思ったんだよ。いるのは本人だけで撮影スタッフらしきひとはいないし、なにより——村はいつも通り静かで、有名人が来てるような雰囲気は微塵《みじん》もなかったから。俺たちと会った翌日が撮影だったらしい。散々嫌味言ったくせになんだよ、あいつ。それに、俺を見下ろすなんてどんだけでかいんだよ」

「類が一七〇くらいだから——」

「一七三！　あいつ——要は、一八五だってさ」

なんとも悔しそうに答える類に、鈴は、

「……わざわざ調べたの？」

と訊いた。気まずそうに頷く類を見て、鈴は笑いを堪えるのにやっとだった。

「類って昔から身長気にするよね」

「え、鈴は気にならない？」

類が期待のこもった熱視線を向ける。

「気にならない」

鈴の返答に類はあからさまに安堵した様子で、さらに訊ねる。

「じゃあさ、顔は？　要の顔、どう思う？」

「顔？」

類はこくりと頷いた。至って真面目に訊いているようだ。

「どうって……傷痕が残らなくてよかったと思う」

「……なにそれ」

「ほら、わたし、要に怪我させせちゃったからさ」

ややあって、類が笑った。

「そういうことか」

類は満足気に微笑んだ。

「で、鈴はどっちがタイプ？」

「なに？　だれとだれ？」

「もちろん、俺か要か」

「――なにその質問」

「だって相手はモデルだから。どんなに嫌味な奴でも、あれだけでかくて顔もいいとなれば――」

「要はタイプじゃない」

視線を感じた鈴が目を上げると、喜びを噛みしめた表情の類と目が合った。

「よかった」

そう言う類の足取りは軽い。

「顔がいいだけでスカウトとか、どんだけ強運なんだか」

「要はスカウトされてモデルになったんだ……」

「らしいよ。六年くらい前にどっかの美術館だか教会で声かけられたんだって。でもさ、背の高さも顔のよさも全部親からもらったものだろ。自分で努力してモデルになったわけじゃない。カメラの前で気取ったポーズとれば金をもらえるなんて楽な仕事だよな。ほんと、恵まれた幸せな奴――」

「きっかけはスカウトかもしれないけど、要があそこまでになったのは努力の成果なんじゃない？」

唐突に類が足を止めたので、鈴は振り返った。

「周囲の期待通りに体型を維持して、期待以上の仕事をこなさないと数いるライバルから抜け出すことはできないでしょ。それっていくら容姿に恵まれてても、簡単なことじゃないよね」

類はすっかり笑みを消してしまっている。

「そもそも楽な仕事なんてないけど、要の仕事ってわたしたちが思ってる以上に大変だと思うよ。それに、今、恵まれた環境にいるからって過去もそうだったとは限らないし、本当に恵まれてて幸せかどうかなんて他人にわかりようがない」

なぜだかショックを受けたような顔をした類に、鈴は言った。

「要のことはもういいでしょ。行こう」

せかせかと足を動かし、鈴は言った。

「最近、千歳って子とよく一緒にいるよな」

突っかかるように類が言った。足を止めた鈴は勢いよく振り返る。

「それが？」

鈴の切り返しに驚いたのか、類も立ち止まった。

昨日のことがあったからか、千歳からは連絡がない。視えるだのなんだの、最後は常磐の名まで出してしまったことで訝しく思われたのかもしれない。鈴は後悔していた。激しく、後悔していた。

「それがって……」

「わたしが千歳くんといるのは居心地がいいから」

類はショックも露わに、

「それって、俺よりも？」

と訊いた。鈴は盛大にため息を吐き、類を見据えた。

「さっきは要で、今度は千歳くん？　そういうのやめて」

踵を返そうとした鈴の腕を類が摑んだ。

「待って。答えてよ。鈴が一緒にいて居心地いいのはだれなのか」

「――曖昧にしてたわたしがいけないね」

鈴は、類の手をそっとほどいた。

「類に好きだって言われて嬉しかった。ホントに。でも、今じゃない」

「麻友のこと？　それは前に言った通りちゃんと別れて――」

「違う。彼女は関係ない」

「じゃあなにが――」

「わたしの問題」

真っすぐな類の目を、鈴は見つめ返した。

「わたしの気持ちが追いつかないの。今は、ごめん。類とのこと考える余裕ない」

28

鈴は、自分の腹の音で目が覚めた。

類に送ってもらった後ひとりで買い物に出るつもりだったのだが、疲れから倒れるようにして眠ってしまった。

鈴は空の冷蔵庫の扉を閉めると窓辺へ寄った。

午後八時。家のあかりと街灯で明るさは保たれているし、多くはないが、ひとの往来も見えた。

「……こんな状況でもお腹は減るのか」

鈴はボサボサの髪を一つに束ねると、玄関へ向かった。


値引きになった総菜をカゴにいくつか放り込むと、鈴は迷いのない足取りである売り場へ向かった。子どもが喜びそうな装飾が施された菓子売り場で、鈴は駄菓子をひとつ手に取った。顔の前でしばらく商品を眺めると、そっとカゴへ入れた。お決まりの菓子パンにペットボトル入りのジュース、最後にレジ前で目についた飴を手に取りかけてやめた。

なにかのおまけでもらった派手なエコバッグを提げ、鈴は家路につく。来た時と同じ道を、同じ歩調で進む。三十分ほどしか経っていないはずなのに、すれ違うひとの数はぐんと減っている。

夜はこわくない。鈴は思う。暗闇もこわくない。怒れる霊たちは昼夜関係なく現れたし、人間にひどいことをする非情な人間も、昼夜関係なく存在する。一番こわいのは理由がわからないこと。長期間、正体のわからないものに理由もわからず付き纏われること。

大きな屋敷を囲む背の高い立派な塀が続く。ある時この屋敷から火が出て消防車が出動する騒ぎになった。ボヤで済んだようだが、鈴はその時初めて屋敷が無人なのだと知った。

この家の角を曲がるとアパートが見えるのだが、塀から身を乗り出した、長らく剪定《せんてい》されていない月桂樹の枝が鈴の視界を遮った。長楕円形《ちょうだえん》のライトグリーンの葉は、多くが両手を突き出したような角度で生え、その付け根には薄黄色の細かな花が密集して咲いている。

思いがけない障壁に気を取られ、鈴の警戒心が薄れた。そのせいで、塀の角から飛び出して来たものへの反応が遅れた。

黒い影は明らかにひとのそれだったが、正体を確認する間もなく鈴は吹っ飛んだ。肩の辺りを強く押された感覚があった。横ざまに倒れた鈴は咄嗟に手をついた。

突き飛ばされた――？　だれに……なんで⁉

打たずに済んだ頭を持ち上げ、傍らに立つ人物へ目を向ける。

中肉中背の男が、黒縁眼鏡の向こうから鋭い眼光を飛ばしている。

この眼、あいつかもしれない。『ディアガーデン』で姫を見ていた男。

鈴の背筋に悪寒が走った。男の荒い息遣いが耳につく。こちらに伸ばされた腕から身を守るように、鈴は頭を抱えた。

「おい！」

背後から野太い声がした後、間近に迫っていた気配が消えた。男が逃げ出すような足音がしたので鈴は顔を上げた。鈴を突き飛ばした男は、もう後ろ姿すら見えなかった。

「大丈夫ですか」

鈴に声をかけたのは、身体のラインが出る服を着た、短髪黒髪をきれいにセットした男性だった。

「あの――はい、大丈夫です」

鈴は、地面に散らばった品を集めようと体勢を変えた。

「助かりました。ありがとうございます」

男が鈴に近づき膝をつく。

「手伝います」

男は肩にかけていたトートバッグを脇に置き、散らばった品の回収に手を貸してくれる。

「すみません」

鈴は蓋が開いて中身がはみ出てしまった総菜を拾う。とろみのついた餡が指に付き、その時初めて手が震えていることに気付いた。反対の手で覆い、抱きしめるように両手を引き寄せた。

その様子を見ていたらしい男性が、鈴に、

「本当に大丈夫ですか？　なにかされたんじゃないですか」

と訊いた。

「突き飛ばされただけで、あとはなにも――大丈夫です」

「怪我はありませんか」

鈴は身体を見回すこともせず頷いた。一刻も早くここを離れたかった。

ほとんどの品を拾ってくれた男性は、荷物を詰めたエコバッグを鈴に差し出した。

「警察へ行った方がよくないですか」

両手でエコバッグを引き寄せながら、鈴は首を横に振る。

「ほんとに大丈夫なんで」

男性はなにか考えるような間の後、鈴の傍らで立ち上がった。

「そう言うのなら……でも、気を付けてくださいね。ほら、手を貸しますよ」

男性の申し出を断ろうと思った鈴だが、脚まで震えているのに気付いて片手を伸ばした。触れた手の冷たさに驚いた鈴は男性を見上げた。間近で見る男の腕は筋肉質で、いくつも血管が浮き上がっている。彼の背の高さや胸板の厚みに急激な不安が押し寄せる。

男は柔和な表情でこちらを見下ろしている。突如、なにかが想起されたような気がして鈴は動きを止めた。

「どうかしましたか」

男性に声をかけられ、鈴は、

「バッグ——バッグを」

片手を男性に取られたままエコバッグに手を伸ばした。

大波のように鈴を襲う焦りと不安は、ほんの数秒前に思い出しかけたものに起因している。

それはひどく重要なことのはずなのだ。それこそ命に関わるような。

近くに置いたままだった男のトートバッグが鈴の目に入る。倒れたバッグの口からはみ出したものは、鈴の深部を凍えさせた。

黒のトートバッグから覗いているのは銀色の鋭い刃先だ。持ち手の部分はバッグの布地に隠れて見えないが、それはどう見ても刃物だった。

「どうかしましたか」

全身が心臓になったような気分の鈴は、破裂しそうな頭で考える。

なんと答えれば逃げられる？

トートバッグから視線を引きはがし、こちらを見下ろす人物を見上げる。男は先ほどと変わらず微笑を浮かべているが、その目はちっとも笑っていなかった。

白目に浮かぶ、真ん丸で小さな黒目。

見事な三白眼。

『ディアガーデン』で常磐を観察するように見ていた眼。埃と血のにおいが充満したトイレで鈴を見下ろした眼。

この眼、この男こそ。

鈴が力任せに手を引くと、肩が抜けるほどの勢いで引き戻される。それと同時に屈みこんだ男に口を塞がれ、鈴は悲鳴を上げる間もなかった。

「あの時、お前は俺を見た」

男の囁きが鈴の鼓膜を震わせる。

「やっぱり覚えてたんだな」

男は、トートバッグを引き寄せる。鈴は渾身《こんしん》の力で抗うが、男は腕一本でやすやすと押さえ込む。

男はバッグから刃物を取り上げた。凶悪な刃物の全容を目にした鈴は、いっそのこと知らずにいたかったと思う。

刃渡りの長い包丁が近づいてくるのに身動きが取れない。鼻まで押さえられて息もできない。

助けて、だれか助けて——

助けて、類！

「しつこく監視したのもお前だろう。二度と——」

男のくぐもった声と同時に、全身に強い衝撃が加わる。男の手から離れた包丁が、足元で派手な音を立てる。

逃げ出そうにも、膝が笑ってへたり込んでしまう。パニックに陥った鈴は、目の端で二人の人物を捉える。映画さながらの格闘は、不意を突かれた男がはじめ劣勢だったが、パワーを活かした反撃で徐々に相手を圧し始めた。体格で、男は圧倒的に有利だった。

落ちた包丁を拾おうと男が身を屈めた瞬間、側頭部に相手の回し蹴りが決まった。男が倒れ込んだことで鈴の緊張が解けた。安堵のそよ風が頰を撫でた。

戦意喪失した男はよろめきながら立ち上がり、素早く鈴を一瞥した。殺意の炎が瞳に宿っていた。

男は包丁とバッグをひったくると、鈴たちに背を向け一目散に逃げ出した。

地べたに座り込んだ放心状態の鈴に、

「お腹減った」

薙は子どものように言った。

29

鈴に肩を貸していた薙は、部屋に着くなり冷蔵庫を覗き込んだ。

「見事なくらいなんにもない」

驚きと非難を巧みに表した薙は、躊躇いなくエコバッグを逆さにした。吐き出された餡まみれの商品たちに同情の眼差しを注ぎ、

「明日遠足でもあるの？」

眉を寄せて言った。

薙はこの前とは違うウィッグを着けていた。背中まであるストレートロングの金髪で、真っすぐに揃えられた前髪が彼女の黒色の瞳を一層美しく見せていた。

「ご飯が食べたかったのに。これでいいや」

薙は駄菓子の袋を抓むと、

「もらっていい？」

と鈴に訊ねた。

「もち、もちろん」

鈴の手足の震えは治まりつつあったが、声がうわずった。

薙は一目で診断を下す医師さながら、

「ショック状態から抜けきるまでしばらくかかるよ」

と言った。その後呆れ顔で鈴を見回すと、

「前回のことがあったのに、トレーニングしてこなかったの？」

彼女の言う『前回』は常磐を発見して殴られた時のことに違いない。

「なん……なんで知って――」

「それ、今話す必要ある？」

餡まみれの駄菓子の袋と格闘中の薙は、ちらとも視線を向けず言った。指についた餡を黒いTシャツの裾で拭い、再チャレンジしている。

「二度と同じ目に遭ってたまるか――そうは思わなかった？」

今、袋が開いたら、中身が部屋中に散らばるに違いない力で薙は小さな袋を引っ張っている。

「警戒心も観察力も、あなたには足りない」

薙は手で開けることを諦めたようで、今度は歯を使い始めた。

「あたしはおとこたちにまわされてからかくとうぎをはじめた」

鈴はペン立てからハサミを抜き出すと薙に渡した。薙は袋に立てていた歯を外すと礼を言った。やっと中身にありつけた薙は嬉しそうにチョコレートのついたビスケットを頬張る。

「どうしてあそこにいたの？」

鈴の問いに、薙は手のひらで待つようジェスチャーすると、いくつかまとめて菓子を口に放り込んだ。ぼりぼりとビスケットを嚙み砕くと喉を大きく鳴らして吞み込んだ。

「あなたに会いに来たんだけど、挙動不審な男を見かけたからしばらく見張ってた」

「それってどっち？　眼鏡をかけた男？　それともさっきの？」

「どっちも」

まさかの回答に、鈴は呆気に取られる。

「え――なに、二人はグルだったってこと？」

珍妙なものでも見るような目で、薙は鈴を眺めた。

「ちがうよ。眼鏡はあなたが来る寸前に塀のところにいて、シェフはずっと前からいた」

「え、なに、眼鏡はわかるけど、シェフって？」

特大の呆れ顔を作った後、薙は同情すら顔に浮かべた。

「冷蔵庫が空なわけだ。料理はしないのね。あいつが持ってたのはシェフナイフだったでしょ。だからシェフ」

「シェフナイフ……？　なにそれ」

薙は大きく天を仰ぎ、助けを求めるような呻き声を発した。顔を起こした薙は、呑み込みの悪い生徒に説く教師のように言った。

「包丁の種類。三徳包丁、みたいな。シェフナイフは欧米で主流のナイフ」

あの状況で刃物の形状まで見ていた薙に、鈴は感心を通り越して感動すら覚えた。

「眼鏡は、塀の角に屈んでなにかしてた。そこへあなたが来たから、驚いて脅そうとしたのか逃げようとしたのか……でも、シェフの方は違う。あなたを待ってた」

鈴の背にすっと冷たいものが流れた。薙がいなければ、鋭い刃は今頃血に染まっていただろう。

「シェフはアパートの二階を見上げてた。まさにこの部屋を。それから物陰に隠れた。あんなヤバい奴に狙われるなんて、一体なに――」

言いながら、薙は自分で答えを導き出したようだ。彼女の顔から温もりが消えた。

「――あいつなの？」

「そうだと思――ううん、絶対あいつ」

「そりゃまた……なんか面倒くさいことに巻き込まれちゃったな、あたし」

金色の髪をかき上げると、薙はパンツのポケットからスマホを取り出した。

「警察に通報するよ」

薙は電話の向こうの相手に時間をかけて説明した。通話を終えた薙が、

「これから来てくれるって」

と言った。薙は気を取り直したように再びお菓子の袋を手に取ると鈴の方に傾けた。

「食べる？」

鈴が首を横に振ると、薙は袋に手を突っ込んだ。

「こういう時ほどなにかお腹に入れた方がいいよ。じゃないと身体も頭も働かないから」

部屋に入ってから薙は初めて冷蔵庫の中身以外を見る気になったようで、お菓子の袋を持ったまま歩き出した。ベッドを通過し、歩きながら窓辺に吊るされた男物の下着を呆れたように見上げた。薙がチェスト前を通りかかった時、ラジオからクラシック音楽が流れ始めた。

「うわ、びっくりした」

薙はラジオを止めようと苦心した後、鈴に顔を向けた。

「もしかしてこれって……」

鈴が頷いたのを見ると、薙は気が抜けたようにベッドに腰を下ろした。

「ちょいちょいあるよね、電気系統は。この部屋、いるの？」

鈴はテーブル上に広げられた駄菓子とジュースのペットボトルを手に取ると、チェストの前

に向かった。両方を置くと手を合わせ、薙の隣に座った。

一連の動作を見ていた薙は、しまったと言うように持っていた菓子の袋を掲げ、

「もしかしてこれ――お供え物だった？」

と訊いた。鈴の顔に答えを見たのか、答えを待たず、

「ごめんなさい。先にいただきました」

と、深々と頭を下げ、合掌した。

「おばあさんへのお供え物？」

鈴が首を横に振ったのを見ると、薙は意外そうに口をすぼめた。

「わたしの親友。今日は月命日だったから」

「……それなのに……食べちゃってごめんなさい！」

薙は再び頭を下げた。顔を上げると、ラジオの方を向いたまま、

「七海ちゃんか」

薙の口から出た名前に、今度は鈴が驚く番だった。

「なんで……なんで知ってるの？」

「指輪を渡すからには、それなりのひとじゃないと。過去くらい調べるよ。下手な使い方されてオイサメサンの負担を増やすわけにはいかないからね」

薙は後ろ手に突っ張って上体を支えた。

「この部屋にいるのって、七海ちゃん？　亡くなってからだいぶ経つはずだけど、まだ留まってるなんて。なにか理由があるのかな」

「わたしが引き留めてるんだと思う。七海が死んだことが悲し過ぎて、霊でもいいから側にい

てほしくて。それに、七海はわたしのせいで死んだから恨んでるのかもしれない」

身体を起こした薙が、膝の間で両手を組んだ。

「そんな風に思ってるから、彼女は逝けないんじゃない？　逆の立場だったら、あなただって親友を苦しめてると勘違いされたまま逝けないでしょ」

ラジオから流れる悲し気なメロディーは、鈴の胸を締め付けた。薙の言葉も心の深くまで響いた。鈴がなにも言えずにいると、薙は音楽にのせる歌のように、なめらかに言葉を口にした。

「『死』ってさ、どんな人生を送っても、どのタイミングで訪れても、きっと納得できないと思うんだ。事故や事件、病気。『まさか』の衝撃度に違いこそあれ、ほとんどのひとはなにかしらの強い想いを抱いて最期を迎えるんだと思う。それって念だよね。だとしたら、亡くなったすべてのひとの想いが残ってていいはずだけど、あたしたちに視えたり聴こえたりするのはごく一部だよね。思い残すことがないわけないのに、ほとんどのひとは亡くなってすぐ昇っていく。そういう高潔な魂が光り輝いて世界を照らしてくれればいいのに、わずかな闇の方が勝るなんて、不思議だよね」

薙は、ハッとしたように、

「あ、ごめん。七海ちゃんの魂が闇だって言ってるわけじゃない。あたしに聴こえたのは邪悪なものばかりだったから」

と言って鈴を見た。

「わたしに視えるのも、暗くて厭《いや》な感じがするものばかり。ねえ、わたしの他にもいるの？　指輪を必要としているひとが」

鈴を真っすぐに見つめている瞳がかすかに揺れた。薙は何気なさを装って目を逸らした。

「いるよ」

「どのくらい――たくさんいるの？　そのひとたちはどんな風に暮らしてるの？」

薙は、ベッドから下ろした足をブラブラさせながら、

「知りたいの？」

と訊いた。

「知りたい。できることなら会いたい。特にオイサメサンには会って、それで――」

「お礼を言いたい？　仲間とは傷を舐め合って慰め合いたい？」

「なんでそんな言い方するの。わたし、おばあちゃんを除けば薙が初めてだった。同じものに苦しめられて――」

「苦しめられてるって、どうして決めつけるの？」

薙の足がピタリと止まった。

「どうしてって、だってこんなの望んだことじゃないし、なんの得もないじゃない」

「あなたとあたしの場合は、ね」

意味ありげに言うと、薙はゆっくりと鈴に顔を向けた。感情を沈めた顔で、薙は、

「『仲間』に会うのはおすすめしない。それがたったひとりでも、相手があの組織とつながった人間だったらあなたの人生は大きく変わってしまう。場合によっては終わる」

「どういう意味？　組織って？」

「指輪を渡す相手は慎重に調査してるけど、中にはうまくかいくぐってあたしたちと接触してくる奴らがいる。一旦渡してしまった指輪は回収が難しいし、その後どんな使われ方をしても

止める術がない。すべてオイサメサンに還って来る」

「組織ってなんなの？」

「あなたさ、考えたことない？　あたしたちみたいな『救済』の手があるなら、逆のものもあるんじゃないか、って」

鈴は、薙の言っていることが具体的にどういうことなのかイメージができない。薙は今以上の説明をする気はないようだ。

「オイサメサンに会いたいって言ったけど——そんなの言語道断」

「でも——」

「おばあさんにも言われてたんじゃない？　オイサメサンの居場所は秘密」

「それはわかってる。居場所が知りたいわけじゃない。目隠しでもなんでもしてもらっていいから——」

「そんな危険は冒せない」

鈴の懇願をバッサリと切り捨てた薙は、咎めるような目を鈴に向けた。

「オイサメサンは、あなたたちの厄を受けてくださる。ほかの者に影響が出ないように、周りにはほとんどひとがいない。身の回りの世話をする従者がいるだけ。外界とのつながりを断ち切って孤軍奮闘するオイサメサンに敬意はないの？」

「あるよ、もちろんある。敬意だけじゃない、ずっと罪悪感を抱えてきた。指輪の傷を見る度、いつか報いたいと願ってきた。だからこそ会って——」

「オイサメサンはそんなこと求めてない。謝意があるならいつか指輪を返して。それまでの間にもしもおかしな連中になにか言われても、言う通りにはしないで。それが本当の意味での御礼よ」

鈴は薙に、たくさんのことを訊ねたいと思う。だが薙の硬い表情からすると、すべての質問には答えてくれそうにない。問いによってはなにも答えてくれないだろう。なにを訊けばいいのか迷っているうちに、部屋のインターホンが鳴った。

薙が立ち上がった。

「あなたとの関係はあたしが警察に話す。だからあなたは黙ってて」

玄関へ向かおうとしていた足を止め、薙はラジオを見つめた。

いつの間にか音楽は止まっていた。

「あたしに聴く力が残っていれば――」

薙の呟きはため息程度のかすかなものだったが、鈴に届いた。きちんと、届いた。

――残っていれば、七海ちゃんの想いを聴いてあげられるのに
「忘れるとこだった」

薙はスリムパンツのポケットに手を突っ込んだ後、鈴に拳を向けた。

鈴の手のひらに見慣れた指輪が落とされるのと同時に、再びインターホンが鳴った。

30

鈴たちの元へ聴取に来たのは私服警官二人で、ひとりは以前、常磐の件で病院を訪れ、鈴に聴取を行った斎藤《さいとう》という男だった。いつ会っても困ったような顔をしている男だ。その顔は相手に寄り添った印象を与えるのか、アパートに来たのが彼だとわかった時、鈴はほっとした。

その斎藤から一報があったのは翌々日のことだった。

『檜木さんを襲ったのは、二十五歳の仲澤陽仁《なかざわあきひと》という人物です。仲澤は、古賀常磐さんと交際していた柴咲陸人の知人で、こちらでも捜査をしている最中でした』

鈴はアパートでひとり、スマホから聞こえる斎藤の声に耳を澄ませていた。耳にあてている機械がやけに重く感じる。

『仲澤はバイセクシャルで、柴咲とは深い関係だったようです』

陸人が唯一気にした人物だ。

——彼は関係ありません

鈴の目の前で、怒りの火花が散った。

陸人は嘘をついた。悲しみに暮れ、真相究明を願う遺族に嘘をついた。千歳の目を見つめさえして。

足元がふらついて立っていられそうになかった。鈴は、ベッドに倒れ込むようにして座った。

『仲澤はオープンな交際を求めたが柴咲は応じず、古賀常磐さんとの交際を続けた。それが仲澤の心とプライドをひどく傷つけ、犯行に駆り立てたようです』

鈴は怒りでチカチカする目をしばたたかせた。

は。は？　だから？

『古賀常磐さん殺害は仲澤の嫉妬——』

「強姦」

『え？』

「常磐は強姦された。彼女は二度、殺された」

斎藤は考え込むような沈黙を落としたが、鈴は耳の奥で沸騰しそうな血液がごうごうと鳴るのを聞いていた。

なぜ、二人は常磐を巻き込んだ？　相思相愛だったなら、なんの問題もなかったはずだ。常磐からの告白を断り、自身のアイデンティティーを守り、パートナーの意思を尊重する。それはそんなに難しいことなのか？　好きなひとに好かれたいと願っただけの常磐を、二度も殺さねばならないほどに？　嫉妬、プライド。そのためにだれかを葬らねばならないのなら、まずその矛先は自分自身に向けるべきだ。

『……そうですね。強姦殺人です』

彼も現場を見たのだろう。答えるまでの間と、絞り出すような声がそれを物語っている。斎藤は気を取り直すように一つ息を吐き出すと、鈴への暴行容疑で仲澤が逮捕された経緯を説明した。

防犯カメラの映像が決め手になった、と斎藤は言った。

月桂樹がある塀に囲まれた屋敷は空き家だが、半年ほど前、放火と思われるボヤ騒ぎがあった。その時犯人は捕まらず、また近隣でも同様の放火被害が続いたことから空き家の持ち主は不安を拭えず、カメラを設置した。そのカメラに暴行の様子がハッキリと写っていた。

『放火犯も逮捕しました』

仲澤に襲われる直前、鈴を脅すように鋭い眼光を飛ばし逃げて行った黒縁眼鏡の男が放火犯だったそうだ。

「あの……犯人が逮捕されたことは、もうご遺族に――？」

『はい、もちろん。ご報告しました』

斎藤は二人の様子には触れない。

常磐の母は。千歳は。無念の中で今、ふたりはどうやって立っているだろう。犯人が捕まったからといってなにかが救われるだろうか？　わずかでも安らぎがもたらされるだろうか？　この先、二人はどうやって歩いていくのだろう。鈴は、目を開いていても光の差さない暗闇が続く絶望を知っている。身をもって知っている。心にあいた喪失感はだれにも埋められないし、それは永遠に埋まらない。心の穴は日によってさらに大きくあく時もあり、そんな日はどうやっても明日を迎えられない気がする。明日は来ないような気がする。

「――犯人がわたしを殺そうとした理由はわかります。わたしに目撃されたと思ったから。でも、なぜ今頃？」

斎藤は同意するような間を置いて、答えた。

『見張られているような気がした、と言っています。はじめは気のせいだと思った。そのうち無視できないほどに視線が強くなり、寝ても覚めてもだれかに見られている、付き纏われているという感覚が消えなくなった。檜木さんを亡き者にしてしまえば目撃証言の心配はなくなると考えたようです』

鈴を襲った時、仲澤は言っていた。

――しつこく監視したのもお前だろう

仲澤はだれに見られていたのか――なにに見られていたのか。

「どうしてわたしの居場所がわかったんですか」

『数日前、古賀千歳さんと一緒に柴咲にお会いになったでしょう？　仲澤は近くにいて、檜木さんの後を追ったようです』

「遺族に会うと、柴咲が話したんですか」

言ってから、そうでなければ仲澤は知りようがないと気付く。柴咲がやつれた原因も。

柴咲は気付いていたのではないか。常磐殺害は、自身の優柔不断さが招いた結果だと。仲澤の嫉妬心に火を点《つ》けてしまったことを。

常磐の尊厳を傷つけ心を殺すだけでは済まさず、命をも奪うほどに嫉妬に狂ってしまう可能性が仲澤にはあると、近くにいた柴咲はわかったはずだ。事件後なにかに怯える様子を見ていたならなおさら。

『檜木さんが古賀さんを発見された時、仲澤から受けた傷害に関しても供述が取れています。あのトイレは長い間使用禁止で施錠されていたのですが、道具さえあれば外から開けることが可能だったようです。仲澤は事前に鍵を開けておき、古賀さんを中に連れ込んだ。犯行後外から鍵をかけたが、だれかに開けられるのではと不安で何度も現場に戻った、と供述しています』

鈴を気遣う言葉と簡潔な挨拶がスマホから聞こえ、電話は切れた。

鈴の手からスマホが力なく落ちた。それが合図になったかのように、鈴の中の糸が切れた。鈴は泣いた。突っ伏して泣いた。怒りで泣いた。哀れな常磐を想い泣いた。常磐の母と千歳を想い泣いた。

決心して顔を上げた時、賛同か非難か、ラジオから鈴へ向けた叫びのようなものが鳴った。

31

翌日、鈴は常盤の家を初めて訪れた。あることを確かめるために。

常盤の部屋は「姫」と呼ばれて喜んだ彼女らしく、歳の割に幼さを感じるかわいらしいもので溢れていた。整えられたシングルベッドの枕元には大小様々なぬいぐるみが置かれ、シンプルな白い机には、親指サイズの動物型フィギュアが卓上カレンダーを囲んでいる。小振りの花瓶に生けられたスズランはその場にいるのが当然という顔で、供養のために置かれたというよりも常盤の生前からの習慣を引き継いでいるように見えた。

壁にかけられたコルクボードにはたくさんの写真が星形の画鋲《がびょう》で留められている。友人と頬を寄せ合い笑顔の常盤。すまし顔の常盤。親子三人で肩を組んでいる写真。どれもが活き活きとした姿なのに、写真の外で常盤は生きていない。やるせなくなって、鈴は写真から目を背けた。

入り口に寄りかかり腕組みをしていた千歳が窓辺に寄り、窓を開けた。吹き込む風が、ライトグリーンのカーテンを大きく翻らせた。

「それで?」

再び腕を組んだ千歳が、探るような目をして言った。

「焼香に来てくれたのはありがたいけど、目的はそれじゃないだろ」

鈴は、指輪を嵌めていない指を触った。オイサメサンの指輪はバッグに入れてある。決心してこの家に来たはずなのに、いざ本題を口にしようとすると躊躇《ちゅうちょ》が生まれた。鈴の躊躇いを

見透かしたように、千歳は、

「この前言ってたことと関係あるのか」

と訊いた。

ベッドの縁に腰かけた千歳は、ゾウのぬいぐるみを手に取り膝に載せた。答えを待つ間、千歳はゾウの大きな耳を引っ張り何度か持ち上げた。

「わたしには霊が視える」

ゾウが虚空で動きを止めた。千歳がすくい上げるように鈴を見た。

「それで?」

困惑、呆れ、非難、罵倒。いずれかの――または複数の――反応を予期していた鈴は、どれにも当てはまらない千歳の態度にどう返せばいいのかわからない。

千歳の手から離れたゾウが膝で弾んだ。ぬいぐるみが床に転がり落ちることはなかった。空中に飛び出した瞬間に、千歳に首を摑まれたからだ。

ゾウは三分の一の細さに絞められた首を傾げ、鈴を見上げている。

「……ここへ来れば姫と会えるかもしれないと思って」

千歳の代弁者であるかのように、ゾウが反対側に首を傾げた。

「残した想いがあれば彼女はまだこっちに留まっているかもしれない。もし姫が視えたら、わたし――」

くぐもった音と共に、千歳の拳がぬいぐるみの顔面にめり込んだ。愛らしい顔が歪み、ひどく寄り目になったゾウは見るものを不安にさせた。

鈴は、告白後に予期すべきだった感情の漏れに気付いた。怒りだ。

「あんたがそっち側の人間だってことはこの前会った時になんとなく感じた。常磐が犯人を教えてくれればいいとか、悪いものが視えるんだか聴こえるんだかおかしなことを言ってたから」

首を絞められていたゾウはやっと自由の身になり、元居た場所に戻された。

「母親がいない時でよかった」

千歳の母が自らの意思で家を空けるのは週に一度。花が好きだった娘のために買い物に出る時だけ。鈴を家に上げてくれた時、千歳がそう言っていた。

「こんな話を聞いたら、なんでもいいから常磐に会わせてくれって言い出しかねない。あんたに手を合わせて縋りながら」

「わたしには引き合わせる力なんてない。これまでそういうことをしたこともないし、霊を呼び出せるわけでもない――」

「だったらなんの意味がある？」

素早い千歳の切り返しに、鈴は言葉に詰まる。

「あんたにできるのは俺たちには視えもしないものを視えるということだけか？　常磐の残された想い？　そんなもん苦痛に決まってんだろ。恐怖、屈辱、怒り、痛みと絶望。他になにがある？　仮に本当にあんたに常磐が視えるとして、そんな想いを知らされた俺たちはどうすりゃいい？　常磐の最期の苦しみは俺も母親も毎日考えてる。考えようとしなくたって勝手に頭に浮かぶ。想像するだけでどうにかなりそうなほど辛いのに、それを本人から聞かなきゃだめか？　聞いたら常磐は成仏できんのか？」

自らの怒りを冷ますように、千歳は深々と息を吐いた。

「霊が視えるってのは本当かもしれないし嘘かもしれない。もしあんたの言う通りなら——その程度の力しかないんなら——あんたは口を噤むべきだ。俺たちにとっちゃ、そんなもんなんの慰めにもならないからだ。もし嘘なら、もっと上手についてくれよ。それが本当かもしれないって信じるくらいに綿密で真に迫る嘘を。あんたの嘘で救われる者がいなけりゃ意味がないだろ」

返す言葉がないどころか、目を見ることすらできなくて、鈴は自分のつま先に視線を落とした。

窓から風が吹き込み、かすかな甘い香りが部屋に充満する。常磐の匂いに似た香りだった。

「それで?」

何度目かになる問いかけに、鈴は思わず顔を上げた。千歳は、泣くのを耐えているような表情をしている。

「常磐はここにいるのか? あんたには視えるんだろ。だったら教えてくれよ」

いつか要が言ったような皮肉った口調ではなく、懇願のそれだったことが鈴の胸を突いた。一度は追い払おうとしたものの、常磐への愛しさゆえに千歳は「手を合わせて縋って」いる。彼自身のその目とその顔で。

「あ——ごめ、ごめん。わたし——」

鈴は自分の驕《おご》りに気付き、いたたまれなくなった。

常磐の魂がまだ残っていたら、それを千歳と母親に伝えられる。それはふたりの縁《よすが》になるだろう。二人の力になれるかもしれない。そんな風に思った自分を消し去りたい、と鈴は思った。

千歳は唇を結んだまま鈴を見つめている。鈴は、悲しみに染まった千歳の目の奥で拍動を始めた光を見て取った。驕っていた自分をぶん殴りたかった。彼の目に宿ったのは「希望」の瞬きだった。

なんて残酷な仕打ちをしているのだろう。

階下の物音に、千歳が肩をビクつかせた。

「ただいま」

女性のか細い声。母親が帰宅したらしい。

「――千歳？　お客さまなの？」

千歳が一瞬こちらを見上げた。希望の瞬きは影をひそめたが、完全に消え去ってはいなかった。鈴の後悔が破裂寸前に膨らんだ。

千歳が部屋を出たので鈴も開け放されたドアへ向かったが、背後に感じた厭な空気に足を止めた。振り返りざまに見えたカーテンは、風を孕んで大きく膨らんでいる。漂っていた甘い香りは消えている。なにかがカーテンの後ろに隠れているようにも見えるが、粘つく空気を発しているのはそこではない。鈴の真後ろ、スズランが置かれた常磐の机がある辺りだ。

振り返った鈴は右手の甲で目を擦った。目にしているものが信じられなかったのだ。

鈴に視えているのは壁に張りつくグレーの塊だった。壁にかけられたコルクボードに覆い被さり、手足をカエルのように広げている。それが「あの男」の生霊だと鈴が確信したのは、グレーの塊の中に三白眼の眼を見たからだ。ある一点を凝視していた眼がぐるりと回転し、人間なら後頭部にあたる位置に目玉が移動した。眦《まなじり》が裂けそうなほど見開かれた目が鈴を睨みつけている。後退った鈴の足が床に置いてあったバッグにあたる。同じタイミングで生霊が揺らいだ。

鈴は身を屈め、バッグを逆さにした。机の方へ目をやると、壁に張りついていたはずの生霊が鼻先まで迫っていた。白眼の中央で縮こまった黒眼が嫉妬に燃えている。バッグから転がり出た指輪を手の中に収めた途端、三白眼の生霊は跡形もなく消えた。

息を浅くしながら、鈴は机に近づいた。「あれ」は、コルクボードに貼られた一枚の写真を凝視していた。それは常磐と友人――鈴と千歳が話を聞いた女性――が写る写真だった。

なぜこの写真を――?

写真の下方に多すぎる余白があることに気付いて鈴は手を伸ばした。ふたりの思い出の下に隠すように貼られたもう一枚の写真。

星形の画鋲を外す。

そこには、最高の笑顔をみせる常磐と柴咲陸人が写っていた。

三白眼の生霊は戻っていないのだ。

鈴は拳を固く握る。

「生み主」に還さなくては。

32

「で、君の望みは一体なんなの?」

要の事務所の代表は、『ディアガーデン』を訪れた時も派手な格好をしていたが、今日はその比ではないショッキングピンクのジャケットを羽織っている。促しても座ろうとしない鈴を怪訝そうに見上げ、男はデスクに肘をついた。

「これだけ時間が経ってるのに腕が痛い？　慰謝料が必要？　それともヨウのファン？　迷惑を承知で会いに来た？」

鈴は、手にしているものに目を落とした。皺がついた名刺にはここの住所と連絡先、代表である男の名前が記されている。

「えーっと、都村《つむら》さん……？」

名前を呼ばれた男は警戒するように身を退いた。

「たしかに、要に掴まれた腕は痣になってしばらく痛かったけど、その程度のことで今さらお金の無心なんかしません。それに要のことなんか知らないってあの時言ったはずだけど」

都村は一瞬面食らったように目を瞠ったが、すぐに臨戦態勢に入ったのが鈴には伝わった。ふざけた色のジャケットを着ていても、この男は要と事務所を守る立場の人間なのだ。

「じゃあ、なにが目的かな？　僕は、警察か弁護士を呼んだ方がいいだろうか？」

鈴は軽く肩を竦めた。

「さあ。わたしはその必要があるとは思わないけど、そうしたいならどうぞ」

都村の硬い表情に、面白いものを見つけた時のような好奇心が覗いた。彼は椅子の背もたれに上体を預け、腕を組んだ。

「受付で、君はここへ来た理由を言わなかった。僕が渡した名刺を差し出して『ヨウに会いたい』と言ったそうだけど」

話の続きを引き継がれることを都村は狙ったのだろうが、鈴は口を開かなかった。

「名刺を渡したのは僕だし、それを利用――活用されても文句は言えない。だけど、君の目的がわからないことには僕だって動きようがない。ヨウはうちの大事なモデルだ。なにをされるかもわからないのに、おいそれとは会わせられない」

鈴は、熟考するふりをする。そのわざとらしさに、見せられている都村の口元が緩んだ。

「わたしと会うことは、結果、ヨウの望みも果たされる可能性があるんですけど――」

眉を寄せた都村は、

「回りくどい言い方は止めて、単刀直入に言ったらどうだ」

と言った。鈴は、ピンク色のジャケットを着た男を見つめた。

「要の過去は本人からも聞いたしこっちでも調べたので知っています。彼の望みもわかってるつもりです。交換条件をのんでくれるなら、わたしは彼が欲しい情報にヒントを与えられるかもしれません」

都村の表情が強張った。


「滅多《めった》に事務所にはいないヨウが、今日に限っては来ている。いやあ、君は運が強いね。それとも――徹底的にリサーチしたのかな？　ヨウの過去を調べたように」

内線電話を置いた都村は腕を組んだ。

皮肉たっぷりのセリフを聞かなくても、部屋に充満した警戒以上の蔑みの空気は鈴の肺まで圧迫していた。

鈴はなにも答えなかった。都村と同じように腕を組むと、壁にかけられた趣味の悪い絵画に目をやった。都村が呆れたように息を吐いた。

二枚の絵画は向かい合わせに飾られており、鈴はその中心に立っていた。野苺《のいちご》とブルーベリーを潰して混ぜたものを一面に塗ったような一枚。カラフルな第一印象だったもう一枚は外側から中心に向かって渦を巻き、見れば見るほど鈴を不安な気持ちにさせた。ただでさえ悪い居心地を、二枚の絵画は今すぐ踵を返したくなるほど強くさせた。

この絵画たちは招かれざる客を追い払う役目を担っているのかもしれないと鈴は思った。

部屋のドアが開いて要が姿を現した時、鈴は部屋の空気が一変するのを感じた。軽蔑と不安の沈殿した重たい空気が要の登場によって消え去り、冷たく澄んだ「なにか」が運ばれてきた。来客用のソファーにどっかと座り足を組んだ要を見て、鈴はその正体に思い至る。

オーラだ。見えないが感じるもの。登場するだけで空気まで変えてしまうもの。これまで一度も感じなかったのが不思議なくらい、要は周囲を圧倒する存在感を放っていた。彼がモデルとして注目を集めている理由が鈴は初めてわかった。

「都村さん。お客って、まさか彼女のことですか」

「お客の彼女」には一瞥もくれず、要は都村に目を向けた。真ん中に立つ鈴を素通りする華麗なスルーテクニックだった。

「場合によっては顧問弁護士を呼んだ方がいいかもしれない。なにせ、彼女はヨウの過去に興味があるらしいから」

ここへきて初めて向けられた要の視線は、常磐の家で向けられた千歳の懇願と真逆のものだった。要の目に浮かんでいるのは無関心だった。

「かけて」

組んでいた足を戻すと、要は手のひらを正面のソファーに向けた。鈴の動向を待たずデスク

の向こうに顔を向けると、

「都村さん、彼女と二人にしてもらえませんか」

と言った。躊躇いの間を置いて席を立った都村は、部屋を出る際、鈴に警告の視線を送ることを忘れなかった。

「立ったままだと話をしにくいから、座ってくれないか」

鈴は要の正面に座った。

「わざわざ俺に会いに来るなんて、どういうこと」

「力を貸してほしい」

間髪を入れず返ってきた答えに、要は表情一つ変えない。

「君の願いをきく理由があるとは思えないけど、話を聞こうか」

「要の家族についてわかったことがある。もしわたしに協力してくれるなら、その情報を教えてもいい」

毒々しい色の絵画をバックに、要は笑った。

「そういうことか。都村さんの言う通り、弁護士を呼んだ方がいいかもしれないな」

「あのおじさんにも言ったけど、そうしたいならお好きにどうぞ」

「望みはなんだ。金か?」

「わたしの話、聞いてた?　お金が欲しいなんてひとことも言ってない。力を貸してほしいって言ったの」

「金こそ力だ」

「ああ、まあね。そういう場面はたしかに多いかも。でも、今回はお金じゃ解決できない。要でないとだめなの」

「そっちか？」

要が漏らした含み笑いだけで、鈴は彼の思い違いに気付いた。

「いや、あんたじゃない」

自身の肩を抱くように回しかけていた要の手が止まる。

「モデルのヨウに出番はない。必要なのは、要、あなたなの」

浮かしていた手を下ろすと、要は、意味がわからないというように首を傾げた。

「そんな風にひねくれちゃったのも無理ないのかもね。生まれてすぐ父親が死んで、その後、詐欺霊媒師にハマった母親には捨てられたんだもの」

要の顔に浮かんでいた笑みが消えた。

「お母さんが借金を申し込んだせいで近い親戚からは絶縁されて、両親がいなくなった後は遠縁の親戚に引き取られて……大変だったね。でも、十七の時教会でここの事務所の代表にスカウトされて家を出てからは肩身の狭い思いをしなくて済んだ。それからは要の努力で――」

嘲るような要の笑いに、鈴は口を噤んだ。

「どうやって調べたのか知らないし知りたくもないけど――わかったように話すのはやめてくれないか。君が言ってることは真実じゃない」

「わたしの情報が間違ってるって言いたいの？　わたしに会いに来た時、自分で言ってたじゃない」

要は不敵に笑った。

「親戚から絶縁されたのは母が借金の申し込みをしたからじゃない。詐欺師に貢ぐ金を無心に行ったからだ。しかも悪いことに、母は自ら進んで詐欺霊媒師との仲介人になった。まるで興味がないと言って断るひとにも費用は出すからと勧めた。挙句の果てに一人息子を捨て、詐欺師の片棒を担ぐようになった。遠縁の親族には引き取られたわけじゃなく、押し付け合いの末たらい回しにされたんだ。ここの代表に声をかけられた時、初めて神はいるのかもしれないと思ったよ」

要は、ふっと息を吐いた。

「遠縁の家を出られて肩身の狭い思いをせずに済んだ……概《おおむ》ね合ってる。でも、どこにいても肩身の狭い思いはしてる。今も、ずっと」

要の顔がなんとも悲し気に見えて、鈴の胸はチクリと痛んだ。

「それで——君はなにを教えてくれるって?」

「今はまだ……詳しくは言えない」

わざとらしい驚きの表情を浮かべた要は、大袈裟に両手を広げ呆れのリアクションを取った。

「撒き餌すらないのに、俺が君に協力すると思うのか」

鈴は真っすぐに要の目を見た。

「要はきっとわたしに協力する。わたしの問題が要でなければ解決できないのと同じように、要の家族のことも、わたしでないと視えないから」

「またその話か。霊がどうとか……勘弁してくれよ」

視線を落としてしまった要に、鈴はそれでも続ける。

「視えないものに縋ってのめり込んでしまうのは『大事なもの』があるから。それはそのひと自身かもしれないし、愛するだれかかもしれない」

要が顔を上げた。

「きっかけとタイミングさえあれば視えない者を信じ込ませることができる。偶然を利用して『もしかしたら』と思わせることができれば後はそう難しくない」

「なにが言いたいんだ。俺の母親のことを、まだ言い足りないのか」

「視えないものだからこそ、それを利用して従わせることができる。実際に目に見えるものなら疑うこともできるから」

「だから、なにが――」

「要のお母さんは、自分ではどうにもできないことをどうにかしてくれるという人物に出会ってしまった。夢でも霊でもいいから、もう一度会いたいと願うひとの声を聴かせてくれるという人物に出会ってしまった。調べればわかる過去と、要のお母さんの精神状態を予見して取られた言動はぴたりと合ってしまった」

要は、もうなにも言い返してこない。

「彼女は要のお母さんが欲していた言葉を与え、さらに――最悪のものを与えた」

頭では理解していても。あり得ないと思っていても。

言葉とは裏腹に、縋るような目を向けた千歳。彼は全身で欲していた。逝ってしまった、愛する家族の言葉を。時として最悪なものになり得る――

「希望を」

要の目に理解の色が射した。

「視えないものだからこそ、本当に視える者は正しくそれを使わなければならないのに」

「霊感商法？　新興宗教？　どっちにしても俺は興味がないし、そんなものに引っかかりたくもない」

「信じなくてもいい。わたしを信じてもらうことが目的じゃない」

「信じなくても金さえ出せばそれでいいと？」

「お金じゃないって言ってる。モデルのヨウにも用はない。要が必要なの」

言ってから、鈴はなにか引っ掛かる。

「ヨウに用はない――要が必要――」

口の中で繰り返した後、鈴は破顔した。

「よ、ヨウにヨウはない、ようがひつよう」

要は最大級の呆れ顔で、

「くっだらね」

と、吐き捨てるように言った。

鈴はダジャレをおかしがっていた気持ちがすっと冷えるのを感じた。要が発した促音で姫との会話が思い出されたからだ。

――言葉の前に「ぶ」を付けると怖い感じがでますよね
と、同時に湧き上がってくる感情があった。怒りだ。

仲澤陽仁。常磐を亡き者にした――凌辱《りょうじょく》し、それ以上ないほどの屈辱と恐怖を味わわせた――後も、犯行原因となった嫉妬心を燃やし続けている。常磐を二度殺しても飽き足らず、未だに生霊を飛ばすほどの嫉妬心を彼女に抱いている。反省などこれっぽっちもしていないのだ。今でも頭の中で常磐を殺し続けているに違いない。

「絶対に許せないモノがいる。そいつをどうにかするために、まずは確かめたいことがある」

要は話の続きを促すようにじっと鈴を見つめている。

「一緒に行ってほしいところがある」

「殴り込みか？　俺の得意分野だとはとても思えないけど」

「そんなんじゃない。腕力は必要ない」

要の唇がなにか言いたそうに開かれたが、思いとどまったように閉じられた。にわかに呆れ顔になった要は言った。

「俺はどこに連れて行かれるのかな」

「指きり峠」

要の表情が一変したが、彼の顔に希望はひとかけらもない。それでいい、と鈴は思った。

「そこであることを確認したら、きっと要の家族について話ができる」

「家族の話？　俺が知りたいのは——」

「要が力を貸してくれる存在だと確信できたら、その時はオイサメサンの話をしてもいい」

要は考えるような間を置いた後、

「そういうことなら」

それから今度は間を置かず、ニヤリとすると、

「顔に傷はつかないだろうな？」

と言った。

33

　長野県北部にある指きり峠は数年に一度死亡事故が起こる事故多発地点だ。道幅が狭く、ヘアピンカーブが多いことが原因と考えられた。注意を促す看板、ガードレールの設置など行政は策を講じたが、事故件数は減少するどころか増加の一途を辿った。国道を行くよりもずっと早く移動できるとあって、交通量は多くないものの一定数の利用者がいた。

　峠は約一年前、大雨による土砂崩れが起きた。改修工事によって半年前には通行可能になっている。その、わずか半年の間にも一件、転落事故が起きていた。運転手はしばらく意識不明の重体だったが、幸い後遺症もなく数週間後に意識を取り戻した。改修工事の補修によって救われた命だった。工事以前は剝き出しだった山肌が、以降は落石対策としてビーズリンガーネットが張られた。男性の車はこのネットの張り出し部分に落ち、さらなる転落を免れた。

　生還した男性が奇妙なことを言っている、と噂になったのは事故から数ヵ月後だった。

『車の前に飛び出してきたものを避けようとしてハンドルを切った』

　それだけなら噂になどならなかっただろう。山中のこと、鹿か狸《たぬき》でも飛び出したのだろうと思われたはずだ。だが、男性はこう続けた。

『手をつないだ子どもが通せんぼするように突然ずらりと現れた』

　はじめに話を聞いた看護師は、男性の見間違えだと思った。なぜなら、指きり峠は国道からかなり離れた場所にあるし、歩いて登るには傾斜のきつい長い坂道だからだ。なにより峠にはなにもないのだ。山頂に一軒別荘があるだけで、そこも今では使用されていない。以前は立派なイングリッシュガーデンが存在した別荘の庭も、今では荒れ果ててしまっている。そんなものを見るためだけに徒歩で峠を越える子どもがいるとは思えなかったのだ。しかも、いくら子どもとはいえ、車の前に「ずらりと」並んで飛び出すなどとは考えにくかった。

男性は、後日こんなことを言った。

『あれは指きりの仕草だった。手をつないでいるように見えたのは、指きりだった』

さすがに気味が悪くなった看護師は、男性の話を同僚に打ち明けた。それを聞いたひとりが、指きり峠の名前の所以《ゆえん》を教えてくれた。

指きり峠のふもとに開けた土地がある。住宅は一軒もなく、田んぼにするでもなく畑にするでもない。ただ広い土地があるだけだ。その場所には昔、小さな村があった。交通の利便性を高めるために峠越えの道を作ることになり、村の男たちは山に駆り出された。作業中、落石や転落のせいで何人もの男が亡くなった。事故が続いたある時から、家族は、送り出す時指きりをするようになった。

無事で帰って来てね。

必ず無事で帰って来るよ。

ある夏の日、鉄砲水が村を襲った。峠に行っていた男たちだけが無事だった。家族と家を押し流された男たちが村に留まるはずもなく、その後間もなく廃村になった。

指きり峠で事故に遭うのはほとんどが男性だった。しかも、ひとりで運転している車が事故を起こした。まるで峠の「なにか」が父親を求めているかのように。

子どもを持つ親は、あえて遠回りをしてでも事故の多い指きり峠を避けて通るだろう。中には夫婦での死亡事故もあったが、男性ひとりでの事故が多いのは仕事関係で通る者が多いせいかもしれない。事実、社用車での事故件数がずば抜けて高かった。

事故原因はヘアピンカーブを曲がり損ねたこと。

だが――本当にそうだろうか？

ハンドルを握った鈴は、峠のふもとに広がる草地に目をやりながら考える。

事故に遭って命が助かったのはネットのおかげで転落を免れたひとりだけだ。もし、彼の言う通りだったら？　これまでの事故も、運転中に突然、指きりをした子どもたちがずらりと姿を現したのだとしたら？

咄嗟にハンドルを切るだろう。ブレーキを踏んでも間に合わず、ガードレールを突き破り転落したのかもしれない。山肌にぶつかった車も、弾みで崖側へ押しやられたに違いない。走行中の車の前に子どもたちが飛び出して来た。事実とも嘘とも、だれも証言できない。ハンドルを握っていた彼らはひとりを除いてみな死んでしまったのだから。


一人息子の誕生を祝ってくれた人々へ内祝いを届けるために、要の父親はこの峠を通った。彼の車はガードレールを突き破り、崖下で大破した。無事だったのは左腕と、その手に握られていたお守りだけだった。

要の情報を調べてくれたのは薙だ。鈴は常磐の家で仲澤陽仁の生霊を視た後すぐ、薙に連絡を取った。薙が仲澤から助けてくれた日、アパートで警官と交わしていた番号を覚えていたのだ。

鈴からの連絡に、薙はまったく驚いた様子もなかった。わざと連絡先がわかるように警官とのやり取りを見せたのだと鈴は思い至った。薙の手のひらで転がされているようだが、そんな些細なことを気にしている余裕はなかった。

峠にさしかかる。国道に比べると交通量は格段に少ない。

午後二時十分。要の父親、太一が事故を起こしたのとほぼ同時刻。今日は快晴で気温も高いが、事故があったのは秋の曇り空の日だったようだ。

木々が陽光を遮るせいか、峠の気温がぐっと下がった。鈴は細く開けていた窓を閉め、助手席の要をちらりと見た。彼は窓枠に肘をかけ頬杖をついている。助手席の窓から吹き込む冷たい風が要の黒髪をたなびかせている。

最初のカーブが見えてくる。鈴はアクセルを踏んでいた足から力を抜いた。急にスピードを緩めたことに気付かないはずはないのに、要はなにも言わない。ずっと、なにも言わない。

東京から北陸新幹線でやって来た要を、鈴は長野駅で迎えた。普段車を必要としない鈴は里田村の実家へ行き、母親の車で長野市へ向かった。母親からの詮索はうまく避けたのに、一時間としないうちに類から連絡があり、母親に口止めしなかったことを悔やむことになった。要に無駄な敵対心を抱いている類に、彼と会うとは言えなかった。だから、気晴らしにドライブしたくなったのだと嘘をついた。鈴をよく知る類には、それが嘘だとわかったはずだが追及はなかった。

駅では、利用客の多くが要を見ていた。振り返ったり二度見したり、中にはスマホを出して撮影している者もいた。要が纏った独特なオーラは、人混みの中で一層際立っていた。初めて会った時と同じように、要は全身真っ黒な服に身を包んでいた。別段特徴のある服でもないのに、彼が身に着けると不思議なくらい魅力的なものに思えた。履いているエンジニアブーツも肩にかけたロゴのない真っ黒なトートバッグも、彼のために作られたのではないかと思うほどしっくりと馴染んでいた。要は鈴の前に立つと、長めの前髪の下から黒曜石のような目を向けた。煌めきと妖しさを含んだ要の目は鈴を動揺させた。それは初めての感覚だった。

彼の前でどう反応したらいいのかわからない。

見つめられるのは初めてではないのに、なぜこうも戸惑うのか。

鈴の気持ちを見透かしたような美しい瞳が左右に動く。行動を起こすよう催促する目の動きだった。

「変装とかしないの？」

要は鈴を流し見ると、

「そのせいで君を怖がらせたし、これだけひとがいるところだと結局見つかるから」

と答えた。怖がった理由は黒い中折れ帽ではなく常磐を殺した犯人と勘違いしたせいなのだが、鈴は納得したふりをして車へ向かった。

後続車に鳴らされたクラクションに、鈴は肩をビクつかせた。

最初のカーブを曲がり終えた後も、鈴は低速運転を続けていた。峠の中腹を越えた辺りで後続車が現れた。時速二十キロで走る軽自動車を、白いバンがしびれを切らしたようにパッシングしている。鈴が待避所に車を寄せると、後続車はスピードを上げ追い越していった。ベージュのワイシャツにブラウンのエプロンを着けた運転手の男性はすれ違いざま、邪険な一瞥を鈴に投げた。車体にはフラワーショップの店名が記載されていた。

鈴は車を停車させ、サイドブレーキをかけた。両手をハンドルにかけたまま突っ伏し、

「大丈夫？」

と隣の要に訊いた。要は軽いため息を吐いた後、

「心配する相手、間違ってないか？」

と答えた。車で初めての会話だった。

鈴は顔を起こした。要が本心を悟られまいと身構えているのが伝わってくる。それも仕方ないだろうと鈴は思う。

「だって、この峠は要のお父さんが事故に遭った場所だから……現場のカーブは——」

「この先だ」

即答した要は、右手を胸にあて緊張した眼差しを前方に向けている。ちょうど、先ほどのバンがカーブにさしかかるところだった。「事故多発」「減速」など目立つ標識が等間隔に並んでいる。鈴が要に目を戻した時、彼の目が大きく見開かれた。顎が落ち、形の良い唇から小さく「あっ」と声が漏れるのを聞いた。その直後、けたたましいブレーキ音が響いた。鈴が顔を振り向けると、左カーブ手前に車体側面をこちらに向けた白いバンが見えた。助手席側が浮き上がったかと思うと、車体はあっという間に横転した。逆さになったバンと向かい合う形になった一瞬、鈴は信じられないものを目撃する。散らばる色とりどりの花をバックにした運転席の男と目が合ったのだ。距離があるにもかかわらず、間違いなく男はこちらを見ていた。驚愕と恐怖でこぼれんばかりに見開いた男の目を、鈴は見た。

車はガードレールを突き破り、落とし穴に吸い込まれるように消えた。ややあって身体にまで受けるような衝撃音が軽自動車まで届いた。そして静寂。

鈴も要も動けなかった。お互い、今見たものを信じられずにいたのかもしれない。先に行動を起こしたのは要だった。ぎこちない動きでドアノブに手を伸ばす。指先がノブにかかった

時、「ビタン」という音と共に助手席側の窓ガラスに衝撃が走った。要の身体が硬直する。悲鳴を飲み込んだ鈴は、彼の背中越しに、窓に付着したものを見る。それは、まるで——

今度は鈴の真横で衝撃。ゆるゆると顔を向けると、要の側にあるのと同じようなものが付いていた。子どものものと思われる白く濁った手形は、窓に叩きつけたように輪郭がぶれている。鈴の目は、窓枠の下からせり上がる黒い塊に釘付けになる。弧を描いた黒い塊は徐々に伸び、割れた前髪部分、額の中央に頭部の大きさと釣り合わない目が現れる。丸く真っ黒なそれは、濡れた頭髪から覗くふたつの眼と三角形を成しており、白眼のある対の目によってホクロなのだと知れる。輝きを失した瞳は闇を飲み込んだように深く濃い。

背後の慌てた物音で、要も「それ」に気付いたらしいと悟る。震える手を窓に伸ばした時、フロントガラスに雹《ひょう》でも落ちてきたような爆音が散る。と共に、白濁した無数の手形がフロントガラスを埋め尽くした。

後続車に追い抜かれてからの出来事は息つく間もなく起こり、現実と夢の境界のような印象をふたりに与えた。ただ、鼓動の激しさだけが夢のそれではないと物語っていた。

要がおそるおそるドアを開ける。凍てつく空気が車内に忍び込み、吐き出す息が白く曇る。鈴もドアノブに手をかける。窓から覗いていた眼は消えていた。

車外へ出た二人は道の先を見つめた。二本のブレーキ痕がカーブ手前にくっきりと残っている。頭上で囀《さえず》るモズの声は非情なほどに澄んで、焦げたタイヤの臭いが生々しく鼻を突く。

鈴は、ブレーキ痕の奥に立つものを見つめた。それは鈴にとって驚きこそあれ見慣れたもの、オイサメサンの指輪がない状況ではなんら不思議ではない光景だった。だが、要にとっては——霊の存在を信じない者たちにとっては——今視ているものが信じられないだろう。それが証拠に、要は現実感の乏しい顔で前方を見つめている。中途半端に開いた口がなにか言いたそうに動くが、なんと言ったらいいか自分でもわからないのだろう、細切れに言葉にならないことを呟くだけだった。

たくさんの白い顔がこちらを見ている。横に並んだ十人ほどの子どもたちは隣同士で手をつないでいるように見えるが、目を凝らすとその手は指きりの形だとわかる。前列の後ろにも同じような子どもたちが立っている。その後ろにも、またその後ろにも。

事故に遭った中で唯一の生還者が言っていた通り、指きりをした子どもたちはぞろぞろと道を塞いでいる。彼らはみな無表情で漆黒の瞳をしている。

「な──あの子たちどこから──」

動転した声に振り返ると顔面蒼白の要と目が合ったので、鈴は言った。

「よかった。視えること、認めるんだ」

狼狽の色を強めた要に、

「崖下は覗き込まずに、救急車を呼んで」

と、指示した。困惑と非難を顔に浮かべた要が、

「なんで──助けに行かないと──」

「絶対に、覗き込んじゃだめ」

鈴の鬼気迫る様子に感じるものがあったのか、要は坂の上に目を転じた。

「あんなにたくさんの子どもたち、いったいどこから──」

「子どものことは触れずに、車が事故に遭ったことを通報して。早く!」

要をその場に残し、鈴は坂を上る。煩《うるさ》かったモズは鳴りを潜めている。

前列中央にいるのが窓を覗いていた子どもに違いなかった。十歳くらいの痩せた少女で、額にある大きなホクロが第三の目のように見える。

鈴は少女の前に立った。おかっぱ頭の彼女は鈴の胸の高さしかない。全身ずぶ濡れの彼女は足元に大きな水たまりを作っている。それは他の子どもたちも同様だった。

「わたしにはあなたたちが視える。どうして亡くなったのかも……知ってる。でも、どうして？　あなたたちのことは忘れていない。大勢のひとが、あなたたちのことを想って供養してくれたはず。それなのに、なぜ――」

隣の男の子と指きりしていた手を離すと、おかっぱ頭の少女は人差し指を山肌へ向けた。そちらへ顔を向けた鈴はぎくりとして身を固くした。

ひとりの男が、あり得ない場所にいた。落石防止ネットの合間から生え出た細い木の枝の上で、男は顔を伏せ、膝を抱えている。おかしいのは彼がいる場所だけではない。彼自身がおかしい。四方八方に髪が広がっているが、それは左側だけで、反対側の頭部は抉《えぐ》り取られたように消失している。

よくないものだ。鈴は直感する。よくないものしか視えないのだから、あれがどんなに邪悪だとしてもおかしくない――

男が跳んだ。

山肌にしがみついた男は首を捩じり、完全に顔をこちらへ向けた。男の頭部は、右の額から上が存在しなかった。祖母の通夜で視た赤い女のように、男は自在に山肌を行き来する。瞬きひとつしないその目は、あの女と同じように白眼の部分に黒いヒビ状の線が走り、瞳孔が広がっている。男の表情は憤怒そのもので、それはいつか視た隣人の高齢男性の霊とよく似ていた。

男は鈴と目が合うと紫色の唇を弓なりに反らせ、笑った。ぞっ——と、悪寒が走った。今日、あえて指輪は置いてきた。それは確実にここにいる「なにか」を視るためと、要の能力を確かめるためだった。要に触れると生霊も霊も視えなくなった。要にはそれらを祓う力があるのかもしれない。それを確かめたかった。

自分の手には負えないかもしれない。

猛烈な後悔が押し寄せる。それを察知したかのように、男が爬虫類を思わせる素早い動きで下って来る。鈴の足がもつれた。転倒しかけた身体を、力強い手が支えた。すると、すぐ側まで迫っていた男の姿が消えた。

鈴の肩に手を置いたまま、要が呆気に取られたように呟く。

「なんだ、あれ——」

鈴は、前に立つ子どもたちを見つめた。無表情だった子どもたちに変化が起きている。指きりしていた手を離し、子どもたちはお互いの顔を見つめ合ったり周囲を見回したりしている。不安気に眉を寄せ、助けを求めるようにこちらを見上げる子どももいた。最前列にいる二歳くらいの男の子は、隣の男の子の脚にしがみついている。兄弟なのか、兄らしき男の子は弟の肩をしっかりと抱いている。

「この子たちは、どうしてこんな場所に?」

そう言うと、要は鈴の肩から手を離した。その瞬間、子どもたち全員が首を振り出す。あまりの速さに顔が見えない。それは人間にはできない動き、子どもたちは首をぐるぐると回転させているのだった。

それを止めようとでもいうのか、要が子どもたちの方へ一歩を踏み出した。鈴は要の腕を摑んだ。途端に、子どもたちが元に戻る。悲しみに打ちひしがれた表情で鈴を見上げている。

「ここに留まって大人を驚かせていたのは、さっきの男のせい？」

鈴の問いに、子どもたちは互いの顔を見合わせている。どの子も恐怖と困惑の混じった顔だ。

鈴は、おかっぱ頭の女の子に視線を移した。彼女だけが真っすぐに鈴を見つめていたからだ。

「あの男がいるからここから離れられないの？」

女の子は、男を気にするようにおどおどと頷いた。

「なんの話をしてるんだ？　早く、この子たちを安全な場所に避難させて、事故車の様子も見ないと——」

「この子たちが『今』生きているように見える？」

振り返らず、鈴は言った。背後で要が息を吞んだのがわかった。

「彼女たちに必要なのは安息。それを与えられるのは、多分、わたしたちだけ」

「なに……なにを言ってるんだ？」

鈴は要の腕から手を離した。ズ、ザザッ——と音がして、抉れた頭の男が山肌を滑り降りて来る。男は茶色い歯を剝き出し哄笑《こうしょう》している。

「要、力を貸して」

鈴は振り返り、明らかに困惑している要に言った。彼はいつの間にか右手を胸にあてている。

「なに――俺になにをさせたいんだ？」

「あの男が視えるでしょ？　それを認めて。今だけでいい、あり得ないものが視えているんだって自分自身を信じさせて」

節足動物のように手足を動かす男が山肌からジャンプした。体側に下ろした腕はだらりとして、裸足の足がこちらに向かう度にヒタヒタと音を立てる。首を傾げているせいで、抉れた頭部から灰色のものがこぼれ落ちそうだ。

「あれは一体なんだ、なんでこんなこと」

要の見開かれた目をしっかりと覗き込み、鈴は言った。

「あれがこの子たちを縛ってる。要だけが、彼女たちを自由にできる」

黒く澄んだ要の目が子どもたちに向けられる。子どもたちは皆、祈るように要を見上げている。

要は困惑しきった様子で子どもたちを見つめるだけだ。鈴は思う。要は、視えているものを信じていない。このままではだめだ。彼の心に訴えかけなければ。

『もしかしたら』と思わせる隙を作らなければ。

鈴は、冷たい空気を吸い込み、言った。

「お父さんの死の原因が、あの男だとしたら？」

要の背中に緊張が走る。彼を取り巻く空気が一変したのを鈴は感じた。

「さっき視たことが、お父さんにも起きたのだとしたら？」

要がゆっくりと振り向く。困惑の下に燻《くすぶ》った怒りが見て取れる。

「なぜ今、そんなことを言う？」

「それが、ここへ来た理由だから」

要の葛藤が鈴にも伝わってくる。

要は、近づいて来る男に視線を投げた後、鈴に顔を戻した。困惑と怒りの中にわずかな決意が見られた。

「祓って」

鈴の言葉に、要は眉根を寄せた。鈴は続ける。

「消えるよう念じて。強く念じて」

「そんなことくらいで――まさか」

「要にはできる。視えることを認めたように、祓えることも信じて」

ヒタ、ヒタ。

強い冷気を纏った男がぐんぐん近くなる。歩幅と進む距離が比例しない。男の頭がグラグラと揺れ、鍋を傾けたように抉れた頭部の縁からグレーに膨らんだものが顔を覗かせる。

要は、胸にあてていた手のひらを男に向けた。突き出した右手を支えるように、左手で右手首を掴む。手のひらから強い抵抗を感じるのか、片足を下げ踏ん張っている。

男の、大きく横に引かれている口角がヒクついた。片瞼を痙攣させ、男はいやいやするように首を振った。その振動で、とうとう頭部から灰色の脳漿《のうしょう》がこぼれ出る。男の足元で弾ける寸前、ゼリー状だった脳漿が雪片のように細かく散り、舞い上がった。要は、突き出していた手を再び胸にあてると手のひらを振るように動かした。ひどく慎重に、ゆっくりと。すると、驚きに瞠られた男の目が真っ黒な洞穴と化した。眼窩《がんか》の縁にヒビが入ったかと思うと、そこから全身に、稲妻のごとく亀裂が走った。弾けるような音の後、男は灰の山と化した。

震える要の肩に、鈴は手を置いた。ハッとしたように要が子どもたちを振り返る。輝きを取り戻した子どもたちの瞳が、鈴と要を見上げている。さくら色に染まった頬を見て、鈴は、もしも触れられるのならば体温さえ感じられそうだと思った。

「男は消えたよ。もう、大丈夫」

鈴は子どもたちと目線を合わせ、言った。鈴には聴こえないが、彼らの表情から歓声を上げているらしいことがわかる。ある子はその場で飛び跳ね、ある子は顔をしわくちゃにして笑っている。思わず顔を見合わせた鈴と要は、互いの顔にささやかな笑みを見つける。

列の中央にいた六、七歳の男の子がよろめきながら進み出て来る。喜びに満ちた子どもたちの中で、彼だけが悲しみに打ちひしがれたような顔をしている。一点を見つめる彼の視線の先には、風に舞い上がり始めた灰の山があった。近づこうとする男の子の腕をおかっぱ頭の女の子が摑む。彼女は言い聞かせるように首を振った。男の子は泣くのを堪えているのだろう。強く引き結んだ唇は見えなくなっている。彼は、別れを告げるように灰の塊を見遣った後、女の子に向かって一度だけ頷いた。

最後尾にいたひとりが、なにかに気付いたように振り返った。すると、つられるように皆も振り返る。彼らが見ているものを探すが、鈴にはカーブの向こうに広がる群青色の空しか見えなかった。

おかっぱ頭の女の子が鈴を振り仰いだ。きらきらした瞳が涙で濡れている。女の子は空いている方の小さな手でどこかを指さした。皆が見ている方だった。

女の子の唇が動く。

興奮したような女の子の表情が泣き出しそうに歪む。見ると、子どもたちは皆同じ表情を浮かべている。

涙目の女の子は鈴と要を交互に見た。そして、先ほどとは別の単語を笑顔で口にし、さらに別の言葉を呟いた。二つ目の時、彼女は笑っていなかった。ひどく真剣な目をしていた。

それから身を翻し、手をつないだ男の子と一目散に駆けて行く。他の子どもが彼女に続く。最後に、幼い弟の手を引いた男の子がふたりに微笑み、皆の後を追った。

先頭の女の子がガードレールまで進む。彼らはカーブを無視し、一直線に走って行く。

「あぶない！」

要が叫んだ。

ゴールテープを切るように、彼らはガードレールの向こうに消えた。

引き留める形に突き出された要の右手が、指先から徐々に萎《しお》れていく。冷気が去り、代わりにあたたかな陽射しが届く。頭上では再びモズが囀り始めている。

クラクションに振り向くと、軽トラックが坂の途中で停まっていた。要は車にまったく気付いていないようで、呆けた顔でガードレールの先を見つめている。

鈴が坂道を駆け下りる最中、車から降りた中年男性が要から事故現場に目を移し、声を上げた。

「事故ですか！」

中年男性は、反応のない要を通り越し鈴の方へやって来た。男性がなにか言いかけた時、峠のふもとからサイレンが響いた。それを耳にした男性は納得と安堵の入り交じった表情で鈴に頷くと、壊れたガードレールへ向かった。

要は未だ道路の真ん中に突っ立ったままだ。近くなるサイレンを聞きながら、鈴は彼の前に立った。すると、一点を見つめていた要の目が鈴に向けられた。

「あれは――いったい、なんだったんだ?」

要の問いは答えを求めてのものではない。それは彼の顔を見ればわかることだった。

「要に視えたものがすべてじゃない?」

要は壊れたガードレールの方へ目を向けた。

「動かないで! 今、救急車がこっちへ向かってるから!」

崖下に向かって、男性が声を張り上げている。

要が次に目を向けたのは子どもたちが消えた場所だった。

「あの子――真ん中にいた女の子は、なんて言ったんだ? 『ありがとう』これはわかった。でも、その前後に言った言葉は……?」

鈴は、要が見ているところを振り返った。

「後に言ったことはわからなかったけど……最初に言っていたのは、多分――」


『おかあさん』

34

すべてに理由があって、偶然は必然だと考える人物もいるだろうと鈴は頭ではわかっていた。だが、実際相手をするとなると、それはなんとも面倒で骨が折れる作業だった。

「峠の工事で犠牲になった男が、鉄砲水のせいで亡くなった村の子どもたちを死後支配して、一人きりで通る男性を崖から突き落としていたのか」

指きり峠の件から二週間後。鈴と要は、ある家を目指して歩いていた。

長めの前髪の下から答えを催促するような目を向けられたので、鈴はしぶしぶ答える。

「頭部の損傷があったし、男が峠の工事での被害者の可能性はある。子どもたちも、着ていたものなんかを考えると鉄砲水で亡くなった村の子かもしれない」

「どうして断言しない？」

「できるわけがない。だれひとりとして名乗ってくれたわけでも、事情を話してくれたわけでもない。状況から想像するしかない。それに、あの子たちが車を突き落としたわけじゃない。驚かせて、結果――そうなったわけだけど、でも決して霊自体に力があるわけじゃない。あの男もそう。ひとに直接危害は加えられない」

要はなにか考えるような間の後、

「嬉しそうに笑う子どもたちの中で、ひとりだけ悲しそうな顔をした男の子がいた。灰になった男へ近付こうとしていた子だ。あのふたりは親子だったのかな」

と訊いた。鈴が答えられずにいると、要は質問を変えた。

「想像でいいから答えてくれ。男は苦悶《くもん》の表情を浮かべ、灰となった。子どもたちは恍惚《こうこつ》の表情でどこかへ向かい、消えた。この差は？」

「男がどこへいったのかはわからない。子どもたちに対する呪縛が解けただけなのか、逝くべき場所へ逝ったのか……ただ、あの場所からは消えた。だから今後、あの峠で同様の事故は起こらないはず」

「じゃあ、子どもたちは？」

「子どもたちは――」

鈴は、祖母が亡くなった時のことを思い出す。安らかな表情で微笑んでいた祖母を。

「祖母も、わたしと同じ『視える』ひとだった。わたしたちは視えるだけで祓う力はないし、あることがきっかけで視えるようになって、その力も消えることがあるんだけど――生前、祖母がまだ『視える』頃に経験したことを聞いたことがある。祖母の父が臨終の間際、布団の中で言っていたって」

死ぬとはこういうことか。

ああ、死ぬとはこういうことなのか。

お父さん、苦しいの？

苦しくはない。ただ、実感している。死の実感を。それにしても――

それにしても？

やけに明るいな。眩しいくらいだ。ちょっとあかりを消してくれないか。

あかりはついていないわ。

どんどん眩しくなる。もうお前の顔も見えないくらいだ。

お父さん？

眩しいわけだ。あんなに輝くものが――

お父さん、お父さん。

輝くものが。

「それを最期に、曽祖父は亡くなった」

「――つまり、子どもたちが目指して行ったのは『輝くもの』だったと？」

「わからない。わからないけど、そうであってほしいと思う。眩しいほどに輝くものが悪いものだとは思えないし、なによりあの時」

『おかあさん』

「ずっと会いたくて待ち焦がれていた家族が光の中にいたんだって思いたいから」

要は呟くように、

「俺の父も——そこへ行ったのかな」

と言った。

「父は死の直前、車のルームミラーに下げていたお守りを咄嗟に握ったらしい。損傷の激しい遺体の中で、お守りを握っていた左手だけは無傷だった。父はあの子どもたちに驚いてお守りを握ったのか、それとも転落していく途中に助かることを願って手を伸ばしたのか——」

鈴は、いたたまれなくなって要から目を逸らした。峠へ行ったのは彼のためではないのに。要に「祓える」能力があるか確かめたかった。そして、それが事実なら協力させるのが目的だった。

今日、こうして一緒にいるのもそのためなのだから。

峠でのことがあってから要の思考が急激に変化したことも気になる。霊に関することを頭から否定し嫌悪感すら持っていた要が今では疑いもせず信じている。視えたことの衝撃と事実を受け入れるのに時間が必要なのだろうが、あれほど欲しがっていたオイサメサンの情報を催促してくることもない。

「あの後、試してみたけど全然だめだった」

唐突に要が話題を変えたので、鈴は話が見えない。それが顔に出ていたのか、要は説明する

ように、

「悪い感じがするものを消そうとしたけど、そもそもなにも視えなかった。生きている人間以外、なにも」

と言った。

「スタジオなんてそういうものがわらわらいるんじゃないかって、ちょっと変な期待をして仕事に行ったけど、なにもいなかった。視ようとすると視えないとか、なにか条件があるのか？」

「条件……」

鈴は呟いて、その場に立ち尽くしてしまう。黙りこくってしまった鈴を心配に思ったのか、要も足を止める。

「なあ――」

要の、なんでも見透かしてしまうような目を向けられる前に、鈴は、

「あるよ、条件」

と言った。それから要を見上げた。

「『視える』者が側にいること」

要は表情ひとつ変えない。鈴は歩き出す。

「それは君のことか」

追いかけるような要の問いに、鈴は振り返る。

「あのさ、前にも言ったけど、君って呼ぶのやめてくれない？」

再び足を進める鈴の横に、長いストライドで要が追いつく。

「視える者っていうのは、鈴だけのことか？」

理解が早いのは会話を成り立たせる上で好ましいはずなのに、なぜだか今はそう思えず、鈴は苛立ちを覚えながら、

「さあね」

と答えた。

「さあねって、どういうこと」

「わたしは、祖母と自分以外で『視える』ひとに会ったことがない。視えるひとがどの程度いるのかも知らない。この世のどこかには同じ能力を持つひとが存在するんだろうけど、紹介してあげられるほど顔が広くないの」

「鈴と会ったのは指きり峠が初めてじゃない。その前にも何度か会ってる。その時はなにも視えなかった。それはどう説明する？」

鈴は足を止め、肩で大きく息を吐き出した。裏道は人通りがなく、狭い道路の片側には等間隔に電柱が並んでいる。

「あれが視える？」

鈴が指さす方へ、要は目を凝らす。無意識だろうが、また右の手のひらを胸にあてている。

「だれかが蹲ってる……？」

電柱下の影を見て、要は言った。

「女性か？　具合でも悪い――」

絶句した要を流し見ると、鈴は、

「うん。女性だね」

彼女の、ウェーブのかかった長い髪がヴェールのように顔と背中を覆っている。生きている人間が蹲っているようにも見えるが――

「ちがう。あれは――」

要がたたらを踏んだ。ブーツの底が地面に擦れて、音が立つ。

サッと、女が顔を上げた。髪の毛の隙間から血走った眼が覗く。女がギクシャクと立ち上がる。身に着けているワンピースは膝丈で、裾から生白い脚が出ている。足元はつま先立ちに見えるほど高いヒールの靴を履いている。女が一歩、こちらへ踏み出す。二歩目の時、ガクリと肩が落ち、同側の膝が折れた。すぐに反対の足が出て、女は片足を引き摺るような格好でふたりに近づく。

「要……」

鈴は、横目で要を見た。彼は青白い顔で女を見据えている。

「要、祓って」

要の喉元でゴクリと大きな音が鳴った。

指きり峠でしたように、要は手のひらを女に向けた。途端に変化があった。女は目を剝き、こちらに背中を向けた。要が手のひらを横にはらう。足元から崩れるように、女は灰となった。

「しっかりと視えたでしょ？」

要は、わけがわからないという顔をしている。

「要に初めて会った日、わたしはある人物に憑こうとしているよくないものを視ていた。それはタイミングを計っているように見えた。その女性に隙ができるのを待っているような……そんな時、要が現れた。わたしと要が接触すると、それは消えた。覚えてる？　最初は店内で。その後は店外で」

　思い出そうとしているのか、要の目が揺れる。

「ああ。それに、里田村の神社で会った時も――」

　鈴は、胃の辺りが重くなるのを感じた。自然と声が小さくなる。

「わたしは厄介なものを視てた。それは幼い頃からずっと視えてるもので……」

　赤い服と長い黒髪のコントラスト。黒い血管、広がった瞳孔。

「わたしは彼女のことがたまらなく恐い」

　一陣の風が二人の間を吹き抜けた。要は見守るように鈴に視線を注いでいる。

「小学六年のある日、突然、わたしは霊が視えるようになった。初めて視えたのが彼女で、以来度々姿を現す。それでも救いはあって、あの神社にいる間だけは彼女を含め、どんな霊も視なくて済んだ。だからあそこへ行ったのに――どうしてか、彼女は現れた。霊自体は生きている人間に危害を加えられない。知ってるはずなのに、彼女のことになると頭も働かなくなる。あの時は、殺されるんじゃないか、恐怖で死ぬんじゃないかってパニックだった」

「それで俺に――」

「無我夢中でしがみついた。その途端」

「消えたのか？」

　鈴は頷いた。

「こう思った。要は、わたしにとってオイサメサンの指輪と同じなんだ――って」

　鈴は指輪のことを話した。指輪はオイサメサンとつながっていて、身に着けている間は霊が視えなくなること。オイサメサンが鈴の「厄」を代わりに引き受けてくれていること。指輪についた無数の傷は、彼女に救われたのと同じ数だということ。

話を聞き終えた要は、訝し気な表情のまま黙っている。

「手のひらを胸にあてて、さっとはらう癖――あれ、知らず知らずのうちに『祓って』たって気付いた？」

要は考え込むように眉間に皺を寄せた。

「初めて会った時からしてた。思い返してみると、要がその動作をする時って必ず霊が近くにいた」

初めは『ディアガーデン』で、グレーのものに対して。アパートでは七海に対して。神社では赤い女の前で。指きり峠の待避所で車を停めた時もやはり右の手のひらを胸にあてていた。

要がその仕草をすると、七海以外の霊はわずかな時間だが消えるか存在が揺れるかした。

「俺は無意識で――」

「うん、そうだろうね。でも、神社の時だけはなにか感じたんじゃない？　あの時、ほんの少しだけど動揺したみたいに崖の上を見てた」

要は眉間の皺を和らげ、忙しなく何度か瞬きを繰り返した。

「ああ……そう言えば……認めるのは癪だけど、アパートではなにか不思議なことが起こってる――そう思った。マジックみたいなものだと自分に言い聞かせようとしたけど、どうにも釈然としなくて。神社のことは認める。たしかになにか感じた。視えないけどなにかが近くにいるような……」

要は右の手のひらに視線を落とした。そしてなにがおかしいのか笑った。

「この癖、母さんがよくしてた。母さんは父さんの癖がうつったんだって言ってた。家族全員同じ癖をしてたなんて」

やさしい笑みだった。そして、哀しい笑みだった。

右手を下ろした要に、鈴は言う。

「わたしに『視える』同志はいないけど、『かつて聴こえた』知り合いはいる。彼女にこれまでのことを話したの。彼女はわたしと違ってこういうことに詳しいから。そしたら」

——出逢ったってことね

出逢う？　仲間と？

——単なる仲間じゃない。魂のかたわれとでも言えばいいかな、そういうレアな存在。オイサメサンを支える仲間にもそういう関係の男女がいるけど——まさか、鈴がね。ふうんなんなの、それ。どういうことなの。

——祓えるひとって稀有な存在なのよ

オイサメサンのように？

——オイサメサンは特別。祓うという行為は知識と呪具を用いるのが普通なの。術者は大抵視えないことがほとんどで、視えて祓えるというひとも相当な鍛錬が必要だわ。それなのに、あなたたちは——

要は「祓って」いたの？　知らず知らずのうちに？　彼にはなにも視えていないのに。

——必ず視えるようになる。死んでもなお存在する念の塊と、自分自身の能力に向き合って信じることさえできれば、きっとすぐにでも

じゃあ、わたしにとって要は――

――あなたにとって彼は最強の呪具よ
呪具……

――逆もまた然り。彼にとってあなたは「視る」ための強力な眼鏡
じゃあ、わたし以外の眼鏡でもいいわけだ。わたしも、いつかまた出逢うかもしれないでしょ？　最強の呪具に。

――ひねくれたことを言うのは彼に気があるから？

そんなんじゃな――

――まあ、いいわ。それに、どのみち単品じゃ用を為さないもの

「……わたしは眼鏡で、あなたは呪具なんだって」

「なに？」

「だから、わたしが眼鏡で――」


――彼らは鈴たちとは逆で、男性が視えて、女性が祓える。ふたりは夫婦なんだけど、肉体関係を結んだ途端、能力が半分になった。どちらの力も低下した。彼らは視えるのが男性だったから、それでも力が半減するだけで済んだけど、あなたの場合は――

――それに、彼らはあのふたりだからこそ祓える関係を築けたの。他のだれかじゃだめだった。その証拠に、夫以外の視える男女数人と行動してもらったけど、妻にはなにも視えなかった。夫と共にいる時だけ、彼女は視えて祓える

――あたしとしては、オイサメサンの負担を減らすためにも、彼とは深い関係にはならずに祓いまくってもらいたいところだけど

「わたしが側にいることで、要は視える。ね？　眼鏡みたいでしょ。で、わたしは要が側にいると祓ってもらえる。今までわたしといても視えなかったのは、きっと要が霊の存在をちっとも信じていなかったから。指きり峠で初めて子どもたちの霊が視えたのは、おそらく要がお父さんのことを考えていたからじゃないかな。霊の存在を否定しながらも、存命しない父親のことを考えることで隙ができたんだと思う。一度視えてしまえば、後はもう――」

「さっき女性が視えたように、頭ではあり得ないことだと思っているのに視えてしまう」

「ファミレスで二度要と接触したけど『あれ』は完全には消えなかった。消えないどころか――」

常磐の部屋で蠢いていた生霊を思い出し、鈴はふつふつと湧いてくる怒りを感じた。

「要が認めたことで祓う力が強まったのか、もしくは霊によって異なるのか……赤い女や生霊はとても強いように思える――」

「それで、今日行くのは――」

「要と接触しても消えなかったモノ。あの時祓いきれなかったものを今度こそ消し去ってもらいたい」

鈴は、常磐に憑こうとしていたグレーの塊、生霊のことを要に話した。亡くなった今も彼女の部屋に留まり続ける仲澤の生霊のことを。

それを聞いた要は表情を引き締め、言った。

「そんなモノは一刻も早く消し去らないと」

35

要が無地の紙袋から花束を取り出すと、周囲に甘い香りが広がった。それは線香のにおいと混じって悲しみの色をより濃くした。常磐の母は、差し出された花束をまるで娘を抱きしめるように両手で包んだ。隣にいた千歳がそっと目を逸らした。

「お供えするには明るい色かと思ったのですが、常磐さんのイメージに合う花だったので……」

「ありがとう。常磐は菊のにおいが苦手でかわいらしい花が好みだったから、きっと喜ぶわ」

鈴から話を聞いた後、要はすぐに花屋へ向かった。ショーケースの中の花を選び、常磐にふさわしい花束を作った。

「僕は大宮要と申します。普段は東京で生活しているのですが、以前仕事で長野を訪れた際、常磐さんのアルバイト先を利用したことがありました。食事を終えて店を出た時、常磐さんが僕の忘れ物に気付いて慌てて追いかけてくれたんです」

常磐の母がなんとも嬉しそうに笑った。

「あなたがヨウさんね。気付かなくてごめんなさい。モデルさんよね？　人気のモデルがバイト先に来たんだって、あの子興奮して話していたわ」

遺影を寂し気に見ると、常磐の母は深々と頭を下げた。

「娘のために、わざわざありがとうございます」

礼を受けた要は、常磐の母より深く頭を下げた。

焼香が済むと、常磐の母がふたりにお茶をすすめた。呉羽《くれは》色の座卓に着くと、初めて千歳が口を開いた。今日の彼はロゴが目立つカーキのTシャツを着ている。

「これじゃあんまりだって」

菓子皿に目を落とした千歳が母に言う。

「わざわざ東京から来てくれたのにさ。長野の銘菓くらい出さないと」

常磐の母は、合点がいったように頷いた。

「そうね。千歳、悪いけど杏月庵《きょうげつあん》さんへ行って――」

「無理。俺、この前あそこのおっさんとケンカしたから」

「え？　だって、何度も行って――」

「常磐が好きだった菓子を、常磐が死んでから買いに行く度、憐れみに満ちた目で見やがって。かわいそうに、かわいそうにって何度も何度も。いいかげんうるせえよって言ったら、あのジジイ、せっかく心配してやってるのにって言いやがった。そんなもん頼んでねえし、余計なお世話だって言ったら言い合いになった」

眉を八の字に下げた常磐の母は、座卓に手をつき立ち上がった。

「母さんが謝ってくるわ」

「はあ？　謝るのは向こうだろ。なんでこっちが――」

「千歳」

諫めるような目を向けられ、千歳は口を閉じた。

「すぐ帰る。それまで、おふたりのことお願いね」

常磐の母が家を出ると、千歳は我慢していたようにため息を吐いた。

「――で？　どうすんだ？　俺も席を外した方がいいのか？」

今日の訪問の目的を、鈴は事前に千歳に伝えていた。前回のことがあってから千歳との連絡は途絶えていたが、鈴からの提案を、千歳は疑うことも迷うこともなく承諾してくれた。

「多分その必要はないと思う。それよりお店のひととケンカしたって――それってお母さんに席を外させるためにわざと？」

――母親がいない時でよかった
鈴が初めてこの家を訪れた時、常磐の部屋で千歳はそう言った。不確かな希望を抱く危険性を、彼が一番理解しているのだ。

「常磐が死んでから周囲の人間はふたつのタイプに分かれた。突然よそよそしくなって距離を取る奴と、突然馴《な》れ馴れしくなって距離を詰めて来る奴。ぐいぐい来る奴らは善意と勘違いした言葉や行動を押し付けて来るけど、俺に言わせりゃ、あんなもん全部自己満だ。菓子屋のジジイも同じ。だからケンカになった、ただそれだけ」

千歳は怒ったような口ぶりでそう言うと、胡坐《あぐら》をかいたくるぶしを拳で叩いた。

「僕も、母が行方知れずになった時に同じような経験をしたよ」

唐突に、要が言った。

「君の言う通り、大抵のひとはその二種類だった。でも、中には本当に君たちを気にかけてくれているひとがいると思う。心から力になりたいと願ってるひとがいるはずだ」

鈴の頭に浮かんだのは、派手な色のジャケットを着た、要の事務所の代表だった。

「心を閉ざすと目が曇ってしまうから、そういうひとを見逃さないようにね」

千歳を先頭に、三人は階段の下へ移動する。

深い悲しみの中にも思い出が漂う一階部分とは明らかに異なる空気が、階段を伝うように上階から降りて来る。それはゾッとするほど冷たく悪意に満ちたものだった。

階段を見上げたまま動かない二人を、千歳が訝し気に見ている。要の顔を見た鈴は、彼もまた同じものを感じているのだと気付いた。

二階には四つのドアがあったが、どれも同じデザインで常磐の部屋だと示すものはなにもない。それにもかかわらず、要には常磐の部屋がわかったようだ。じっと一つの扉を見ている。鈴にもわかった。四つのうち一つだけ、ドアを縁取るように黒い靄が漏れ出ているのだ。

「千歳くん、ちょっと離れてて」

鈴に言われ、千歳は廊下の奥へ移動した。彼には靄が視えていないようだった。

ドアに近づくと、靄は細かな黒い点だとわかった。コバエのようなものがドアを囲むようにひしめいている。要がドアノブに手を伸ばすと、黒い点はドアの隙間へ吸い込まれるように消えた。要はいったん手を引っ込め、鈴を振り返った。覚悟を確認するような仕草だった。鈴が頷くと、要は一気にドアを引いた。

ぶううん、という唸りと共に、部屋から無数の黒い点が飛び出して来た。要はドアを力いっぱい閉めたが、すでに濁流となった黒点は鈴に向かって来る。下がろうとした鈴の足裏が廊下の床を滑る。したたかに尻を打った鈴に、微小な黒点の集団が襲いかかる。鈴は両手を滅茶苦茶に振り回し避けようとするが、その間にも露出した肌部分に虫のようなものがびっしりと張り付く。生理的嫌悪を催す不快さだった。

倒れ込んだ鈴は廊下の上をのたうち回った。毛布の一端につま先を入れるような滑らかさで、瞼の縁からなにかが侵入する。鈴は、閉じた目に掌底を押し付けるが、すでに瞼裏に入り込んだものたちが眼球の上で暴れまわっている。耳元で飛び回っていた大量の黒点が耳の穴に飛び込むと、ゴボッという音を最後に聞こえなくなった。助けを求めようと口を開いたのが間違いだった。コバエの特製ケーキを詰め込まれた喉は詰まり、いたるところから侵入した点は鈴の顔の下で蠢く。脳みそをかき回されているような狂いそうな体感後、すっと身体が楽になる。音が戻り、瞼の裏に光が戻った。

パニックに陥っていた鈴は飛び起きた。目を擦り、身体中を手のひらで払う。なにも付いていないのを確認するが、耳の中や喉の奥にまだ残渣《ざんさ》を感じる。

「大丈夫か」

唯一粘着質な不快さに占拠されなかった左肩には、要の手が載っている。彼は不安気に鈴を見下ろしている。その後方には目を剝いた千歳の顔も見える。

「大丈夫か」

肩に温もりを感じながら、この手のおかげで救われたのだろうか——と鈴は思った。

「だいじょうぶ——多分、大丈夫」

狼狽した様子でこちらを見下ろす千歳に、鈴は訊ねる。

「今の——みえた?」

青白い顔でぶるぶると首を横に振る千歳を見るうち、彼はわたしたちを家に招いたことを後悔しているのではないかという思いが浮かぶ。

「鈴」

声をかけられ、鈴は要を見上げた。

「本当に大丈夫か？」

鈴は一つ頷き、立ち上がった。ドアの隙間から漏れ出ていたものは、今はすっかり消えている。しかし、ドアの向こうに感じる不穏な空気はいや増して、それは鈴の決心を鈍らせた。

「この距離なら俺一人でも問題ないんじゃないか」

要の提案は間違いではないかもしれないが、それでは鈴が納得できなかった。常磐の死後も彼女に嫉妬の炎を燃やし続ける男の念が消失するところをこの目で見届けなくては。

鈴は、わずかな時間とはいえ部屋に入ることを躊躇した自分を嫌悪した。

「眼鏡の役割はちゃんと果たす」

鈴はそう言って常磐の部屋の前に立ち、

「行こう」

ドアノブを引いた。


部屋はむせかえるほど青くさいにおいに満たされていた。前回来た時とはまったく別の、しかしどこかで嗅いだことのある植物のにおい。カーテンが引かれた室内は薄暗い。

要が後ろ手に閉めたドアの音が、静かな部屋では驚くほど大きく響いた。

鈴の隣に進んだ要は、物珍し気に見回すというよりなにかを探す目つきで室内を見ている。

「おかしいな。彼女、菊のにおいが苦手だって言ってなかったか？　見たところ菊は飾ってないようだけど」

そうか、菊のにおいだ。

合点がいった鈴は、机上を確認した。小振りの花瓶に生けられたスズランは息苦しそうに萎れている。部屋のどこにも菊は飾られていない。鈴は窓辺へ移動する。窓を開けようと手を伸ばした時、引かれているカーテンの異変に気付く。平らなはずの布地が、少しずつ膨らみを持つ。こぶし大だったのが、やがてひとの頭ほどの大きさに膨らむ。それは見る間に大きくなる。ライトグリーンのカーテンの向こうに、はっきりと黒い影が映っている。ひとの頭部、肩のライン、丸めた背中――どれもが大き過ぎる。

鈴はじりじりと後退する。カーテン下から突き出た脚を見て息が止まる。太い二本の脚は触れなくてもブヨブヨしているのがわかる。鈴の三倍はあろうかと思われる足は窓の向こうの景色を楽しむかのごとく肩幅に開かれている。鈴が恐ろしかったのは、カーテンから覗いた脚が、まるで透明なビニール袋いっぱいにコバエを詰めたように見えることだった。無数の黒い点がひしめき合い、そいつの体内を埋め尽くしている。

人間にしか見えない形をした、人間ではあり得ない色と大きさの「それ」は、呼吸をしているようだ。背中の辺りの膨らみが上下している。

「――あれか？」

ゴクリと唾を飲み込む音が、すぐ側で聞こえた。鈴はカーテンの向こうのものに聞かれまいとするように小声で言った。

「……この前視た時より随分大きくなってる」

やっと呼吸を再開した鈴は、さらに、

「濃いグレーだったはずなのに、それも変化してる」

「そんなことがあるのか」

ぶるっと、カーテンが揺れた。あいつが聞き耳を立てているのかもしれない、と鈴は思う。

「あれは死んだひとの念じゃないから。あいつは今現在も生きてる。彼女を殺しただけじゃ飽き足らず、日に日に憎しみを強くしてここに居座ってる」

そんな馬鹿な——と要が呟く。鈴は返事をしなかったが、心の中では大いに同意した。そんな馬鹿な。よりによって加害者のお前がなぜ?

「これ……俺に祓えるのか——?」

弱気な発言に、鈴は若干の苛立ちを覚える。

「よしてよ。いつもの要はどこ行ったの」

鈴は、要と同じ懸念を自分自身も抱いているからこそ苛立つのだと気付く。

今や呼吸さえ止めた大男は、カーテンの裏側でじっとしている。動いているのは彼の体内で蠢く黒点だけだ。

「とにかく……やってみる」

要は右の手のひらを「それ」に向けた。大男に変化はない。右手首を逆の手で掴んだ要が窓の方へゆっくりと進む。大男の中で蠢いていた脚部分の黒点がぴたりと止まる。カーテンがかすかにそよぐ。合わさっていたカーテンの割れ目が裂け、腕のようなものが覗く。腕のようなもの、と鈴が思ったのは、垂れ下がった手の部分が完全にひとのそれではなかったからだ。ひとならば指にあたるであろう部分は数十本に枝分かれし、蠕動《ぜんどう》運動を繰り返している。鈴は本能的にこの場から逃げ出したい、と思った。

要の指先が一番大きな膨らみ部分に触れそうになったその時。カーテンの隙間から、あの三白眼が現れた。鈴を睨みつけるその眼は以前よりはるかに大きく、憤怒で破裂しそうに見開かれている。

くぐもった声を発し、要が後退る。ずいっとカーテンから出て来たのは、ヒト形をした黒点の集合体だった。どう見ても人の後ろ姿にもかかわらず、三白眼はしっかりとこちらに向けられている。ヒトが後ろ向きに歩く時そうであるように、奇妙な動きで生霊はこちらに移動して来る。要は右手を胸にあて、再び掲げる。指きり峠でした時より焦った様子で手を払うが、三白眼は益々大きく開かれるばかりで消える兆候はまったくない。

「どうする。あいつ、ビクともしないぞ」

ビクともしないし、あいつが気にしているのはわたしだけみたいだけどね。鈴は心の中で独《ひと》り言《ご》ちた。

「視えること」と「祓うこと」の妨げになるといけないと考え、鈴は今日オイサメサンの指輪を置いてきた。

「どうしたらいいんだろうね。今わかるのはひとつだけ」

「わかることって、なに」

「怖いものはたくさんみてきたけど――」

赤い女、自殺を繰り返す人々、隣家の女性、老人。

「こんなに醜いものは初めてみた」

要がこちらに視線を向けたのが目の端に映る。生霊はギクシャクとした動きでゆっくりとだが、確実に近づいて来る。鈴は「それ」から目を離さずに言う。

「考えを改める。これまでは死んでもなおこの世に留まり続ける霊が怖かった。でも、生きてる人間の方がよっぽど怖い」

里田村の隣家女性は、義父殺害後も素知らぬ顔で生活している。罪悪感を抱くこともないのだろう。殺害前より活き活きと、翼を広げ自由に飛び回り生きている。現場となった浴槽に毎日浸かり、彼女はなにを想うのだろう。

目の前の汚らしい塊は仲澤陽仁の本心だ。報道によると、彼は反省の弁を述べているらしい。表面上どう取り繕ったとしても、あの男の核は「これ」なのだ。人は、なんと醜悪で残忍なのだろう。

鈴は巨大な虚無に呑み込まれそうになる。たとえ今これを消し去ったとしても、仲澤陽仁は次から次へと生霊を飛ばすだろう。柴咲陸人への想いが消えない限り、それは続くだろう。この場を切り抜けたら、その後は？　その都度要と二人で祓い続ける？　いつまで？

男の生霊が目の前に迫る。

『なにものをも恐れないっていうか』

姿なき小さな声。仲澤の生霊は、ぎくりとしたように動きを止めた。

それは間違いなく常磐の声だった。

『滅茶苦茶面倒見いいじゃないですか』

一部だけだった蠕動運動が全体に広がり、ヒト形の生霊は細かく波打った。視ていると吐き気を催すような動きだった。

要に「声」は聴こえなかったのか、彼は必死の形相で手のひらを「それ」に向け続けている。

鈴に聴こえたのは常磐の過去の声だ。彼女を見つけた時も声に導かれた。おそらくそれが彼女の精一杯で、そしてそれが願いなのだ。

なにものをも恐れない、面倒見がいい――

うん。姫の言う通り。そうだよね。

深呼吸を一つすると、鈴の身体から余計な力が抜けた。

激しさを増した生霊の蠕動運動が止み、三白眼のすぐ下がパックリと割れた。無数の黒点が吐き出され、鈴に向かって来る。

鈴は目を閉じた。

――目で見て耳で聞いてるんじゃない
オイサメサンについて薙が言っていたことを鈴は反芻していた。

今はこれしか思いつかない。指きり峠で要がしたように、今は信じるしかないのだ。

要の焦りが気配で伝わってくる。

唸りを上げた黒点が鈴に襲いかかる。肌に、耳に、仲澤陽仁の思念が耐え間なく囀っているのは常磐に対する憎悪だ。殺人すら凌駕《りょうが》する苛烈な悪意、故人へ執拗に浴びせる憎しみは、元は巨大な嫉妬心だったはずだ。それが今や無数の黒点となり、それぞれ息づき拍動している。核を持った膨大な思念は強力で、すでに身体中を覆いつくされた鈴に逃げる術はない。

穴という穴から体内に入り込もうとする微細な思念に、鈴は、
消えろ。

と命じる。

光と音が喪失した世界で、鈴はひたすら念じる。

消えろ。

コバエのような思念は鼻孔と耳孔から喉へと侵入し、鈴の呼吸を止める。

消えろ！

黒点でびっしりと覆われた腕を持ち上げ手のひらを突き出すが、期待した変化は起こらない。その片鱗《へんりん》すら窺えない。頭の中に入り込んだ思念のせいで、やがて念じることすら困難になる。

鈴の腕が力なく下がる。

きえ――ろ

その場にくずおれそうになった時、だれかに抱き留められる感触があった。

朦朧とした意識の中で、鈴はオイサメサンの指輪を思い浮かべていた。金色の輪は、いつ何時も「怖いもの」を消し去ってくれた。小さな輪には吸引と放出の力があって、吸い込まれた「念」は一時的に視えなくなるか、永遠に消え去るかのいずれかだ。放出を実感したのは一度だけ。類の彼女の生霊を視た時だ。彼女から生まれたグレーの靄は、ヒト形を成し鈴へと向かってきた。オイサメサンの指輪に触れた途端、その塊は指輪に吸い込まれた。しばらくして指輪が振動を始めた。放出されたのはグレーの塊。生霊は、彼女の胸目がけて飛び込んでいった。そうして消えた。思念は持ち主へ還ったのだ。

金の輪。還る。

き――え、ろ――か、えれ

鈴の手がゆっくりと持ち上がり、両手が輪をつくる。円は、這いずる黒点に縁どられ真っ黒だ。

かえれ――還れ。還れ！

背中と肩が熱を持つ。伝播《でんぱ》した熱が全身を駆け抜ける。

還れ！

ふっと、浮き上がる感覚を伴って熱が引いた。煩かった無数の思念は沈黙し、気配を消した。今度こそ立っていられなくなって、鈴は倒れ込む。

「鈴、鈴！」

目を開けると、真っ先に要の顔が映る。要は泣き出しそうな顔をしている。

「よう……」

肩に感じる手の温もりはずっと鈴を支え、生霊に対抗する熱源でもあった。

ドアが勢いよく開き、千歳が飛び込んで来る。眉間に深い皺を寄せた千歳は忙しなく顔を振って部屋を見回している。なにかを探すような仕草だった。

「ものすごい光が洩れてきたけど……」

鈴が倒れ込んでいるのに気付いたようで、千歳は慌てふためく。

「救急車、救急車呼ばないと――」

ポケットからスマホを取り出す千歳に、鈴は、

「大丈夫」

と、言った。身体を起こし要の手から離れると、鈴は千歳のスマホに手を伸ばした。

「わたしは大丈夫。だから、それはしまって」

千歳は要に指示を仰ぐような目を向けたが、彼が頷いたのを見て不承不承といった様子でスマホをしまった。

立ち上がった鈴は部屋を見回す。生霊の姿はもちろん、黒点ひとつさえ視えない。入った時より明るく感じる室内からは、いつの間にか菊のにおいが消えていた。

「千歳くんが言ってた光って……？」

鈴に問われた千歳はぶるぶると首を横に振った。

「鈴だよ」

呆然としたように、要は言った。

「祓う寸前、輪の形にした鈴の両手が黄金に光った。目を開けていられないくらい強烈で眩しい光だった」

鈴は自分の両手を見下ろした。変わったところはなにもない、見慣れた手のひらだった。

祓った――？　わたしにその力はないはずなのにどうしてだろう？

「――千歳くん。窓、開けてくれる？」

今考えるのはよそう。常盤を苦しめるモノは消えた。大事なのはそれだけだ。

カーテンが開かれ、目を射るような光が注ぐ。開け放たれた窓からは新鮮な空気が入ってくる。鈴はそれを胸いっぱいに吸い込んだ。室内を照らす陽光は、まるで空からかけられた梯子《はしご》のように神秘的で美しかった。

「きれい」

鈴が呟くと、勿忘草《わすれなぐさ》色の颯《はやて》がコルクボードの写真を一斉に震えさせた。

気配に目を転じると、いつの間にかドアのところに常盤の母が立っていた。彼女は戸惑った様子で鈴と要を見比べている。駆け寄ろうとした千歳がなにかに気付いたように立ち止まり、風で飛ばされた一枚の写真を拾い上げた。常盤が母親と千歳の肩に手を回している親子三人の写真だった。側へ寄った母親が千歳の手の中に目を落とす。鈴は、この世で最も悲しい微笑みを常盤の母に見る。

千歳が何気ない様子で写真を裏返す。硬かった彼の表情が泣き出しそうな笑顔に変化する。母親は口元を両手で覆い、嗚咽《おえつ》を堪えている。

わななく唇をぎゅっと結ぶと、千歳は手にしていた写真を二人に向けた。

そこにはかわいらしいイラストが描かれていた。写真を元にしたもののようで、カラフルな三人が幸せそうに笑っている。常磐と思われるイラストには吹き出しが付いていて、彼女は、

『大好き！』

と、満面の笑みで言っている。

これは常磐からのメッセージだ。おそらくこの場にいる全員がそうと感じている。

『ありがとう』

どこからか、常磐の声が降る。

それが聴こえたことは、自分以外の顔を見れば肯定できた。それぞれを見比べる皆の顔は、戸惑いながらも同意する者を求める顔つきだったからだ。それになにより、部屋には四人以外の気配がした。確かめようがないが、確実にそれはいた。萎れたスズランに命を吹き込むようなあたたかな春風が吹いた。

気配だけでも、魂だけでも、家族がずっと側にいてほしいと願う愛おしいもの。だが春風は捕まえようがない。常磐の母が抱きしめようとしても腕の間をすり抜けてしまう。

『いってきます』

常磐の声に、四人は一斉に窓辺を振り仰いだ。天から下ろされた光の梯子が消えつつあった。

徐々に薄くなる常磐の気配を、鈴は名残惜しくも清々しい気持ちで見送る。そんな鈴の耳元

で、

『それ、だれかの形見ですか』

鈴にしか聴こえない常磐の声は、内緒話をするかのように囁いた。

36

翌日。

見るからに不機嫌な類は、血色の良い唇を尖らせた。

「鈴に避けられてるのは自覚してたけど、原因はやっぱり要だろ」

千歳と二人で柴咲陸人に会ったカフェ——意図せず同じ席——で、類は氷の入ったグラスをガラガラと揺すった。波立ったせいで縁からこぼれ、長い指と白い手の甲にコーヒーの雫が飛んだ。

「何度も連絡したのにそっけない返事で、俺と距離を置いてた時に一緒にいたのは要だったんだ」

ショックを前面に押し出した類の抗議を、鈴は黙って聞いている。

「だって、ほら。ツイッターに山ほど載ってる」

類が見せたスマホの画面には、長野駅に降り立った要、花屋で花束を求める様子の要が写っていた。

「要は何度も長野に来て、その度鈴と会ってる」

顔はスタンプなどで隠されているが、類が見たら明らかに鈴とわかる人物が要の隣に写っている。

スマホをしまった類は、おずおずと、

「鈴は――要と付き合ってるの？」

と訊ねた。鈴は沈黙を保っている。

「なんでなにも言わないの？　事実だから？」

堪りかねたように類が言う。それでも口を開かない鈴に、

「要とはどんな関係……？」

結果を聞くのが怖い、と類の顔に書かれているようだった。鈴が見つめると、類は覚悟を決めたようにごくりと喉を鳴らした。

「わたしは眼鏡で、要は呪具。それだけの関係」

「めがね？　じゅぐ――？」

鈴は盛大なため息を吐くと、これまでの話を聞かせた。次に類と会ったら話さなくてはならないだろうと想定していたから、話はスムーズに進んだ。類が信じてくれないのではないかという不安は一切なかった。

「霊」「生霊」「祓う」といった大方のひとは眉を顰めるだろう話を、鈴と十年近く一緒にいる類は頭から信じてくれた。

「もっと早く話してくれたらよかったのに」

話を聞き終えた類が言った。

「俺にできることは少ないかもしれないけど、それでもなにかできたはずだと思う」

さらに類は肩を落とし、

「なにがショックって、俺が鈴の呪具でないこと」

と言った。

「なんで要？　俺の方が鈴のこと知ってるし、きっと要よりも役に立てるのに。そもそも、あいつ霊とか信じるタイプじゃなさそうだけど、よく信じたね」

「否定しようがないほどハッキリ視えたから」

面白くないと言った顔で、類は、

「要の力の発露が鈴との時間にあるのは間違いなさそうだけど、鈴の力も要と一緒にいることで強くなってるんじゃない？　視えるのは前からだけど、声が聴こえたり、グレーの塊を消したり――要と出会う前はできなかったことだ」

「たしかに。でも、声が聴こえたのは姫の時だけ。しかも、生前言ってたことが繰り返されただけみたいだった……」

「じゃあ、今は聴こえない？」

「聴こえない。それに、あの後何度か試してみたけど、わたしに祓えるのは生霊と思われるグレーの塊だけ。ひとに視えるような死者の霊に対してはなんの効力もない。逆に、要はそれを祓えて生霊は祓えない」

「それは、二人一緒でないと――」

「無理だった。わたし単独では視えるだけで祓えはしない。要ひとりじゃ視えないからもちろん祓えない」

さらに「祓いの最中相手に触れる」と強力な力を発揮できるのだが、それを類に言うつもりはなかった。

なにか考えるようにしていた類が、ぱっと顔を輝かせた。

「じゃあさ、やっと『あれ』を消せるんじゃないの？」

類の言う「あれ」が赤い女だというのは、訊かなくてもわかった。それほど長く鈴は彼女に苦しめられ、また類もそんな鈴を側で見てきたのだ。

「あれが出そうな時、要に来てもらって――いや、しばらく一緒にいてもらうとか。あれ？もしかして、もう消えた？」

鈴が首を横に振ると、期待を滲ませていた類が残念そうにため息を吐いた。

「そっか。でも、希望はみえた。だろ？」

「希望？」

「うん。あれを消してしまえば、後はその指輪を着けてれば問題ないし、要に会う必要もなくなる。だろ？」

類は鈴の指に嵌まった金の指輪を指し、嬉しそうに言う。

「いや、うん――そうなんだけど――」

「……けど？」

「今までわたしが見て見ぬふりをしてきたものや、初めて真正面から向き合ってみえたもの、わかったものがたくさんある。これまでは怖いから、どうにもできないから、ただ単に自分とは関係ないからって理由で逃げてきた」

類は真剣な表情で鈴の話を聞いている。

「でも……増殖する仲澤陽仁の生霊を視て、初めて――許せない、と思った」

テラス席に座る類の後方から光が注ぎ、彼の輪郭が金の輪のように輝く。

「人間の一番大事な尊厳と命を奪っておいて、さらに死後まで苦しめるなんて。わたしが視ようとしなかっただけで、そういう念を持った人々はたくさんいると思う。だから」

「これからも続ける――そういうこと?」

類の顔は逆光のせいでよく見えない。だが、静かな口ぶりからして反対しているのではなさそうだ、と鈴は思う。

「わたしと要が姫の家へ行った翌日、斎藤さんっていう刑事から仲澤が病院へ緊急搬送されたって連絡があった。仲澤は突然叫び声を上げた後身体中に爪を立てて、警官が制止した時には顔と首、腕の皮膚がごっそり剝がれていたって。それがちょうどわたしたちが姫の家で『還した』時刻だった」

仲澤陽仁から生まれた嫉妬の念は憎悪を纏い、常磐の元へ飛んで行った。彼女亡き後もその魂を縛り付け苦しめるほど彼の生霊は強大だった。無数の黒点はそれぞれに核を持っていた。わずかな時間でも、それに侵入された鈴は気が狂うかと思った。皮膚の下に潜り込んだ念は蠢き、息づいていた。宿主の血肉をエサに、さらなる増殖を試みようとするようだった。

それらの念は生み主の元へ還った。この先彼がどうなるのか、鈴は最後まで見届けるつもりだし、彼にふさわしい末路を願ってもいた。

「要は死者の霊を祓う。わたしは、生きている人間の念を本人に還す。二人でしかできないことだから一緒にいる時間は必然的に長くなる」

「それは、彼も承知してるの?」

「うん。話し合って決めた。要はわたしといなければ視えないし、これまで通りの生活を続けることもできるのに――指きり峠と姫の家での経験が彼を突き動かしたみたい」

だれかの役に立てたという想いが彼の原動力になったのは間違いないだろうが、もう一つ。鈴が要に話したオイサメサンの情報は指輪に関することがほとんどだ。オイサメサンと直接つながりのある薙のことなどは伝えていない。彼は鈴に協力しながら約束が果たされるタイミングを待っているのかもしれなかった。

「――そう」

類は黙ってしまう。テーブルの上で組んだ手がさみし気で、鈴の胸はチクリと痛む。

「類が心配しているようなことにはならないから」

類はなにも言わない。鈴は、気まずい空気を変えたいと思う。

「大体、いつまで続けられるかわからないし。わたしがだれかと付き合って親密な関係になれば自然と――」

類が小首を傾げる。

「いや、今すぐどうこうってことはないんだけど。そもそもそういう相手もいないし。なんていうかほら、その……大人な関係？　そうしたらわたしは視えなくなるわけで」

「え？」

しまった。

鈴は言ったことを戻すようにあわてて口元を隠した。太陽が雲で遮られ、類の顔が見えるようになる。鈴は恥ずかしさから目を逸らした。

「視えなくなるって――どういうこと？」

「その――それは――」

「親密な関係、大人な関係って、つまり肉体関係を結ぶってことだろ？　そうすると鈴は『視えなく』なるの？」

鈴はしぶしぶ顔を上げた。類の顔がひどく真剣で、鈴はどきっとする。面と向かって類にこんな話をするのはどうにも気まずい。薄笑いで鈴は照れ隠しする。

「なんか嫌だな。未経験ですって自分で言ってるようなものだし——」

「茶化さないで話して。さっき言ったことは本当？」

鈴はこくりと頷いた。

「そうか——」

椅子の背もたれに深く身体を預けた類は、真剣な表情を崩さない。

「鈴のばあちゃんが視えなくなったのも、歳のせいじゃなくて——」

鈴はまた頷く。

「でも、ばあちゃんもあれは視えたって言ってたよな？」

鈴は左頰の傷痕にそっと触れた。

「うん。おばあちゃんは、あれは相当強いものだろうって言ってた。視えなくなって久しい自分が視えるくらいだから——って」

「じゃあ、要にもきっと視えるだろうな」

類はなにか決意したように顔を上げ、鈴を真っすぐに見つめた。

「鈴はできるだけ要と一緒にいて、一日も早くあれを消して。まだ他にも怖いものはあるだろうけど、あれが消えたら少しは楽になれるだろ？　俺はヤキモチやくのをやめるから」

にわかに表情を崩した類は、

「嫉妬心のせいで、知らないうちに生霊飛ばしても嫌だし」

と笑って言った。

「でも、必要な時は頼ってほしい。要じゃ間に合わないとか緊急の時とか。大事な時に鈴を守れないのはやっぱりすごく――辛いから」

仲澤に襲われた時のことを言っているのだと鈴はすぐにわかった。

「類はいつもわたしを助けてくれた。これからも側にいてくれるでしょ?」

類は満面の笑みで、

「もちろん」

と答えた。

その後、鈴は久しぶりに笑って過ごした。類と一緒だと心から安らぐことができた。

類は、鈴が大好きな笑みを浮かべ、ジェスチャーたっぷりに話をしている。そんな類を見ながら鈴は考える。

関係を変える必要はあるのか。親友だからこそ続く時間も、恋人になったらいつかは終わってしまうかもしれない――

ふいに、黒曜石のような目をした要の顔が頭に浮かび、鈴はハッとして頭を振った。

「鈴……?」

「なんでもない!」

駅前の時計で時間を確認した鈴は、

「そろそろ行かなくちゃ。この後仕事だから」

と言った。焦りを隠すために慌ただしく支度を始める。

「今日から遅いシフトなの。笹野さんにはたくさん迷惑かけちゃったから、その分頑張らないと」

鈴は立ち上がり、椅子の背もたれにかけたバックパックに手を伸ばした。トレーナーを捲り上げ剝き出しになっていた手首を類に摑まれる。

「待って」

類は手を離し、パンツのポケットをごそごそし始めた。軽く摑まれただけの手首がやけに熱く感じて、鈴は顔まで火照っている気がした。

「これ」

類は、鈴の反応を気にするように手のひらをこちらに向けた。

「使ってほしい」

差し出されたのは類のベネチアンチェーンだった。どこが切れたのかわからないほどきれいに修復されている。

類は躊躇う鈴の手を取ると、指から金の指輪を外した。それからチェーンに指輪を通し、鈴の首元に回した。

「使ってくれる——よね？」

鈴は、降参したように頷いた。

「ありがと」

類は安堵の笑みを浮かべ、帰り支度を始めた。

ひんやりとした金属の感触が、肌の温度に馴染んでいく。指先でチェーンに触れた鈴は、あることを思い出した。

「ねえ、類」

類は座っていた椅子をガタガタと戻している。

「このチェーン、前に聞いた時『想いがつまってる』って言ったけど——」

「うん？」

「これ、だれかの形見なの？」

椅子の音が止んだ。背もたれを掴んでいた類の手が、椅子から離れる。

「どうして？」

不思議そうな顔で、類が小首を傾げた。

「気に入らない？」

「ちがう、そうじゃなくて……」

一度は誤魔化そうと思った鈴だったが、子犬のような目で見つめられ、

「姫に訊かれたの」

と、正直に打ち明けた。

「最後に会った日に更衣室でね。わたしの薄い胸を指さしながら『それ、だれかの形見ですか』って」

「え？　どうして彼女が？」

自虐的に言った「薄い胸」に反応してくれるとばかり思っていた鈴は、類の問いに肩透かしを食った気分になる。

「いや、姫がなんでそう思ったのかはわからないけど……そもそも、はじめは指輪のこと言われてるのかと思ったんだよね」

あの時、常磐は鈴の首元を指さした。チェーンとも指輪とも言わず、ただ「それ」と言っ

て。

「幅のある金の指輪着けてる同年代ってあんまりいないから、それで形見かって訊かれたんだと思ったけど、思い返してみると指輪部分じゃなくてチェーンを指してたような気がして」

類は眉間にかすかな皺を寄せ、

「チェーンのことだとしたら、やっぱ太さのせいかな。同世代はこの種類のチェーンあんまり着けてないから」

と、申し訳なさそうに眉を下げた。類は俯き、一旦は離した椅子の背もたれを両手で摑んだ。

「それに――実際、形見だし」

鈴の反応を気にしてか、類は顔を上げない。

「え……どういう――形見って、だれの？」

鈴は思わずチェーンに触れた。

類が思い切ったように顔を上げる。

「俺の、生みの母」


類が田子《たご》夫妻の養子だということは、里田の村民なら皆知っていた。

田子一家は類が小学六年の時に千葉県《ちば》から里田村に越して来た。ひとの出入りが少ない里田村では、移住者というだけで注目の的だった。

外遊びをすることが多い村の子どもたちは年中日に焼け、村に一軒しかない床屋で髪を切っている子はどの子も同じような髪型で、村の多くの男児は皆似たような外見だった。だが、転校生の類は違った。

色白で薄茶色の髪をした彼はどこにいても目立った。その上いつもブランド服に身を包み、洗練された格好で登校した。最初こそ珍しいものを見るように遠巻きに接していた子どもたちも、類の人懐っこさと優しい性格がわかるとすぐに仲良くなった。

移住者への順応が遅かったのは大人の方で、中には田子家の裕福な暮らしぶりをやっかみ陰口を言う者もいた。都市部で何不自由なく暮らしていたはずの家族が突然田舎に越して来た理由を気にする者もいた。田子夫妻と類がまったく似ていないことを指摘する者もいた。

ある時、村民数人が井戸端会議をしていると——話題はもちろん田子家についてだ——類の母親が通りかかった。熱弁を振るっていた中心的人物は彼女に気付かず、隣にいた女性に肘で突かれ、しまったと言うように口を閉じた。わざとらしくしんとなる人々の横を類の母親は気まずそうに小走りになる。中心人物の女性が落とし物に気付く。それはL字型のプラスチック容器だった。呼び止められた類の母親は頭を下げ、それを受け取った。

落とし物が喘息《ぜんそく》薬の吸入器だったことが、風向きを変えるきっかけとなった。

田子の奥さんはひどい喘息持ちらしい。

そういえば、いつだったか奥さんが咳《せ》き込んでいるのを見かけたわ。

奥さん病弱そうだもの。

旦那さんは大したものね。こんな田舎に越して来るくらい奥さんを想ってるんだから。

田子家側の肯定も否定もないまま、それは美談として村に広がり定着した。

それから間もなく、小学校の参観日で作文発表が行われた。

「僕の家族」という類の作文は、

『僕はお父さんにもお母さんにも顔が似ていません』

という一文から始まった。

一年生に上がる前、田子夫妻の養子になったこと、今の両親にどれほど愛され、また自分も両親を愛しているかを類は語った。

教室の後ろに並んだ保護者のほとんどが、驚きの表情でひとりの母親を流し見た。類の母親は凜《りん》として、かすかに浮かぶ笑みが我が子を誇るようだった。田子家の「秘密」を知りたがり、陰でいろいろ言っていた者ほど恥ずかしそうに顔を伏せた。

『僕はお父さんにもお母さんにも顔は似ていないけれど、お父さんとは寝相がそっくりでお母さんとは口調がそっくりだと言われます』

類は作文をこう締めくくった。

『僕は案外両親に似ています』

こうして転居後ひと月も経たずに村の噂は消えた。


類と鈴の間で養子の件を話すことは一度もなかった。類が語ったのは作文発表での一度だけだったし、鈴もわざわざそのことについて訊ねたりしなかった。だから、こうして話題にのぼるのは初めてのことだった。

「俺が養子だって言うのは——知ってるよね？」

「うん。小学生の時、類が自分で言ったから」

そうだった、というように類は頷いた。

「歩きながら話そうか。仕事に遅れるといけないから」

類に言われ、鈴は後をついて行く。

「俺の母は——生みの母だけど——未婚の母で、身寄りもなくひとりで俺を育ててくれたらしい。養子に出された経緯はわからないけど……俺が田子の養子になって数年後、亡くなったそうだ」

「転校してきたばかりの類が参観日で『僕は養子です』って言った時、びっくりした。そういうことって隠そうとするのかな、ってなんとなく思ってたから、類がきっぱり言い切っててカッコいいと思った。それに、類のお母さんが誇らしげに胸を張ってるのを見て自分が恥ずかしくなった。隠そうとするんじゃないかって思ったことが恥ずかしかったし、自分の『普通』を勝手に他人にも当てはめたことがなんだかすごくカッコ悪いなって」

類は「大丈夫だよ」というような笑みを鈴に向けている。

「それで——これは、類を産んでくれたお母さんの形見、なの？」

鈴はそっと首元のチェーンに触れた。

「うん。生みの母が両親に預けたんだって。息子に渡してほしいって」

「そんなに大事なもの、やっぱり——」

首から外そうとする鈴の手を、類が優しく包んだ。

「鈴。お願い。大事なひとに、大事なものをあげたい。重いかもしれないけど、ただのわがままかもしれないけど、お願い」

子犬のようなかわいらしさを消した類は、綺麗な茶眼で鈴を見つめた。

「これ以上は気持ちを押し付けたりしない。鈴を待つよ」

37

何事もなく数日が過ぎた。

鈴はオイサメサンの指輪をずっと身に着けていたから、家でも職場でも霊や生霊を視ることなく生活できた。オイサメサンの負担を考えると指輪に頼りたくはなかったが、要と一緒なら祓えるとわかった今、あえてひとりで「視る」気持ちにはなれなかった。

里田村の神社で鈴を震え上がらせた赤い女は、あれ以来一度も姿を現さない。

『もしもし』

心地よい低音の声が耳を撫でると、鈴の胸がどきんと跳ねた。うまく声が出てこない。

『もしもし？　鈴？』

要に名前を呼ばれ、心拍数が上がる。

『あれ……聞こえてる？』

鈴はスマホを耳から離し、深呼吸をした。

「ごめん、聞こえる？」

『聞こえるよ。どうした？』

「あの、ちょっとお願いしたいことがあって。休みの日にでも長野に来てほしいんだけど」

『それって『れい』のやつかな』

要の言う「れい」が霊なのか例なのか鈴には判断がつきかねたが、どちらにしてもこの会話の場合意味は同じだ。

「そう——れいのやつ」

要はちょっと考えるような間の後、

『ちょっと仕事が立て込んでるから、すぐには難しいかな』

と答えた。落胆と安堵を同時に感じた鈴は、なぜこんなに複雑な心境になるのかわからない。

『でも月末辺りなら時間作れると——』

「いいの。またこっちに来る時があったらついでに……って、長野に用事なんてないか」

チェスト上のラジオがかすかに鳴る。

「ほら、ずっとわたしに憑いてる霊がいるって話したでしょ。それを祓えたらなと思って。最近は指輪を身に着けてるせいか全然姿を現さないけど、里田に行けば現れるんじゃないかと思って」

『里田……ああ、あの村』

要は懐かしむように言った。

『夜は圧倒されるような星空が広がって、昼夜の印象がまるで違った。銀河の流れが肉眼であんなによく見られるなんて不思議な感覚だった。ちょっと怖いくらいだったな』

ラジオから流れるのはクラシック音楽。音量が徐々に上がる。止められないとわかっているが、鈴はラジオのスイッチをガチャガチャといじった。

『今度行ったら、案内してくれる?』

「案内もなにも、なんにもないところだよ。要、行ったんだからわかるでしょ」

クラシック音楽から演歌へ。ラジオは次々と局を変え、脈絡なく音を流す。

『現地のひとがなにもないって言うところほど美しいものに満ちてる場合が多いんだけどな。みんな気が付かないだけで』

要が感嘆の息を吐く。

『あの星空……一緒に見たいな』

ラジオを叩いていた鈴の手が止まる。一気に鼓動が速まる。なんとかしたくて、鈴はとにかくラジオを叩き続けた。

『なんか騒がしいけど、大丈夫……？』

要に言われ、鈴はハッとして手を止めた。

「ごめん、音楽うるさいかな」

『音楽？』

要の返しに猛烈な違和感が押し寄せる。咄嗟に手を離す。ラジオからは軽快なジャズミュージックが流れている。

「え、と――結構な音量で、今、ジャズが流れてる――よね？」

間があった。それは鈴にうっすらとした恐怖を抱かせるのに充分な時間だった。

『そっちでは音楽が流れてるの？　俺に聞こえるのは、なにか固いものを叩く音と――』

鈴は固唾を飲んで続きを待つ。

『……今、だれかと一緒？』

要はひどく遠慮がちに訊ねた。

「え。なんで。なんで？」

動揺と若干の恐怖が声に出ていたのか、要は慎重な口ぶりで、

『今アパート？　ひとり？』

と続ける。不安を与えないよう気遣っているらしい態度が、余計不安を煽《あお》る。

「要にはなにが聞こえてるの？」

『聞き間違えかもしれないし――』

鈴の耳元で、要が息を呑むのが聞こえた。彼には今も聞こえているのだろう。

「なに。言って」

『今も……聞こえる。女の子の声』

女の子。思い浮かぶのはただひとり。

『彼女、ずっと同じことを一定の調子で言ってる――『お願い』って』

鈴は呆然とラジオを見つめた。聞こえるのは変わらずジャズバンドの演奏だ。声らしきものは一切聞こえない。

『もしもし？　鈴？』

「あの――それだけ？　他にはなにか言ってない？」

鈴はスマホを耳から離し、ラジオに向けた。しばらくして要の声がする。

『同じ。ずっと、お願い、お願いって言ってる』

小気味いいドラムのリズムに激しいサックスの音色。ピアノが駆け足でそれらに追いつき半ば割れたサックスの音と重なり合う。

女の子の声とは程遠いメロディーしか鈴には聞こえない。

「それ以外はなにも？　わたしの名前とかなにか言ってない？」

その時、メロディーが止んだ。要が耳を澄ませる気配がスマホから伝わる。

『——もうなにも聞こえない』

ラジオが黙ったタイミングで七海も去ってしまったのだろうか。鈴は泣きそうになるのをぐっと堪えた。

『鈴——』

「ごめん、また連絡する」

力なくスマホをベッドに落とすと、鈴はラジオと向かい合った。黒い塊は沈黙している。

「七海。七海なんでしょ?」

ラジオから応答はない。

「これまでもずっと、伝えたかったの? わたしの、ずっと側にいてほしいっていうわがままで、七海は苦しかったの? 姫を苦しめたものみたいに、わたしも七海を縛り付けてたのかな。それとも——」

鈴は涙を飲み込み、言った。

「わたしのこと恨んでる?」

髪飾りを貸したせいで。家に来る途中で事故に遭ったことを。

「そうなの? ねえ、七海。なにか言って」

ラジオがかすかにジジ、と鳴った。

「七海?」

スイッチの赤いランプが弱々しく灯る。

「七海!」

鈴が駆け寄った途端、ライトが消えた。

――わたしのこと恨んでる？

問いの後灯ったライト。ＹＥＳ、の合図に違いない。

打ちのめされて、鈴は涙もでない。ただただ自分が呪わしく思われて、息をするのも憚られるようだった。

室内に響く音。一瞬ラジオが反応したのかと思って見上げるが、音源はベッドの上らしい。

画面をろくに確認もせず、鈴はスマホを耳にあてた。

「……はい」

『鈴？　どうした？　なにかあった？』

心配そうに言うのは類だ。

涙の堰《せき》が唐突に決壊して、鈴は声を上げて泣いた。

しばらく泣いて落ち着くと――それまで類は声をかけ続け、待ってくれた――鈴は言った。

「なにも言ってないのに。ただ電話に出ただけなのに。なんで類は――」

『なにかあったことくらい、声を聞けばわかるよ』

また泣けて、鈴は洟《はな》をすすった。

「ねえ、類」

『うん？』

「一緒に里田に帰ってくれない？」

『いいよ』

あまりの即答ぶりに、鈴の頬が緩んだ。

「理由を訊かないの？」

『なんでもいいよ。鈴と一緒に居られるなら』

「なんで……なんで類はいつも優しいの。今優しくされたら、わたし――」

ふふ、と笑う声が聞こえる。

『そんなこと言われると期待しちゃうよ？　でも、弱みに付け込むみたいで気が引けるから今は我慢する。鈴とはずっと一緒だったけど、これからはもっと近くで――側に居たい。あ、我慢するって言っといてこれはないか。ごめん』

おかしくて、嬉しくて、鈴は泣き笑いになる。

『すぐ帰る？　俺はいつでもいいよ』

「明日。いいかな？」

『もちろん』

「類。ありがと」

照れたような類の笑い声が、鈴の気持ちを軽くした。

38

翌日、里田の田んぼのあぜ道を歩いていた鈴は、ポケットで振動するスマホを取り出した。

「千歳くんだ」

隣を見上げると、柔和な笑みを浮かべた類と目が合う。類は今日、様々な予定をキャンセルして鈴に付き合ってくれた。

子どもの頃からそうだった。優しくて、いつでも話を聞いてくれて、寄り添ってくれる。

鈴は類に断り、電話に出る。

いつものぶっきらぼうな話し方で、千歳は母親の近況報告をした。あれ以来精神状態が少し落ち着いて夜眠れるようになったこと。一緒に食事を摂るようになったこと。鈴と要のふたりに感謝していること。

鈴は千歳の様子を訊ねた。すると彼は、これまでの仕事を辞めようと思うと言った。必要性を感じず、鈴はこれまで千歳の仕事について訊ねたことはなかったが、きっと常磐が聞いたら賛成するだろうと思った。いつだか「きつくてあぶない仕事」と言っていたから。だから千歳の背中を押す言葉をかけた。

『風の音がすごいけど——外？』

電話を切る前、千歳にしては珍しいことを訊いてきた。言われてみれば、里田駅を降りてから風が強い。植えられた稲は見えない手に弄《いじ》られ短いからだをのけ反らせている。

「あ、うん。里田に帰って来たところ」

鈴は空を仰いだ。重たそうなグレーの雲が頭上に垂れ込めている。

「なんだか雨が降りそう」

湿気を含んだ風が稲の間を駆け抜け、鈴の足元に体当たりした。よろけた鈴を、類が支えてくれる。

田んぼへのダイブを避けられ、鈴は胸を撫で下ろした。

「ありがと、類」

『なに？』

「ごめん、こっちの話。それじゃあ——またね」

鈴はスマホをポケットに戻しながら、千歳と話すのはこれが最後かもしれないと思った。常磐の件は解決――その定義を犯人逮捕と位置付けるなら――した。そして、彼女の魂は逝くべきところへ逝った。これ以上、彼らのためにできることはない。あとはそれぞれ、どうにか自分の心と折り合いをつけて生きていくしかないのではないか。残された者がどう生きるかはきっとだれにも示せないのだから。

ふいに、要の話が思い浮かぶ。

彼の母は、最愛の夫の死を受け入れられず道に迷ってしまった。絶望の中で彼女が見出したのは瞬く希望の光ではなかった。巧みに誘導された先は善意とは真逆の底なし沼だった。求めれば求めるほど深みにはまり、彼女はそれまで幸福と感じていたものすべてを手放した。

心を立て直すために縋れるものが必要だった。それは鈴にも理解できる。だがオイサメサンの名を騙《かた》る詐欺師などに縋らずとも、彼女にはすぐ側に息子という縁《よすが》があった。彼女はそれに気付くべきだった。

そろそろ約束を果たさねばならない。鈴は思う。要が言っているオイサメサンと本物のオイサメサンはまったくの別人に違いないが、それでもなにか手がかりになるものがあるかもしれない。とはいえ、まずは薙に話して了解を得てからになるが――

――またね

何気なく使う別れの言葉。

七海と交わした最後の言葉でもある。

またすぐに会えると思った。だってそれが当たり前で、まさかもう二度と会えなくなるなんて思いもしない――

「鈴？」

類に声をかけられた鈴は、どんどん早足になっていたことに気付く。

「あ、ごめん」

「どうかした？　さっきの電話でなにか言われた？」

「ううん、違う。ただ――」

「ただ？」

「またねって、無責任な言葉だなと思って」

類が首を傾げた。


七海が眠る墓地は村の外れにあって、徒歩で行くには距離がある。鈴の両親は仕事で留守だったため、類が親の車を借りると言ってくれた。

「類の家に行くの、久しぶり」

「子どもの頃はよく行き来したのにな」

田子家は、古い民家をリノベーションした一軒家で、外観はほとんど手を入れていないので村の家と馴染んでいたが、家の中は北欧風の家具で統一されたお洒落な空間が広がっていた。

「ちょっと待ってて。車取って来る」

そう言って、類は家とは不釣り合いに新しいガレージへ向かった。ふたりの声に気付いたらしく、類の母親が家から出て来た。彼女は、鈴を見ると大きな笑顔を作った。

「鈴ちゃん久しぶり。綺麗になったね」

「いえ、そんな」

「おばあちゃんの三回忌、行かれなくてごめんね」

「母さん！」

ガレージから類が声を張り上げている。類の母と鈴は顔を見合わせ、ふたりで車の方へ向かった。赤のフォルクスワーゲンから降りた類は困り顔だ。

「エンジンかからないんだけど」

類の母は驚いた様子もなく、

「え？　また？」

と答える。

「またってなに」

「このところ調子が悪くて、だましだまし乗ってたのよね。とうとうきたか」

「とうとうきたかじゃないよ。早く修理に出さないと」

「バッテリーだと思うから、お父さんの車とつなげてみて」

類の母は、隣に停まったシルバーのベンツを指さした。

「え、代わりに父さんの車借りて行こうと思ったのに」

「お父さん、この後車使うのよ」

申し訳なさそうに眉を下げた類が鈴を見た。

「鈴、ごめんな」

「いや、なんか、わたしこそごめん」

類が車に向かうと、類の母が鈴に声をかけた。

「鈴ちゃん、女子だけでお茶しない？」

広いリビングに入ると、懐かしさが鈴を包んだ。類の家に来るのは数年ぶりだ。類の母が選んだ北欧インテリアはどれも温かみがあって鈴はこの家が大好きだった。見慣れない飾り棚を見つけ、鈴は年月の流れを感じた。

リビング奥のキッチンから運んで来たグラスをテーブルに置きながら、類の母は、

「鈴ちゃん、これ好きだったよね?」

と言った。紅色がグラスいっぱいに満ちて、細かな氷が中でぶつかり合っている。

「覚えてくれてたんですか」

「あたりまえじゃない。お茶を出してあんなに感動されたの初めてだったもん」

鈴が初めてこの家に来た時——あの時は七海も一緒だった——出されたのがこれと同じアイスティーだった。

「だってすごくお洒落だったから。丸いグラスも素敵だったし、紅茶の上にミントやレモンがのってたのも初めてだったし——」

興奮気味に話す鈴を、類の母は目を細めて見ている。

「鈴ちゃん、類のことどう思ってる?」

「えっ?」

類の母は表情を変えずに鈴を見つめている。

「え、あの——」

「それ。類の……だよね?」

小さく指さされたのは、首元のチェーンだ。

「あの、これは」

類の母は制するように手のひらを鈴に向けた。

「ごめん、詮索するつもりはないの」

白くしなやかな手を重ね、

「類ね、この村に越して来るまでは、机に向かってずっと絵を描いてるような内気な子だったの。それが、ここに住むようになってから変わった。わたしは、鈴ちゃんのおかげだと思ってる」

「そんな、わたしはなにも――」

「側にいてくれた。あの子が辛い時、鈴ちゃんはいつも側にいてくれた」

「それはわたしが類を頼ってたから……わたしの方こそ類に助けられました」

類の母は柔らかく微笑んでいる。

「このお茶。七海ちゃんも喜んでくれたっけ」

類の母がグラスをなぞると、綺麗に手入れされた薄ピンク色の爪に透明な雫が流れた。

「初めて家に来てくれた時、七海ちゃんも一緒だったでしょ。類がお友だちを家に連れて来るなんて初めてのことで、わたしすごく嬉しかった。女の子がいると家が明るくなっていいな、なんて思った」

柔和に下がっていた彼女の目が、にわかに翳《かげ》る。

「七海ちゃんと会ったのは数回だけで、家に来てもらったのは一度だけだったけど――とってもいい子だった。七海ちゃんとは仲が良かったから辛かったよね」

「それは――はい。でも、七海を見つけた類も、辛かったと思います」

「うん。しばらくは塞ぎ込んで口もきかなかった。夫は、この村へ越して来たことを悔やんでまた引っ越そうなんて言い出して、あの時は夫婦喧嘩も絶えなかったっけ」

「おじさんは千葉へ戻るつもりだったんですか？」

「ううん、違うの」

類の母は、指先を合わせていた手をテーブル上で組んだ。

「類が養子だってことは知ってるよね？」

唐突な問いに、鈴は戸惑ってしまう。

「千葉にいた時、類の母親が亡くなってね。養子に入ってから何年か経ってはいたけれど、辛い思い出のある場所よりも、まっさらな環境で親子三人暮らした方が類にとってはいいんじゃないかって移住を決めたの。それなのに、転居後間もなく七海ちゃんのことがあって。夫は類の精神状態を心配したのね。辛い思い出から逃れるためにここへ来たのに、ここでも——ここではもっと——辛い体験をしたから」

鈴は、なんとも言えない気持ちになる。七海が亡くなったことを批難されているような気がしたのだ。

類の辛さは想像に余りあるが、それでも彼は生きている。七海は死んでしまった。彼女は死にたくて死んだわけではない。もちろん、類は七海を発見したくて見つけたわけではないだろうが、それはだれにとっても不可抗力だった。

無性にモヤモヤとして、鈴はそれを顔に出さないよう努めるのがやっとだった。誤魔化すために、グラスの紅茶をぐいと飲んだ。一気に流し込んだ冷たい飲み物は頭をクリアにし、重要なことを鈴に思い出させた。

七海の死の原因を作ったのは自分なのだ、と。

「思い出させてごめんなさい。わたしが言いたかったのはね、類が辛い時に鈴ちゃんが側にいてくれてありがたかったたってことなの。これからも、類の側にいてくれる――？」

目の前に類の母親がいる。すぐ近くのガレージでは類が自分のために車の修理をしてくれている。それにもかかわらず、頭に思い浮かんだのは要だった。妖しく美しい眼をした要のことだった。

鈴は自分がとんでもない裏切者のような気分になって、類の母親の顔を真っすぐ見られなかった。

俯いてしまった鈴に、類の母は、

「重たいよね、ごめんね」

と謝った。

「いい友だちでいてねって意味っていうか、もちろん鈴ちゃんがその気なら、我が家は大歓迎。わたしも夫も、鈴ちゃんのことが大好きだから。類だって、そのチェーンをあげるくらい鈴ちゃんのことを想ってるんだろうし」

「なーに勝手なこと言ってんの」

突然姿を現した類に、ふたりは同時に振り返った。

「母さん、やめてよ。親子で言い寄ったら、ほんとにフラれちゃうから」

「親子で言い寄るって――じゃあ、類、鈴ちゃんに――」

「鈴、お待たせ。行こう」

母親の追及を無視し、類は鈴に言った。

ふたりが車に乗り込むのを、類の母はなんとも幸福そうに顔をほころばせ見ていた。鈴にはそれがとても、とても、申し訳ないことのように思えた。

「なんか、母さんがいろいろ言ってごめん」

ハンドルを握った類は顔を正面に向けたまま言った。

「ううん。わたしこそ、修理までさせて——ごめん」

「修理ってほどのことじゃないから」

「そう言えば、おじさんまた新しい車買ったんだね」

「車道楽だからね」

「でも、頻繁に買い替えるようになったのってここ最近じゃない？」

類は小さく笑った。

「引っ越して来た当初はさ、ここに馴染むのが優先だったから様子見みたいなところがあったんだよね。だからあの頃乗ってたのはごく普通のミニバンだったし」

「類の家族って、空気を読むのがうまいっていうか、村に溶け込む方法を知ってるよね」

「それはあるね。今は開き直ってるけど、当時は車も家も周りにあわせて極力目立たないようにしてた。誤魔化しようがないことはあえてオープンにして詮索を避けるっていう手段を取ったし」

「作文のこと？」

「それもあるし、詮索されそうだった引っ越し理由とか」

「おばさんの喘息——でしょ？」

鈴は、先ほど類の母親が言っていたことを思い出した。

——類の母親が亡くなって　まっさらな環境で

「母さんが吸入器使ってるの、見たことある?」

類がおかしそうに言う。

「え……なに、嘘なの?」

「詮索を避けるために考えた苦肉の策らしいよ。あの頃はとにかく必死そうだった」

「……そうなんだ、知らなかった」

運転席で類はクツクツ笑っている。

「類も——馴染もうと必死だった?」

笑い声が止む。

「うん。千葉にいた頃は根暗な少年だったからね。里田に来てからは、とにかく周りに溶け込もうと必死だった。笑って、だれとでも仲良くしようって。ま、そのおかげで里田の村民に愛されちゃったんだけどね。特に鈴には頼りにされてるし」

一時停止で車が停まる。

「……突然誘ってごめんね」

ちらりと向けられた類の目は優しさで満ちている。

「どうしても七海に会いたくて。でも、ここには赤い女もいそうで怖くて」

車を発進させた類が、

「要は?　あいつと一緒なら消せたのに」

他意のない、純粋な疑問といった口調だった。

「それは――うん、考えた。実際、要にも頼んだけど仕事が忙しいって断られて。でもちがうよ、要がだめだったから類ってわけじゃなくて――」

「気にしてないよ」

大丈夫だよ。鈴は、そう言われたような気がした。

「七海がね」

「え？」

「七海が怒ってるの」

急ブレーキを踏まれ、車がつんのめるように停車した。

「ごめん！　びっくりして」

類は鈴に怪我がないか目を走らせた後、ルームミラーで後続車がいないのを確認する。それから訊いた。

「怒るって……なにに？」

「わたしに。わたしのせいで七海は事故に遭ったから」

深々とため息を吐き出した類は、ゆっくりと車を発進させた。

「鈴が自分を責めてるんじゃないかっていうのは時々感じてた。けど、それは違うし、七海が怒ってるなんて絶対ないと思う」

「でも」

鈴は、要と電話した際に起こったことを話した。

自分には聞こえなかった声。助けを求める七海の言葉。点滅が弱まったラジオのスイッチ。

「七海は、要なら聞こえると思ってお願いしたんだよ。わたしから解放されたいって、だから

『お願い』って」

類は考え込んでいるのか答えようがないからかなにも言わない。

「七海が亡くなってすぐ、壊れたラジオから雑音が聞こえるようになった。それ以来、日によってはラジオ局が流すニュースや音楽が聞こえるようになって、携帯やスマホなんかも時々操作されたり壊されたり」

「鈴は俺に気を遣って七海の話を避けてたけど、スマホが壊されたっていうのは言ってたよね」

「それ、『ディアガーデン』に就職する前にあったね。転職を考えて求人広告見てたら、とにかく『ディアガーデン』の求人画面しか出てこなくなって、そのうちに壊れた。あれもさ、今考えると、七海が要に助けを求めてたからじゃないかと思えてならない」

「どういうこと？」

「要なら救ってくれるってわかってて、わたしと出会わせたんじゃないかと思うんだよ」

「七海には、要があの店に来ることがわかってた——ってこと？」

「多分ね。でなきゃ、あの店に拘《こだわ》った理由がわからない」

類は思い切ったような様子で、

「姫と出会わせるため……だったとか」

と言った。

「え？」

「鈴は他のひとにはない力を持て余してた。なんで自分が、なんでこんな能力が——って言ってたよね。望んだ生き方じゃないかもしれないけど、でも七海は、鈴に対峙《たいじ》してほしかったんじゃないかな」

「対峙？　なにと」

「視える力と、自分自身に」

鈴はそのことについて考える。

常磐のことがなければ。要に出会わなければ。自分の持つ力と向き合おうとはしなかったかもしれない。

「鈴が持ってる壊れたラジオ」

「ラジオがどうかした？」

「何度もラジオを見たけど。七海、俺には一度も話しかけてくれなかったなと思って」

類は拗ねたように言った。

「話しかけられたのは要だけだよ。わたしには聴きとる力がないからかずっと雑音だったもん。でも——そういえば、要がアパートに来た時は騒がしかった。あんなこと滅多にないのに」

アパートを出て行こうとする要を引き留めるかのように、ラジオは雑音を発した。

「七海に必要だったのはわたしじゃなかった。必要どころか、わたしは恨まれてたんだから」

39

七海が眠るのは村の墓地の中では比較的新しい墓で、墓標には数人の名前が記されている。

九十八歳、八十二歳、七十七歳……十二歳。

四十九日が過ぎても七海の母は納骨するのを拒んだ。はじめはそれで納得していた七海の父も、骨壺を抱いて眠るようになった妻の精神状態を案じ、菩提寺《ぼだいじ》の住職に相談した。住職は七海の母を説得したり諭したりはしなかった。ただ寄り添って話を聞き、彼女の心をほぐした。それは人差し指と親指で抓むくらいのほんの少しの余白だったが、彼女にはそれで充分だった。

鈴と類は持って来た花と線香を供え、手を合わせた。

わたしのせいでごめん。縛り付けてごめん。気付かなくてごめん。本当にごめんね。七海と出会ってしまったこと、わたしなんかが生まれてしまったこと、全部、全部ごめん——

「鈴、行こう」

駐車場へ向かう途中、鈴は類に礼を言った。それが照れくさかったのか、類は、

と言った。

「墓地って怪談話が多いけど、実際どうなんだろうね」

「……実際にはほとんどいないよ」

鈴の答えが意外だったようで、類は目を丸くしている。

「ものすごい数の死者が眠ってるのに?」

「前に話したと思うけど、この世に未練がなかったり、死後手を合わせてくれるひとがいる霊って、すぐに旅立つの。指輪をしていなくても、この墓地で怖い思いをしたことはないよ」

「へえ……そういうものなんだ。なんか不思議だな」

「納骨された場所に留まる霊って、きっとほとんどいない。わたしが知る限り、大抵は死んだ場所に留まってる。ただ佇んでいたり、死の瞬間を繰り返していたり。稀《まれ》に、ひとや物に憑く

霊もいるけど」

「なるほどね」

「七海はたくさんのひとに手を合わせてもらった。冥福を祈ってもらった。それでもこっちに留まったのは、わたしと居てくれるためだってずっと思ってたけど、結局――七海はわたしへの恨みの念で留まってたんだよね。わたしに憑いてた。七海はここにはいないかもしれない。だけど、里田以外に還る場所があるとも思えなくて」

類がエンジンのスタートボタンを押すが車は反応しない。何度も繰り返しボタンを押すが、エンジンがかかる気配は一向にない。

「マジかよ」

類は、ロードサービスを呼ぼうとして止めた。来るのを待っていたら日が暮れるという理由で。それは鈴も同意見だった。類の父親が帰るのを待つ、鈴の両親が仕事から帰るのを待つ、村にはないタクシーを呼ぶ……いずれも却下、ふたりは話し合って歩いて帰ることにした。

「類、ごめんね。わたしのせいで――」

「鈴。今日はもう、謝るの禁止。いい？」

そう言って類は微笑んだ。車を降りた類がなにかに気付いたように車に取って返した。戻って来た類の手には黒い傘が握られている。

「雨が降りそうだから」

類が空を見上げ、言った。つられるように鈴も顔を天上に向ける。

頭上の雲はものすごい速さで風に流されている。黒雲は太陽を覆い隠し、地上に薄闇を忍び込ませる。里田に着いた時より格段に強まっている風に押され、ふたりは歩き出した。はじめはとりとめのない話をしていたふたりだったが、刻一刻と迫る雨の気配にどちらからともなく足を速めた。

小学校の前で足を止めたのは類が先だった。校門の両脇に立つ桜の樹がバサバサと枝を振っている。

ふたりは顔を見合わせた。校門を抜け、校庭を突っ切って行くのが近道なのだ。今度は鈴が先に常時開放されている門を潜った。

日曜の学校にはひと気がない。

「子どもがいない学校って、なんか薄気味悪いよな」

類の呟きが風に運ばれる。

ふたりは土埃の立つ校庭を進んだ。校庭隅の花壇に植えられた紫色のミヤコワスレが頭を左右に振っている。ふと気配を感じ、鈴は振り返った。校庭脇に設置された用具入れの建物の下から球体が覗いている。それがひとの頭のように見えて鈴はゾッとする。鈴の視線を辿ったらしい類が、

「なんだ？」

と言ってそちらに向かう。

「類！」

どうした？　と言うように類が振り返る。球体がぐるりと回転し、それは益々ひとの頭部らしく見える。

「あれ――類にも視える？」

類は用具入れの方へ目をやった。

「見えるよ」

鈴を励ますように微笑むと、類は用具入れに向かって駆け出した。鈴は恐怖で喉が塞がる。用具入れの角で屈んだ類が、球体に手を伸ばす。鈴は思わず目を瞑った。

「鈴！」

声に目を開けると、頭部を手のひらで弾ませる類が目に入る。

「！」

恐怖で固まりながらも、鈴は類から目が離せない。類は笑いながら片手にひとの頭を載せている。真っ白な顔に黒々とした髪が張りついて、一部が大きく凹んだ頭——

「ほら！」

類の振りかぶったものが飛んで来る。さっと身を屈めた鈴は両手で頭を抱えた。風に負けないぶつかった音がして、なにかが足元に落下した。おそるおそる目をやると、真っ黒な眼と目が合う。

腰を抜かした体勢で、鈴は後退る。呼吸しようと試みるが、塞がった喉からは細い音が鳴るだけだ。類が飛んできて膝をついた。

「鈴！」

類の身体に遮られ、こちらを見ていた眼と球体半分が隠れた。

「あ、あ——」

鈴は指をさそうと手を伸ばす。鈴の訴えが伝わったようで、類が後方に顔を向けた。球体を見た彼は呆れたように肩を落とした。

「なにかと見間違えたの？」

類は膝に手をつき立ち上がり、それを手に取った。再び目を閉じそうになった鈴の前に、類が手にしたものを差し出した。

「よく見て」

それは空気の抜けたサッカーボールだった。顔に見えたのは白い部分で、髪に見えたのは黒の部分だった。眼だと思ったのは汚れで、間近で見るとそれはボールにしか見えなかった。どうしてこんなものがひとの頭部に見えたのかわからないほど。

「ほら。大丈夫？」

差し出された類の手をかりながら、鈴は立ち上がった。

「なんだと思ったの？」

「――ひとのあたま」

「頭？」

類は落ちたサッカーボールを見遣る。激しさを増した風が砂埃を巻き上げながら、ひしゃげたボールを回転させた。

「……想像力が逞《たくま》し過ぎない？」

「ほんと……ほんと、そうだよね」

「本物のひとの頭だったら大変な殺人事件かもだけどさ、霊だとしても、今の鈴には視えないでしょ」

類が指したのは鈴の首元だ。

「指輪があれば、視えない――でしょ？」

「そう……だよね」

指輪に触れると安堵が胸に広がった。

「行こう」

類に促され、鈴は歩き出した。最後にもう一度確かめたくなって振り返る。転がったボールはボールのままだったが、背景に映る用具入れは違った。あるものが目に入り、撃たれたような衝撃が胸に走る。足を止めたらさらによくないことが起きそうで、鈴は進行方向に顔を戻し、動かす足を速めた。

用具入れの隅から、顔が覗いていた。縦半分の顔は、どう見てもひとの顔だった。男のようにも見えるその顔に、鈴は見覚えがあるような気がした。

知っているひとのわけがない。大体、あれが顔のわけがない。鈴は自分に言い聞かせる。大体、あんなに高いところからどうやって顔を出しているというのだ。

顔は用具入れの軒下から出ていた。普通に立って壁の向こうから顔を出しているとしたら、そのひとの身長はゆうに二メートルを超えている。

類に話そうかと思うが決心がつかない。さっきはサッカーボール、今度はなに？　と言われるかもしれない。それに、ボールの時のように類が確かめに行ったら？　そしてそれが本当にひとの顔だったら？

どんどん速くなる歩調に、隣の類が訝し気な顔を向ける。

校庭の真ん中を過ぎ、灰色の建物が近くなる。鈴が初潮を迎えた時使用したトイレだ。裸足の赤い女がヒタヒタと追って来たトイレでもある。その時のことが否応《いやおう》なく思い出され、鈴は身体の深いところから剝き出しの恐怖が湧き上がってくるのを感じた。見まいとするのに視界に入る四角い建物。グレーのコンクリートは冷え冷えとして、二つの入り口はぽっかりと口を開けている。女子トイレの入り口になにかが見える。腰高の位置に現れつつあるのは黒い半円状のもので、見る間に面積を広げていく。ちらつく黒い塊が無性に気になり、鈴はトイレの建物の方へ思い切って顔を向けた。

先ほど用具入れから覗いていた顔が、今度は向きを変えてトイレにあった。立って覗いているように見えた時とは違い、今、顔は真横になっている。黒々としたふたつの眼が、しっかりと鈴を見据えている。眼から下の部分はコンクリートの壁に隠れて見えない。

あんな角度でどうやって。鈴は考える。ちょっと覗いているのとはわけがちがう。顔は、片耳を地面に向けるように真横になっているし、両目の位置は寸分たがわず直線上に揃ってこちらを覗いている。壁の向こうにいるのは大人のように見えるが、それにしては顔を出す位置が低すぎやしないか。

眩暈のような感覚に襲われ、鈴は躓《つまず》いた。倒れる――そう思った瞬間、類の力強い腕に抱き留められる。

「鈴、大丈夫?」

浅い呼吸でなんとか頭に酸素を送り、思考を止めないよう保ちながら、鈴は頷く。

「大丈夫。行こう――早く、行こう」

類の腕を引っ張るようにして鈴は進む。冷たい感触が頰を伝っても鈴は足を止めない。額や鼻先、手の甲に雨粒がぶつかった時、雨が降って来たことを認識する。

類が急に立ち止まった。鈴は類の腕から手を離し、ひとりで先を行く。

「鈴、待って!」

追いついた類が、開いた傘を鈴に差し向ける。それでも鈴は足を止めない。類になにか話しかけられるがそれすら無視する。

鈴は、赤い女に初めて追いかけられた時と同じ、肌がヒリヒリするような恐怖を至近距離に感じていた。

鈴の瞬きしない睫毛から雫が落ちる。

上下逆さまになった男の顔半分が、背中側の傘下から覗いているのが鈴には見なくてもわかった。

40

ずっと無言なのを不審に思ったのか、類に何度も声をかけられる。だが、鈴は口を開かない。歩く以外のアクションを起こしたら、背後のものが行動を起こすかもしれない。それがどんなものであれ、今より恐ろしいことになるのは間違いないと鈴は確信していた。

雨は激しさを増し、類が差す傘は何度も飛ばされそうになった。「顔」は風雨の影響などまるでないようで、差し直される傘の下に常に張り付いているようだった。

突風が吹きつけ、傘が大きく傾いだ。風の勢いに負けじと傘を引く類の手助けになればと、鈴は傘の中棒を摑んだ。自然と振り返る形になった鈴は、傘下の顔が消えていることに気付く。周囲を見回すが、顔らしきものはどこにも見当たらない。安堵の息を吐いた鈴は、手の甲にざらりとした感触を覚える。

鈴が子どもの頃、村の商店に看板犬がいた。おとなしい性格だったようで、鈴はその犬が吠えるところを一度も見たことがない。茶色の中型犬はいつも店の軒下に座っていた。看板犬は、店に客がやって来ると尻尾を振った。腹を上に向け、毛の柔らかい部分を撫でてもらうのが好きだった。鈴も何度か撫でたことがあるが、犬はお礼とばかりに手の甲を舐めた。

傘の中棒を握る手の甲に感じた感触は、何年も前に死んだ犬のことを鈴に思い起こさせた。

手の甲を舐められた——なにに？

鈴は大きな水たまりから視線をはがし、首をひねる。

傘の柄を類が握っていて、その上に拳三つ分をあけて鈴の手がある。手と手の隙間。なにもないはずのその間から、顔が半分覗いている。顔の右半分は中棒によってすっぱりと断ち切られたように存在しない。左目がぎょろぎょろと動いて、紫色の唇はなにがおかしいのか薄笑いを浮かべている。鈴は顔から目が逸らせない。

でたらめに動いていた黒目が鈴を捉える。眇めた眼は高揚感と欲情が溢れ、鈴は全身を舐め回されているような気がした。紫色の唇が大きく開かれ、中から膨れ上がった舌が飛び出す。舌先が細かに動いて鈴の手を舐めようとチロチロ動く。

あの時の教師だ。

唐突に、鈴は確信した。

変わり果てた顔は死体のそれのようで判別がつきにくいが、この顔は小学校の教師だ。

夏休み、鍵のかかった用具入れにひとかげを見つけた鈴は校内にいた休日当番の教師を呼んだ。その時の教師だ。

腫れ上がった舌先に触れられそうになり、鈴は手を引いた。ひとりでは風の力に抗えなくなった類が両手で摑もうと試みるが間に合わず、傘は大きく飛ばされた。

ぬかるんだ足元で胸の悪くなるような音が立つ。類は飛んで行った傘を追いかける。雨を受けながら、鈴は類の背中を目で追う。なにかが落下したような音など無視して、ひたすら類を見つめる。大きな雨粒が頬を打ち、瞼を重くする。足元のなにかは益々気配を強めている。

『**——ん、う、うゥーんっ**』

足元から上がる野太い呻き声に、鈴はギクシャクと顔を俯けた。

髪の薄くなった後頭部が目に入る。身体のない頭は鈴の足に覆い被さるようにしている。足を退こうと思うのに、身体が動かない。地面の頭は、顎を動かすような奇妙な動きを繰り返している。

〝ソフトクリームを舐める子ども〟

頭に浮かんだワードのせいで、怖気《おぞけ》が這い上がる。まさに、頭部は突き出した舌で大きく舐め上げるような動作をしている。突如、こちらに顔が向く。大き過ぎる紫色の舌が鈴をからかうように左右に動く。舌を引っ込めた顔は、愉悦の笑みを浮かべた。それから唇が形を作る。

『**檜木**』

顔は、鈴の恐れを愉しむような表情で、言った。

『**本当に見たのか？**』

ぐるん、と一回転した頭は、今度は憤怒の表情で、

『**冤罪《えんざい》ですよ**』

と絶叫した。

『**証拠はあるんですか**』

教師の割れた声が鈴の頭に響く。

『冤罪ですよ。証拠は』

あらぬ方を向いたまま、顔はまくしたてる。

『証拠、証拠』

やっとのことで足を退いた鈴に、頭が素早く反応した。目を剝いた顔は、

『檜木ィ。本当に見たのか？』

言うが早いか、濡れたスニーカーに齧《かじ》りついた。

「ひっ」

鈴は悲鳴にならない声を飲み込み、思い切り足を退いた。それからサッカーボールを蹴るように大きく足を振り出した。つま先から離れた頭は空に放り出され、歪《いびつ》な半円を描いて飛んだ。

泥水の中に転がった頭部は、これまで風雨の影響などまるで受けていなかったはずなのに、今は顔一面がグレーに染まっていた。静止したように思われた頭部がゴロゴロと転がり出す。

『冤罪ですよ、証拠はあるんですか』

目を見開いた顔は胴間声を発し、鈴がいる方とは逆に転がっていく。

『証拠、証拠、冤罪ですよ証拠はあるのか証拠証拠――証拠？』

ピタリと止まった頭部に、鈴は身構える。

『証拠は――』

再び回転し出した頭部はしゃべり続ける。

『よかったなぁ』

頭は遠ざかりながら感嘆した口調でなにか言っている。

『お――なしくてうまくて――それなのに』

今度はがなり立てるような調子で、

『最近のガキはなんでもしゃ――りやがるだから冤罪が――冤罪ですよ証拠はあるんですか冤罪ですよ証拠は――』

「鈴」

背後から声をかけられ、鈴は飛び上がった。

「傘壊れた」

びしょ濡れの類は、骨が折れた傘を手に持っている。

「家に行こう」

41

「鍵持っててよかったー」

使った鍵をキースタンドにかけた類は、家に入るよう鈴に促した。

類の両親は留守のようだった。表から見えるガレージにベンツがなかったから類の父親がいないのは承知だったが、出かけるとは言っていなかった母親の姿もない。

「ほら、鈴！　上がって」

鈴はグズグズのスニーカーを脱いだが、全身ずぶ濡れで他所《よそ》の家に上がるのはさすがに躊躇われた。

類は自分が先に上がると、鈴の手を引いた。そのままどんどん進む。たっぷりと雨水を吸った靴下がフローリングの床に足跡を残す。

「これ使って」

差し出された白い大判タオルを受け取ると、鈴は顔に押し当てた。

「今お風呂溜めてるから、入って」

鈴の視線に気まずさを感じたのか、類は言い訳するように、

「身体が冷えて風邪ひくといけないから」

と言った。

「タオルだけ借りられればいい。もう帰るから」

「しばらく家に居た方がいいと思うけど――」

類は意味ありげにリビングの窓から空を仰いだ。これまで雷光の一筋も見せなかった空が、突如喉を鳴らした。

「ね?」

魔法のような完璧なタイミングに、鈴は怖さも忘れ笑った。


鈴が風呂から上がると、すでに自室のシャワールームで支度を済ませた類がお茶の準備をしていた。

リビングにはあかりが灯り、大きな窓にはカーテンが引かれている。鈴は壁掛け時計を見上げた。午後三時四十分。

「こんな天気だから暗くて」

類は、湯気の上がったマグカップをテーブルに置きながら、

「カーテンを引いたのは――」

「わかってる。雷が苦手なわたしを気遣ってくれたんだよね」

類はホッとしたように表情を崩した。

「着替え、ありがと」

Tシャツの上に羽織ったシャツをひっぱりながら、鈴は言った。

ふたりはリビングのソファーに向かい合わせで座った。持ち上げたカップに口を付けた類が、すくい上げるように鈴を見た。

「さっき、小学校でなにを視たの?」

鈴は、テーブルに伸ばしていた手を止めた。

「――ボールだよ」

カップを取ると、それを膝に置いた。

「見間違えただけ」

「違うでしょ」

類は乱暴にカップをテーブルに置いた。

「その後。なにか視えたんだろ? 指輪があるから視えるはずないと思ったけど――帰る間、ずっと様子が変だった」

「……類はなんでもお見通しなんだね」

手のひらで包んだカップの温かさが鈴の背中を押した。

「校庭の用具入れとトイレで〝頭〟を視た」

鈴は今さっき味わった恐怖を話した。頭部がどのようについて来て、どんなことをしゃべったか。

　話を聞き終えた類は、指輪を身に着けているのに霊が視えることを不思議がり、その後に考え込むような顔で、

「それ、梶原《かじわら》先生じゃないかな」

　と言った。鈴は、あの教師の顔は覚えていたが、名前までは思い出せなかった。類に言われてやっと思い出したほどだ。

「どうしてそう思うの？」

　視えている鈴には、あの顔が教師の梶原だと確信があったが、類には顔の特徴もなにも話していない。

「あの先生、児童にわいせつな行為をしたって訴えられて、無実を主張してたけど裁判の途中で亡くなったんだよ」

「え」

「一年くらい前だけど――知らない？」

「知らない……ニュース見ないし、家族もなにも言ってなかった」

「うん、あの先生が里田小にいたのは変則的で、はじめの赴任期間は長かったみたいだけど、二度目は俺たちが六年の時の一年間だけだったし、担任でもなかったから知らないのも無理はないか。事件が発覚したのは別の小学校だったし」

　夏休みのあの日、腹の突き出た梶原は首にタオルをかけて校庭にやって来て――

「どんな先生だったか覚えてる？」

「なにかにつけて文句を言ってくる先生で、俺は苦手だった」

類が言い足りなさそうにしているのがわかったので、鈴は先を促すつもりで小さく頷いた。

「こじつけみたいないちゃもんをつけてくるんだよ。理由はわからないけど俺にはそうだった。俺は里田小に一年しかいなかったけど、あの先生が担任だったら相当キツかったと思う。受け持ちのクラスでどんな風だったのかは知らないけど、保護者ウケは悪くなかったみたいだね」

鈴は、頭部だけの梶原が言っていたことを思い出す。

『冤罪ですよ』

「冤罪だった可能性って――」

類は珍しく嫌悪の表情を浮かべ、

「被害に遭った子の前でもそう言える？」

と咎めるように言った。

「いや、可能性の話。それと、先生が亡くなったって、どうして――」

「自殺だよ」

憎々し気な口調で、類は吐き捨てるように言った。

「しかも被害者の家近くで、当てつけみたいに」

苛立ちを吐き出すように類は続ける。

「加害者のくせに被害者ぶって、苦しめ続けた相手を最後まで愚弄するなんて」

梶原の顔は『冤罪』と叫んでいた。それに、『証拠』とも。だから鈴は訊いた。

「証拠はあったのかな」

信じられない、と言わんばかりに類が眉を顰めた。

「これも可能性の話。自殺するほど追い詰められたのは冤罪のせいで、そこを自殺場所に選んだのはせめてもの抗議だったとか」

「小学生の子が大人に――しかも学校の先生に――卑猥《ひわい》なことをされてどんなに怖かったと思う？　それを告白するのは、きっともっと怖かったはずだよ」

それは証拠にならない。鈴は、感情論で語るには極めて危険な問題だと冷静に考える。

「被害に遭った子は梶原先生に体を舐められたって言ったそうだけど――」

類はまだなにか言っているが、鈴の耳には入らない。鈴は、右の手の甲を反対の手で強く摑んだ。

「里田小の子じゃ――なかったんだよね？」

「違う学校の子だよ」

では、なぜ彼は里田小に憑いている……？

汚いものを見た時のように、類は鼻に皺を寄せた。

「鍵のかかる場所を選んだ」

「え？」

「トイレ、用具入れ、ひと目につきにくい場所」

顔が出現した場所。用具入れ、トイレ――

『最近のガキはなんでもしゃ――りやがる』なんでもしゃべりやがる。

梶原の顔が最後に言っていたこと。

『証拠はよかったなぁ』しょうこが人名だとしたら？

『しょうこはよかったなあ』

『お――なしくてうまくて』おとなしくて美味《うま》くて。

ぞっとして、鈴は自分自身を抱くように腕を回した。

発覚したのが偶々数年前だっただけで、梶原は以前から――少なくとも里田小赴任時には
――児童に対するわいせつ行為を行っていたのではないか。

あの夏の日。赤い女を視た鈴はトイレを飛び出した。女子トイレの出入り口で梶原にぶつかり、尻もちをついた。

『もう帰りなさい』

校庭で遊んでいた児童は帰され、残っていたのは鈴ひとりだった。校庭の女子トイレに、梶原はなんの用があった？

梶原の毒牙にかかったほとんどの子どもがそうだったように、里田小の『しょうこ』ちゃんも彼に逆らえず、従うほかなかったのではないか。彼女は梶原の目には従順に映ったのだろう。死んでもなお犯行現場に留まるほど、彼にとっては私欲を満たせる思い出の場所だった。

鈴は胸がムカついた。生死の差こそあれ、執着の対象を汚そうとするのは仲澤陽仁とそっくりだ。

「しょうこ――」

「しょうこ？」

類に問われ、鈴は首を横に振った。

「なんでもない、さっき、そんな名前を聞いたような気がして」

類はなにかに思い当たったような顔つきで、

「多岐川章子《たきがわしょうこ》」

と言った。

「え？」

勢い込んだ類が身を乗り出す。

「多岐川商店のひとり娘。覚えてない？　俺たちの四つ下の」

多岐川商店。茶色い中型の看板犬がいた店だ。

「覚えてる――けど……」

「つい最近自殺した」

鈴は、今の話と彼女の死の関連性が浮かばなかった。

「彼女、里田から長野市内の高校に通っていたんだけど、学校からの帰り道、ビルから飛び降りて――屋上に残されてた鞄に、遺書らしきメモが残されていたって。

なかったことにはできない、目を逸らしても無駄で逃げられない、耐えられない――そんな内容だったって」

わかると言ったら嘘になるが、鈴は彼女が書いた遺書がどんなものだったか想像できた。

『どんなになかったことにしようとしても　目を逸らし続けても　無駄なことがわかった。ずっとわたしを支配している問題からは逃げられない　もう耐えられない』

話したこともない彼女の声が鈴には聴こえるようだった。

類が続ける。

「ご両親は学校でのイジメを疑ったそうだけど、学校側からも友人からもそういった証言や確証は得られなかった。むしろ学校生活を楽しんでいたっていう話ばかりだったらしい。家で悩んでいる様子もなかったそうだし――でも――もし、今の話と関係があるのなら」

反吐《へど》が出る。鈴は梶原に唾を吐きかけたい想いだった。

多岐川章子は被害を受けていた間だけでなく、その後もずっと梶原がしたことに苦しめられていた。一人では抱えきれず消化もできない問題は、時間の経過がむしろ苦しみを強くし、彼女を追い詰めたのかもしれない。

彼女の死の原因が梶原にあるのなら。

彼女をそこまで追い込んだ梶原が死後まで『冤罪だ』とほざくなど許せない。

そうと知っていたら闇雲に怯えたりせず、あの厭らしい頭を踏み潰してやったのに。鈴は奥歯を噛んだ。

「昔のことですっかり忘れてて、今思い出したんだけど」

類は、言わなければ身体中に毒が回ってしまうといった様子だ。

「中学生の頃母さんと商店へ行ったんだ。俺は外でマサル――そうだ、あの犬の名前はマサルだった――マサルを撫でてて、母さんが買い物してた。店のドアが開いていて、商店のおばさんと母さんの話し声が聞こえた。おばさんが『章子が犬の世話をしなくて困る』って言ってた。章子ちゃんは、マサルが子犬の頃から毎日世話をしてかわいがっていたのに、最近じゃマサルを怖がるみたいに避けるようになった、って。こんな話を覚えてたのは、その後実際にその様子を見たからだけど……。

ランドセルを背負った章子ちゃんが帰って来た。マサルが嬉しそうに尻尾を振った。店先まで来た彼女はマサルに駆け寄った。彼女の顔はほころんで、犬を見つめる目は愛情いっぱいだった。マサルに向かって伸ばした手を、ハッとしたように引っ込めた。店のおばさんが言うように、章子ちゃんはマサルを怖がってるように見えた。俺は、マサルが彼女を噛んだのかもしれないと思った。犬が口を動かした時に彼女が手を引っ込めたから。でも、今思うと――」

沈黙が落ちた。遠くなった雷鳴が空でひと鳴きする。

「今の話――多岐川さんにした方がいいかな」

類が言った。

「自殺の原因がわからなくて、ご両親は今も苦しんでいるみたいだし」

「……わからない。わたしにはわからない。それを知った彼女の家族がどんな気持ちになるか……それに、いくらわたしたちが彼女の苦悩を訴えたところで、それこそ証拠がない。加害者の梶原は死に逃げてしまって本人から話を聞くことはできないんだから」

類はとっくりと考える様子を見せた後、そうだな、と言った。

「でも、このままにはしない」

鈴は強い口調で言った。

「必ず祓う。あんなに胸クソ悪いもの、留めておいてたまるか」

類の眼が輝いた。

「鈴、本当に自分の力を受け入れたんだね」

「と言っても、さっきはビビって逃げ出しちゃったけどね」

「それは要がいないから――」

さみし気に類が目を伏せたのを見て、鈴の胸がチクリと痛む。

「鈴の力はどんどん強くなってる。指輪をしてても霊が視えたり、霊の声が聴こえたり。だから、祓える力のある要が絶対に必要だよ。できるだけ側に居てもらって、ふたりで梶原みたいなムカつく霊をじゃんじゃん祓えばいい」

「類……」

「ほんとは少し前から鈴の決心に気付いてた。髪型で」

「髪型？」

「うん。鈴はいつも髪が顔にかかるようにしてた。髪をまとめる時もサイドを少し残して視界を狭くするみたいに」

それは『視えるもの』を少しでも視ずに済むように鈴が考えた、苦肉の策だった。

「最近はきれいにまとめるようになったし、髪を下ろしてる時も耳にかけてた。だから」

「……自分でも気付かなかった……」

「お茶冷めちゃったね。淹《い》れ直すよ」

キッチンへ向かう類が棚の向こうに消えた。

正方形の箱を互い違いに組み合わせた飾り棚には小さな観葉植物やミニカー、木目調の置き時計などが並べられている。真ん中には家族写真と類の写真が数枚並び、目のいきにくい下段には表紙をこちらに向けた車の情報誌が飾られている。

「おじさん、本当に車が好きなんだね」

鈴はキッチンにいる類に言う。類の笑い声が聞こえる。

「おじさんかおばさん、絵を描くの？」

下段隅の棚に、数冊の本の間に背表紙を黒いリングで留められたスケッチブックが交じっているのを見つけ、鈴は訊いた。

「え、なに？」

鈴の声が水音にかき消されたのか、今度は類が訊く。鈴はソファーから立ち上がると、飾り棚の前で膝をついた。

「これスケッチブックだよね」

「鈴、なんか食べる？」

キッチンから類が訊ねる。

「いらない」

鈴は棚の下段に手を伸ばす。

「……これって——」

背表紙に人差し指をかけ、棚から抜き出す。パタパタと足音がして、棚の隅から類が顔を出す。鈴の手にしている物に目を向け、類が言う。

「どうした？」

「これ、だれの？」

「俺の。ねえ、これ食べない？」

類が見せたのは洒落た箱に入ったお菓子だ。

「いい。類、この本どうしたの？」

類は菓子の箱を持っていた手を下げると、

「ネットで買った」

と言った。

「里田小の公開参観の日、神社でその本持ってただろ？　どんな内容か気になって」

赤い女が現れ、要に救われた日のことだ。

鈴はパラパラと本をめくる。

「実は小学校の図書室から勝手に持ってきちゃったんだよね。あ、もちろんあの後きちんと返したけど」

職員玄関脇にある郵便受けに差し込んできたことが「きちんと返した」と言えればだけど
——鈴は心の中で思う。

「あ、これ。類、読んだ？」

開いたのが吉備津の釜のページだった。

「まだ全然読んでない。昔読んだ気もするけど、どんな話だっけ？」

「ろくでなしの男が周りを不幸にして、最後には妻だった女の怨霊に殺される——って話」

「怖ッ……でも、因果応報か」

「妻にはちゃんと結婚前に思いとどまるべきお告げがあったんだよ。それなのに母親が無視するから——」

なにやら心に引っかかるものがあって鈴は口を閉じた。「お告げ」と「無視」この二つのことを深く考えねばならない気がする。

「鈴、ごめんな」

類は視線を膝に落とし、言った。

「本見たら、あの日のこと思い出した。誘っておきながら俺が遅れたばっかりに、鈴に怖い思いさせた」

「いや、それは関係ないし。何度も謝ってくれたでしょ」

類の悲しそうな顔を見るのが辛くて、鈴は話題を移そうと本を閉じた。

「ボロボロだね」

「……おかげでタダみたいな値段だった」

類がキッチンに戻ったので、鈴は膝に置いていた本を棚に戻した。『雨月物語』の単行本は背表紙が特に傷んでいた。鈴の指がスケッチブックのリングに触れた時、玄関から声がした。

「類、帰ってるの？」

類の母だ。リビングに入って来た類の母は、鈴を見ると嬉しそうに微笑んだ。

「母さんの車、途中でエンジンがかからなくなって、仕方ないから歩いて帰って来た。おかげでずぶ濡れになったよ」

キッチンからお茶を手にした類がやって来る。類の母はまったく悪びれた様子もなく、

「小雨になったし、お父さんにみてもらったらいいわ」

一緒に出掛けていたらしい類の父がリビングにやって来る。鈴はふたりに頭を下げた。類から説明を受けた父は、すぐに行こうと言った。

「類も一緒に行って」

母親に促され、類はあからさまにいやな顔をする。

「ほら」

背中を押され、類は諦めたように玄関へ向かう。鈴も類の後に続く。

「わたし、帰ります」

類が慌てて振り返る。

「待ってて！　俺が後で送るから」

「いや、送ってもらうほどの距離じゃないよ」

類は母親へ目を向けた。

「母さん、鈴のこと引き留めておいてよ」

類と父親が出かけた後、鈴は礼を言い帰ろうとしたが、類の母に請われ、お茶を一杯付き合うことにした。

「車のこと、ごめんね」

さっきまで類と向かい合っていた席に、鈴は類の母親と座る。

「バッテリーの交換しないとだめなのかな。そういうの疎くてわからないけど」

「おじさんは詳しいんじゃないですか?」

「あのひと車は好きだけど、できるのはタイヤ交換とバッテリーつなぐことくらい」

「意外です。車の情報誌がたくさんあるし、いろんな車に乗ってたからそういうのも詳しいのかと思ってました」

類の母は顔の前で手を振りながら「全然」と笑った。凝ったデザインのネイルが施された指を見て、鈴は、

「ネイル、さっきと違う。素敵ですね」

と、言った。

「気付いてくれた? ありがとう。夫はわたしが髪型を変えても気付いてくれないの。今もね、下村《しもむら》さんのお宅まで迎えに来てもらったのよ。彼女の家に行く時は必ずネイルをしてもらうのに、今日も気付かなかった」

「おばさんはいつも綺麗だから。ウチの母みたいに普段ズボラなひとが変われば気付くだろうけど、そうじゃないから気付かないんですよ」

「鈴ちゃんたらわたしを持ち上げて、その上、夫のフォローまでしてくれるのね」

「そんなつもりじゃ——」

「言っておくけど、鈴ちゃんのママは素がいいからなにを着てもサマになるし、お肌も髪もつやつやだからいろいろやらなくても若々しくいられるの。羨ましいわ。わたしはお金も手もかけてやっとこれだもの」

類の母はふっと息を吐いた。

「こうして身だしなみに気を遣うのは夫のためでも自分のためでもない、類のためなの」

「……類の？」

「家にきた当初、類に言われたの。あの子、わたしの手を取って、いつもきれいでいてねって言ったのよ。小学生の男の子でもそういうこと気にするんだってびっくりしたけど、よく考えたらわたしのことが恥ずかしかったのかなって。実の親でもないし、まあまあ歳だし、美人でもないし」

あはは、と笑う類の母はとても優しい目をしている。

「だからね、わたしの努力で類が満足できるならそのくらいしようって決めたの」

「そうだったんですね」

「今はもう、母親のことなんてさほど気にかけてないと思うけど」

類の母は「でも」と言って、膝上に置いていた手を持ち上げた。

「ネイルだけは褒めてくれるかな」

「よく目が行くところだから——ですかね」

「というか、爪にコンプレックスがあるみたいなのよね」

鈴は類の手——爪がどんなだったか思い出してみる。いつも長めに伸ばしているのが気になることはあったが、コンプレックスを感じる要素はなかった気がする。

「類の実母がね、その——生まれつき手足の爪が欠損していたようなの」

「欠損——」

背中を駆け上がる悪寒は、無知による生理的嫌悪や拒絶反応ではなかった。恐ろしい予感のせいだった。

類の母は立ち上がり、飾り棚の前で膝をついた。

「この棚、好きなものや宝物を飾るために作ったの。夫は車関係のものばかり選んだけど……子どもが描いたものは落書き程度のものでも親にとっては宝物なのに、あの子——」

なにかを手に取ると、胸に抱くようにしてソファーに戻る。

「類が古い荷物と一緒に捨てようとしてたのを拾ってここへ飾ったのよ」

差し出されたのは背表紙を黒のリングで留めたスケッチブックだった。

「見てもいいんですか」

類の母が頷いたので、鈴はそれを受け取った。

「さっき鈴ちゃんに話したでしょ。ここに越して来るまで類は内気な子だったって」

鈴はスケッチブックをめくる。

紙面いっぱいにヘビのようなものが描かれている。伸びた二本線の間は薄橙《うすだいだい》色に塗られ、その先の半月状の部分は赤色で色付けされている。

「これは——」

答えを求めようと鈴が顔を上げると、先をめくるようにジェスチャーで指示される。スケッチブックに目を戻す。一枚めくる。次も同じようなものが描かれている。一枚目と違うのは、赤色に塗られていた半円状の部分がピンク色だったことだ。三枚目。わずかに小さくなったヘビ状の線は胴体のようなところは薄橙、頭部に見える部分が若草色に塗り分けられていた。

次々に紙をめくる。どんどん小さくなるそれが指だとわかったのは、五本の薄橙が並んだ絵を見た時だった。手の絵は続く。爪の部分が五本同色で塗られている絵もあれば、それぞれ別の色で塗られている絵もあった。

「手の絵……ですね」

紙面から顔を上げず、鈴は言った。

「最後まで見て」

スケッチブックを半分ほどめくった時、はじめのページのような不可解な絵が現れる。太い二本線の間は薄橙、半月状の部分は水色。めくり続けると、それが足だとわかる。手の指より短く、幅の広い足の甲が描かれている。やがて両足、脚――

「ここへ越して来る少し前に類が描いたものなの。それを見た時、類が言ったことの意味がわかったような気がして」

脚、赤い長方形――赤い台形のスカート――赤いワンピース――

「どうしてこんな絵を描いたのか不思議だった。わたしは類の実母に実際にお会いしたことはないし、写真では手の指しか確認できなかったから、足の爪まで欠損されてるとは知らなかったのだけど」

「――写真……写真があるんですか」

「ええ。類が赤ちゃんの頃の」

見る？　そう言って、類の母は壁に据え付けられた棚へ向かった。

ひどい動悸《どうき》がして、耳の奥がキーンとする。一気に体温が下がったように手足の先が冷たい。最後の一ページをめくる。全身を描かれたヒト形は、手足の先を真っ黒に塗り潰されている。

紙面からじっとこちらを見つめているのは、赤い服を着た女だった。

「ほら、見て」

いそいそとやって来た類の母が言った。四隅がクタクタになった写真に鈴は手を伸ばす。どうしようもなく手が震えた。

「鈴ちゃん大丈夫？　寒い？」

「いえ……大丈夫です」

「毛布を持ってくるわね」

類の母がリビングから出て行く。

両手で持つ写真が、微風を受けるように震えている。大写しになっているのは生後半年くらいの赤ちゃんだ。おしゃべりするかのように開いた口元から下の歯が二本覗いている。薄茶色のふわふわした髪と大きな瞳には類の面影がある。

赤ちゃんを抱いた人物は赤いワンピース姿で、胸を中心に首の辺りまで写っている。ワンピースの色、写真からでも伝わる生地感、特徴のある立ち上がった鎖骨、鎖骨とネック部分、その下に浮き上がったネック部分にわずかに覗く銀色のベネチアンチェーン――

赤ん坊の類を抱く彼女の手は白く、指が長い。美しいとさえ言える彼女の手はあるものが不足している。赤ちゃんの背中に回された手にも、赤ちゃんを支えるための手にも、両手の指先にはほとんど爪がない。右手の人差し指には上弦の月のような爪、小指には苦しそうにくい込んだごく小さな爪、左手の中指には爪の名残のようなものがある。

九年前、鈴はトイレの扉下から覗くこれと同じようなつま先を見た。あの時は爪が剝がれているると思ったが、彼女にはそもそも爪がなかったのだ。

鈴には断言できる。

彼女が十年近く鈴に視えている赤い女だ。

リビングのドアが開く。

「鈴ちゃん、毛布かけて」

類の母が鈴に毛布をかける。

「まだ見てたの？　類、かわいいでしょう」

にこやかに言う類の母は写真を覗き込む。

「うちに来る前の写真はほとんどなくて、赤ちゃんの頃の写真はそれ一枚きりなの」

鈴は、写真の赤いワンピースの人物を指さした。

「このひとが——類の本当のお母さんですか」

類の母は鈴の隣に腰かける。

「そうよ。ほら、ここと」

綺麗な指先が写真の一点を指し示す。

「ここ」

開かれたままのスケッチブックの一点。

「今、鈴ちゃんが首にかけてるチェーンと同じ」

鈴は思わずチェーンに触れた。

「亡くなる前、実母が類に遺してくれたの。類にとっては大事なものよ。それをあげる相手は、きっともっと大事なはず」

「……類は、本当のお母さんのことをなにか言っていませんでしたか」

類の母は苦し気に眉を寄せた。

「いいえ。わたしたちに気を遣っていたのか、一度も」

「そうですか……この写真は類も見たことあるんですよね？」

「ええ、もちろん。うちのポストに入っていた写真とネックレスを最初に見つけたのは類だったから」

類は、チェーンが形見だと話した時、こう言っていたはずだ。

——生みの母が両親に預けたんだって。息子に渡してほしいって
「あの……見つけたって——？」

「類が五年生の時、突然実母が息子に会いたいと言ってきた。養子に入って何年も経ってからいきなり……」

類の母は、膝の上で落ち着きなく手を組んだ。

「理由を言ってくれれば、わたしも夫も快く応じたわ。でも——彼女は電話口でヒステリックに類に会わせてくれの一点張りで。わたし、怖くなったの。夫もよ。類を取られるんじゃないかって不安になった。だからうちの子に会わせるつもりはないってハッキリ断った」

間違いだった。類の母はそう言った。

「数日後、彼女は亡くなった」

しなやかな手で顔を覆うと、類の母は声を震わせて言った。

「知らなかったの。彼女が病気だったなんて。最後にひと目会いたかっただけだと知っていたらわたし――」

「おばさんのせいじゃありませんよ」

鈴は彼女の背中に手をあてた。自身の手と同じくらい震えているのが伝わってきた。

「いいえ。彼女が亡くなったのはわたしのせい」

振り絞るように、類の母は言った。

「彼女は病気で亡くなったんじゃないの。うちのポストに写真とネックレスを入れて……それから、自ら命を絶ったのよ」

類の母に触れていた手が強張る。

「わたしたちへの当てつけか、それとも、せめて類の近くで最期を迎えたいと思ったのか――うちの近所で、投身自殺を図ったの」

当てつけ。鈴はふいに梶原のことを思い出す。

「わたしが類に会わせていれば、きっとそんなことはしなかったはずよ」

鈴は痩せた背中をさすった。さめざめと泣く類の母が痛ましかった。

「類は会ったんですか」

顔を俯けたまま、類の母はきっぱりと首を振った。

「いいえ。それはない。類には実母から連絡があったことを言わなかったから。類に、本当の母親に会いたい、母親の元へ行きたいって言われるのが怖かった。でも、警察が家に来て話を訊かれて。その時、類が写真とネックレスを持ってきたの。ポストに入っていたのを隠していたって。驚いたわ。わたしたち夫婦は類の変化に気付かなかったから。母親が来たことを察した類は、わたしたちが悲しむだろうから隠さなきゃいけないと思ったって。彼女——類の実母は、一人息子にせめてなにか遺したかったのね……ごめんなさい。ちょっと失礼するわね」

一人になった部屋で、鈴は考える。

赤い女が類の実母だったこと。それがなにより衝撃だった。驚いたのはもちろんだが、なにか厭なものが胸を覆っている。それは類の家に来た時から感じているもので、どんどん大きくなっている。

七海が亡くなってから鈴と類の距離が急速に縮まった。お互い口に出して話したりはしなかったが、それはトラウマや心の穴を塞ぎ合うようなものだったのだろう。その頃、鈴は彼に「霊が視える」ことを告白している。

以後九年間、鈴はことあるごとに話してきた。赤い女のことはもちろん、他のものが視えた時も。鈴が気になるのは、「類は赤い服の女が実母だと気付かなかったのか」ということだ。

気付いていた？　気付いていてなにも言わなかった？　なぜ？

類の実母が視える理由。彼女はなぜこちらに留まっている？　自殺したことを悔やんで？　だとしたら、現場で永遠に再現し続けているはずだ。一人息子の成長が気がかりで？

鈴に視えるのはよくないものばかりだ。彼女だけは例外なのか？

赤い服の女が視えたのはどんな時だった？　学校で。帰り道で。自宅では塩を盛ったり数珠をつけたり、思いつく限りの自衛をしたこともある。祖母の通夜では僧侶の読経中に天井に張り付くようにして現れた。経や魔除《まよ》けでは効果がない。神出鬼没に現れると思っていた女の霊だが、ある法則があったのでは？

学校でも。帰り道でも。祖母の通夜でも。

類がいた。

職場の更衣室に彼女が現れた時も、様子を見に来てくれた類が建物の近くにいた。

霊が現れないと信じていた村の神社。経も魔除けも効果がないのに、なぜあの神社だけは特別だった？

神社に行く時は類が側にいなかった。

すぐ近くで、大型テレビがザザッと耳障りな音を立てる。以前にも同じことがあったような気がして、鈴はしばらくテレビの画面を見つめた。あの時は『雨月物語』を開いていて――

　正解！

と言うように風が起こった。

七海が、グレーのものは「生霊」だと知らせるために二人で読んだ本を示したのだとばかり思っていたが、ほかにも意味があるのなら？

飾り棚に置かれた本に目をやる。

『雨月物語』の背表紙下数センチは消失している。棚に近づき、本を手に取る。背表紙下部から裏表紙にかけては破り取られたような跡が残っている。ページをめくり、「吉備津の釜」へ。ついさっき類とこの話をしたばかりだ。

ろくでなしの男が　でも　妻には思いとどまるべき　お告げが
お告げが。

吉凶を占う吉備津の釜は、吉なら湯釜が激しく音を立てる。

――最近のペテンは手が込んでるな
要が部屋に来た時、ラジオはうるさいほどに雑音を鳴らしていた。

——俺には一度も話しかけてくれなかったなと思って

凶なら一切音を立てない。

鈴は、心臓が不気味に脈打っているのを感じる。

おどろおどろしい画。髪を振り乱した女。丸に点の眼。

手が止まる。

丸と点で描かれた眼。左右大きさの違う点。マジックで上書きされた黒点。

本を閉じ、背表紙に指を沿わせる。『雨月物語』上田秋成——そのすぐ下が破損しているが、よく見るとセロハンのひっかかりが残っていた。セロハン下には白地に赤いラインがぼんやり見える。ここには図書室の整理番号が振ってあったはずだ。

これはわたしが図書室から持ち出した本だ。

膝から本が滑り落ちる。

学校へ返した本を、なぜ類が持っている？　本の話はついさっきしたばかりで、それまではお互い一言もそんな話にはならなかった。学校の郵便受けから類が抜き取ったとしか考えられないが、どのタイミングで？　わたしをつけていた？　なんのために？

そもそも類は、いつからわたしをつけていた？

鈴は立ち上がろうとしたが膝に力が入らず尻もちをついた。「厭なもの」は今や胸だけでなく、喉元まで迫っていた。冷静に、理論的に考えようと思っても到底無理だった。鈴はソファーの端に摑まり、立ち上がった。まるで七海からの合図のように、テレビ画面が一瞬だけ光った。

鈴は、類の家を飛び出した。

42

霧が立ち込める村を、鈴は走る。途中、バックパックの中でスマホが何度も振動しているのに気付いたが、一度も取り出さなかった。

鈴は、足元に纏わりつく霧を振り払うようにため池へ向かった。

七海の死後しばらくして、ため池の周囲には立ち入り禁止を報せる背の低いネットが張られた。鈴はネットを跨ぎ越え、雑草だらけのため池のへりに立った。

「七海、ここにいる？　わたしの声が聴こえる？」

水面は立ち込めた霧の下だ。

「なにか伝えたいことがあるんでしょ？　ずっとわたしに言いたかったことがあるんだよね？　わたしを恨んでるってこと？　要のこと？　それとも――類のこと？」

対岸の霧が波立つように揺れる。黒いひとかげがハッキリとヒト形を成し、顔が浮き出てくる。

「俺のこと？」

いつものおどけたような口調で、類は縁を回る。

「七海はなんだって？」

「類……なんでここに」

「なんでって――鈴のことはなんでもわかるから。ところで、七海はここにいるの？」

類は天気のいい日に散歩でもしているような顔で辺りを見回した。それに反して歩調が速く、鈴は一気に不安が込み上げた。

「車……おじさんは？　一緒じゃないの？」

「結局父さんもお手上げでさ。帰る途中、ここで降ろしてもらった。俺以外、だれもいないよ」

類が近づいて来る。思わず後退った鈴を、類は見逃さなかった。

「鈴？　どうして逃げるの？」

「逃げてなんかない」

「なにか怖がってる？」

「なにも怖くない」

類が口元をほころばせた。類の微笑みが鈴には怖い。

「それで……七海はなんだって？」

「七海はしゃべらない。知ってるでしょ」

「最近、鈴はパワーアップしてるから。もしかしたら七海の声も聴こえるようになったんじゃないかと思って」

霧を縫うように歩いて来た類が足を止めた。

「類がネットで買ったっていう本。あれ、里田小のだよね？　わたしが返したはずの本を、どうして類が持ってるの？　スケッチブックも見た。おばさんが話してくれた。写真も見せてくれて、そこには赤い服を着た女のひとと類が写ってた」

類は答えない。霧が溜まった水面に目を落としている。

「それに……わたしにずっと視えてた霊がお母さんだって――類、知ってたんでしょ？」

類がパッと顔を上げた。

「言ったら怖がらせるかなと思って」

そう言って唇を横に引いた。

「怖がらせるのが心配だったなら、どうしてわたしにお母さんの形見を着けさせたの」

「うーん……」

類は無邪気な顔で唸った後、

「どこまでなら大丈夫なのか知りたかった——から……？」

と、小首を傾げた。

「なに——なに言ってるの」

「鈴が『視える』のは間違いないし、だとしたら形見を身に着けたらもっと大きなアクション起こすんじゃないかって思ったんだよね」

「アクション？　なに、だれが」

「俺を産んだひと。なにか示したり教えたり。それされると、俺、困るからさ」

そう言って類は大きな笑みを作った。

「類、なに——さっきからなに言って——」

「七海も。ずっとこっちに留まってるって——困っちゃうよね」

「なんで七海の話になるの、類、どうしたの」

「鈴、ほんとはもうわかってるんでしょ？」

横に引かれた唇はやけに細く、類の目はまったく笑っていない。

「最近鈴の周りが騒がしくなって、俺落ち着かないんだよ」

類が一歩踏み出す。鈴は震える脚で後退る。

「しかも霊が視えちゃうひとばっかり！　声が聴こえるひともいるんでしょ。鈴は今まで聴こえなかったのに、時と場合によっては聴こえるみたいだしさ。もっと早く、なにも知らないうちに祓ってくれたらよかったのに、なんかもうそんな感じでもないじゃん。待ってたら要にも聴かれちゃうかもしれないし。要はちょっと無理だよね。有名人だし男だし体格もいいし」

「なに……要を殺すつもり――？」

「話聞いてた？　要は無理だって言ったの」

鈴は後退を続けるが、類はしっかりとついてくる。

「わたしを殺すの……？」

さも残念そうな顔で類は頷いた。

「要は、鈴と一緒の時だけ視えるんでしょ？　てことは、鈴がいなくなれば問題ない。鈴は――ホントはさ、鈴のこと無理矢理犯そうかとも思ったんだよ。ちょっと前に教えてくれたじゃん。処女喪失すると視えなくなるって。でも無理だった。だって――」

辛そうに俯いた類が、パッと顔を上げた。

「鈴が相手じゃ勃《た》たない！　俺のタイプとかけ離れすぎて全然無理！」

鈴の額に細かな汗が浮かぶ。耳は類が言っていることをしっかり聞いているはずなのに、脳が拒否しているかのように理解が追いつかない。

「これまでのこと――全部嘘だったの……？」

「全部がなにによるかだけど――まあ、大体そうだね」

「わたしのことを心配したり支えてくれたのも全部――」

「うん。だって、そうしないと信用してもらえないでしょ？　鈴からはなんでも聞き出す必要があった。だから――」

「だからずっと側にいたの？」

ご名答。と言うように、類が両手を広げた。

「はじめからそのつもりで……？　でもなんで。お母さんがなにを――」

強烈な違和感が押し寄せ、鈴は言い換える。

「お母さんになにをしたの？」

下唇を突き出した類は、わざとらしい仏頂面を作った。

「俺を産んだひとさ、身寄りのない未婚者で金もなかったわけ。そんなら子どもなんか産むなよって話なんだけど――まっ、子どもがどんな想いをして育つのか想像もできないくらいの頭しかないから産めたんだろうけど」

鈴はとてつもない恐怖を感じる。今見ているのは類に間違いない。間違いないが――目の前にいるのはいったいだれだろう――？

「すっげー貧しかったの、そのひとと暮らしてる時。ボロいアパートで寒いし暑いし、服はいつもどっかからの貰いもんだし食い物なんて犬の方がいいもん食ってんじゃねえのってくらいひどいもんで腹は減るわなんも買ってもらえないわ風呂もない部屋だったから保育園では汚ねえ臭えって言われていじめられるわとにかく最悪だった」

捲し立てるようにしゃべると、類はなにか思いついたような顔になる。

「最悪と言えばあれだ、保育園の時おもちゃをもらったんだけどすでに流行《はや》りを終えたやつでさ。もちろんそれもどっかからの貰いもん。でもおもちゃが手に入って俺は嬉しかった。どこへ行くにもそれを持って歩いた。商店街を歩いてる時、向こうから保育園の奴がやって来た。そいつの母親は綺麗に化粧して、髪も手入れして美人で完璧なわけ。それなのに、俺の隣にいるのは――」

空を仰ぐようにした類が低い声で唸った。

「美容院に行くのがもったいないからっていつも伸び切った髪で汚らしかった。幸運にも俺は父親似だったらしくてそのひととは全然似てなかったけど……すげー薄い顔立ちでさ。お世辞にも美人とは言えなかった」

類は深々とため息を吐くと、顔を鈴に向けた。

「特に爪ね！」

狂気が滲む怒鳴り声。

「あれはもう、悪夢。あの手で触れられる度、虫唾《むしず》が走った。常に手袋して！　って思ってたけど言えなかった。子どもだったからね」

類は、ここがどこなのかわからない――というような顔つきになる。

「話が脱線しちゃったね。えーと、なんだっけ？　あ、そうそう。おもちゃね。完璧な母親と清潔で真新しい服を着たあいつが近づいて来て――俺が持ってるおもちゃに目を向けた。あいつ、舐め回すみたいに俺のおもちゃを見た。そんで言ったんだ。『それ、俺のおさがりじゃん』って。勝ち誇ったみたいに笑って。そんなはずない、これは俺のだって言い返したら――隣にいた汚ねえひとが『そうなの、いただきものなの』って。その時一番ショックだったのがなんだかわかる？　ガキの言葉でも顔つきでもない、完璧母が俺に向けた、憐《あわ》れむような眼だよ」

自嘲気味の引き攣った笑みを浮かべた後、類はぎりりと奥歯を嚙んだ。

「俺が叩きつけて壊したはずのおもちゃを、あのひとは持ち帰って来た。なんであんな惨めな思いをさせられて平気でいられるんだ？　なんで俺の親はこんな奴なんだ？　なんで俺だけが？　なんで俺が。なんで。俺だって腹いっぱいメシを喰いたい。保育園で先生が俺にだけたくさん給食をよそってくれるのもわかってた。なんでそんな惨めな思いをしなくちゃならない？　毎日風呂に入って新品の服を着て自分の部屋で最新ゲームで遊びたい。金持ちのカッコいい父親と完璧な母親が欲しい」

類の体側で握られていた拳が脱力したように開かれる。

「ある時、夢が叶った。思い描いた生活。完璧な両親。あのひとに生まれて初めて感謝した。俺を手放してくれてありがとう！　って」

神に祈るようなジェスチャーをした類は、またぞろ腕を下ろした。

「ずっとその生活が続くと信じて疑わなかった。田子の両親は俺のことを気に入ってくれたしかわいがってくれた。俺が欲しがるものはなんでも買ってくれた。母はいつも身なりに気を遣って、絶対俺に不快な想いなんてさせなかった。それなのに」

風が立つ。

「あのひとが来た。汚らしい髪を垂らして時代遅れなデザインの真っ赤なワンピースを着て」

鈴の眼には、汚れのないワンピースに身を包んだ類の母親が映るようだった。

「千葉の家は高台にあって、近くに廃れた神社があった。学校帰りにそこへ寄るのが当時の日課だった。それを調べたのかなんなのか、あのひとは幽霊みたいに神社の奥から現れた。心臓が止まるかと思うくらい驚いた。二度と会うことはないと思ってたのに。俺はヤバいと思った。このひとは俺を連れ戻しに来たんだ、またあの貧乏で惨めな生活に引きずり込むつもりなんだ、ひとりで惨めな生活を送るのは悔しいから、俺が裕福なのが妬ましいから――絶対に戻ってたまるか、二度と一緒に暮らしたくない、ふざけんな」

長い石階段。身を乗り出すような木々。ひんやりとした境内。苔《こけ》の生えた台座に座る狛犬《こまいぬ》。類の言っている神社だろうか。鈴はまるでその場にいるような感覚に陥る。

「遠いところであのひとがなんか言ってるのが聞こえた」

その時、過去の類と母親の姿が目の前に立ち昇って来る。

『類が恥ずかしくないように今日はお洒落してきたの』

(俺が生まれる前から着てる一張羅……ていうか、バカなの？　あんたの存在が恥ずかしいってどうしてわかんないんだよ)

――はにかんだように母親が笑う。初めて見る彼女の笑顔は愛に満ちている

『類、赤が好きだったでしょ。お絵描きではいつもお母さんに赤い服を着せてくれたもの』

(なんておめでたいんだ！　絵の中ではいつもあんたを殺してたから真っ赤なんだよ！)

――彼女はその絵をまだ持っている。毎日眺めて涙を流している

『会いたかった』

(……殺す？)

『類は――%8=#<>/……』

(殺しちゃえばいいんじゃね？)

鈴は小さな類に手を引かれていた。自分が彼女になったことに気付くのに、そう時間はかか

らなかった。

「お母さん、あっちへ行こう。あっちはすごく見晴らしがいいよ。次は座って話をしよう。おじさんやおばさんにできない相談があるんだ。聞いてくれる？　僕もお母さんみたいな爪になるんじゃないか不安なんだ。ほら、見て。手の爪はなんともないけど足の爪が変なんだ。お母さんの足は？　靴を脱いで比べさせて。足の形が似てるね。爪は——大丈夫そう。え？　写真？　見る見る。わあ、これ僕？　幸せそうだね。なに、このネックレス、僕にくれるの？　いいの？　あ、ねえお母さん、こっち来て。今住んでる家がこの下に見えるよ。もっと下。覗いてみて。もっと。もっと！」

背中に圧力を感じた次の瞬間、身体が宙に浮いた。

落ちていく。吸い込まれるように。

（かわいい私の息子。笑ってちょうだい）

——小さな類のこれは笑顔じゃない。これは——病院のベッドで見た微笑み。口角に溜めた不思議な笑み。たくらみが成功した時浮かべる背筋が凍るような微笑だ
（どうか。どうか神さま。守ってください。叶わぬなら私に守らせて。これが最後でないのなら、彼の手にかからぬよう守らせ——）

指先を、届かぬ相手へ精一杯伸ばす。澄んだ空気が指先に触れ生き返るような心地。身体の下で広がっていく温もり……

——視える。感じる。彼女の想いが、最期が
頭から流れ出た血液が、真っ赤なワンピースを縁取るように拡がっていく。

崖下に咲いた一輪のカーネーションを、彼女の息子は満足気に見下ろしている。

こちら側に引き戻された鈴は湿った草の上に横たわり、冷え冷えとした霧の中に手を伸ばしていた。激しい嗚咽で胸が忙しく上下している。

「鈴――なんなの、新しい手法？」

純粋な驚きと蔑みを滲ませた類がこちらを見下ろしている。

鈴は、どちらが自分なのかわからなくなるほど彼女とリンクしていた。自分が一度死んだような気がしている。「彼女」になって落ちていき、死にゆく彼女の思考まではっきりと読み取ることができた。そして、ひとつの真実に気付く。

「演技？　どっちにしても意味ないよ。時間稼ぎのつもり？　そんなの無意味――」

「成功したと思ってる」

「――は？」

「実母が死んだのは自分の手柄だと勘違いしてる」

鈴は上体を起こす。じっとりとした感触が手のひらから伝わる。立ち上がり、類の目をしっかりと覗き込む。

「ばっかじゃないの。おめでたいのは類、あんただよ」

類は忌々しそうに眉を寄せた。

「鈴、なにか視たの？　今のおかしな行動は――」

「全部視た。視てきた」

鈴は手のひらを擦り合わせ泥を落とすと、尻部分の土汚れを払った。

「ねえ類。子どもじみた発想のばかげた行為があんなにすんなりと進んだのは、まだ自分の『犯行』のおかげだと思ってる？」

「は、なに？　それ以外あるわけないじゃん。意のままにあのひとを動かした。投身自殺を図るんだから靴を脱がせないと。うん、させた。写真とネックレスは持っていかないと。俺の指紋がついてるから。うん、そうした。どっちも正解だった。あのひとが病気で先がないってことは知らなかったけど、それって神が俺に味方したってことじゃない？　持ち帰って隠しておいた写真とチェーンは完璧な仕上げとして使えた。あのひとを殺したことは、自殺で片が付いた。これのどこがばかげて子どもじみてるか説明してよ」

息まく類を、鈴は憐れみにも似た気持ちで見つめる。

「その眼。みたことあるな。懐かしくてムカついて——反吐が出る」

類はイライラと髪を掻《か》き毟《むし》る。

「逆じゃね？　そんな眼を向けられるのは鈴、おまえのはずだろ？　大体、俺がヒントを落とさなけりゃなにも気付かなかったくせに。リビングのスケッチブックも『雨月物語』の本も。さっきだって、母さんが俺の過去を鈴に話すのは織り込み済みで置いてきた。事実を知ってからじゃなきゃ死んでも死にきれないだろ？　だからわざと本を置いたし過去も聞かせた。俺ができる精一杯の慈悲だよ。これから生き続けても、霊が視えるなんて頭のおかしな奴だって同情されて——」

「その頭のおかしな奴になにを言われるか恐れたから、ずっとわたしを監視してきたんでしょ。類、あなたはね、お母さんの自殺を見届けた。ただそれだけ」

類がぴたりと動きを止める。鈴に向ける視線は猜疑に満ちている。

「自殺？　俺の話聞いてた？　あのひとを殺したのは——」

「類じゃない。類のお母さんはあなたのことをだれよりわかってた。会った感触で、あなたにさせられた行動で、自分の死を願ってるって、彼女わかってた。自分から飛び降りたのよ。これで最後になるように願いながら」

「は。なにそれ。なに言ってんの」

「それに、ゾッとするような微笑みも視た。お母さんが落ちていくのを満足気に――わたしが仲澤陽仁に殴られて病院で目覚めた時、類は同じ笑みを唇の端に浮かべてた。わたしの不幸を願ってたんだ」

類は口笛を吹くような気軽さで、

「死にはしなくても後遺症が残るとか、頭を殴られた衝撃で『視える』力はなくなるかもしれないって期待はしたよね」

「七海になにをしたの」

虚ろな眼が鈴に向けられるが、類はすぐに霧まく水面の方を向く。

「類が七海を殺したの？」

水音。

鈴は音の方へ顔を向ける。霧が見えるだけだ。類はだれかがやって来るのを待つように、ひたすら霧の向こうを見つめている。

「村の夏祭りで鈴と七海を見かけた」

滴り落ちる水滴を手のひらで受け止めるような水音。それはあっという間に数を増し、ここではないどこかで弾ける雨音だと鈴に知らせる。

「途中見失って、また見つけた。帰路を急ぐ彼女を追った」

下駄の歯が雨を跳ね上げ、猩々緋で描かれた牡丹に染みを作る。

「駆けていく先にため池が見えて」

霧の中から現れたのは黒地に牡丹の浴衣を着た少女。彼女は類と鈴の方へ駆けて来る。

「彼女は髪にさしていた髪飾りを手に持っていた」

向日葵色と薄いブルー、赤色の丸が寄り合わさった髪飾りを握りしめて。

「ここで彼女に追いついた」

少女のすぐ後ろに迫る影。「彼」は少女に手を伸ばす。

「それで――押した」

少女は肩を押されバランスを崩す。バレリーナが回転するように下駄の歯が彼女の身体を一回転させる。

「そこで初めて気が付いた。鈴じゃない」

驚愕に見開いた眼が「彼」を捉える。

鈴の目の前を、三色の髪飾りが流れていく。

大きな水音が上がる。ため池の水面を叩く悲痛な水音。

「ここ」にいるのに、「視えて」「聴こえて」いるのに、鈴にはなにもできない。手を伸ばせば助けられるのに。彼女が望むなら一緒に死んでいくことだってできるのに。一番大事な親友を失うのを、ただ視ていることしかできない。類は神の名を口にした。もしも本当に神がいるのなら。どうしてわたしは視ていることしかできないの？　彼女を救えないのなら、こんな力に意味はない。

「る――い」

ため池から聴こえる声。水を飲んで苦し気な七海の声。

「たすけ――て」

ため池の縁に立ち尽くす少年は蒼白だ。

「類――」

少女の手が持ち上がる。だがすぐに水の悪魔に袖を引かれ、見えなくなる。

「たすけて、る――い」

ぶるぶると震えながら、少年はただ見ているだけ。

「どうして」

悲しみの海に溺れそうになりながら、鈴は言う。

「どうして助けなかったの。類がため池に沈めたかったのはわたしなんでしょ。だったらどうして――」

「死んでくれなきゃ困るからだよ!」

少年の類と現在の類は並んで肩を震わせている。

「なんて言うんだ? 間違えたって? 殺す相手を間違えましたって?」

少年の姿が薄れ――水面はなにごともなかったかのように静謐《せいひつ》を湛《たた》えている。

「祭りの会場で、俺はたしかに確認した。同じ浴衣で同じ髪型のふたり。でも、髪飾りは違った。それを目印にしたのに」

祭りで金魚すくいを終えた時、七海が言った。

『鈴の髪飾りの方がかわいい。ちょっとつけさせて』

怒り、悲しみ、圧倒的な後悔で圧し潰されそうな鈴に、類は言った。

「鈴が悪いんだ。『見た』なんて言うから」

「なに――なにを」

「七海に話しただろ。『赤い服を着た、爪のない女のひとを見た』って」

夏休み中盤。鈴は七海に会って告白した。祖母以外で初めて「視える」ことを話した。祖母に口止めされていたが、七海は特別だった。彼女にはなんでも話せる。彼女ならわかってくれる。だから話した。

「カブトムシを採りにどんぐりの道へ行ったら――」

そうだ。たしかに話した。

カブトムシが多く集まるクヌギの樹の下で。

「怖くなって、俺は逃げ帰った。なんで鈴が知ってる？　あのひとのことを、どうして鈴が知ってるんだ？　鈴はなにを知ってる？」

最後まで――せめてあと少し話を聞いていれば。「見た」わけではないとわかったはずなのに。

目を剝いた類が唸った。

「疑心暗鬼に陥った俺はとり憑かれたようにそのことばかり考えた。完璧だと思っていたのに穴があったのか？　死んだはずのあのひとがなんで里田にいる？　いや、たしかに死んだはずだ。警察だって来たんだから。だったら鈴はなにを見た？　いつ、あのひとを見た？　鈴は俺がしたことを知ってるんじゃないか？　警察は気付いているのか？　鈴は警察に話したのか？　いや、警察に話したとしたら友だちになんて相談しないはずだ。まだ間に合う。なんとかしないと」

「……夢のような生活を壊されないように？」

「そうだよ……そうだよ！　いったい俺がどれほど努力したかわかるか？　田子の両親の前で内気な少年を装ったのはその方が彼らの気を引けると思ったからだ。里田に来たのは、彼らが俺に『田舎で伸び伸びと明るく育つ子』を期待したからだ。それがわかったから、やりたくもないのに休みの日も外遊びをしたり興味のない虫捕りをしたり――あのチェーンを着けるようになったのも、彼らがそれを心の底で願っていたからだ！　実母を忘れてしまうような薄情な子であってほしくない。俺が初めてチェーンを着けた日、それが正しいことだとわかった」

「類――もうやめよう」

鈴は力なく言った。

「わたしが髪飾りを貸したから七海は死んだ。わたしが秘密を話してしまったから七海は死んだ。わたしの身代わりで七海は――」

「そうだよ、鈴のせいだよ！」

「でも七海は、そんなわたしのためにまだここに留まってる」

「恨まれてるからだ。ずっとそう言ってたじゃないか」

「そう思ってた。だけど、ちがう。わたしに視えるのはよくないものばかりだけど、七海はそうじゃない。留まり続けるには膨大なエネルギーが必要なはずなのに、彼女はずっとわたしを守ろうとしてくれた。知らせようとした」

「証拠は？」

底意地の悪い顔で、類は続けて言う。

「七海のことは事故と断定されてる。今さらなにを言っても無駄だよ」

「だったらなにもしなければよかったのに。霊が視えるなんていう人間が言うことをだれが信じる?」

「信じるわけない」

「要には七海の声が聴こえた。この先もっと聴こえるようになったとしても、それをだれが信じる?」

「信じない」

「そうだね。類以外は信じない」

「なにが言いたい」

「七海の殺害は立証できないって、類はわかってる。それなのにこうしてわたしに告白した。どうして?」

「だから、要が――」

「わたしになにが視えようが、要になにが聴こえようが、信じるひとはいないんだから放っておけばいい。警察に話したところで妄言だと一蹴されるのがオチ」

「そんなことは言われなくてもわかってるし考えた」

「考えた結果がこれ?」

鈴がせせら笑うと、類の全身から猛然と怒りが湧き上がった。

「結局、類は自分がしたことに耐えられなかった。お母さんを死なせたことも、間違って七海を殺したことも。いつだか類は言った。わたしに霊が視えるのは理由があるはずだって。もしかして、本当はわたしに知ってほしかったんじゃないの? ずっと苦しかったんじゃないの? だからこうして――」

類が哄笑した。その笑い声に、鈴は戦慄を覚える。

「苦しかったのはたしかだよ。でもそれは、いつか自分のしたことがバレて今の生活を取り上げられるんじゃないかって不安だったからだ。罪には問われない。そんなことわかってる。でも、鈴や他の奴らから話が漏れて田子の両親に伝わったら？　村に広まり、ネットで拡散されたら？　周りからは白い眼で見られ、これまで時間をかけて築いてきた信頼が崩れ去る。梶原先生だってそうだった。無実を主張したけどなにもかも取り上げられて最後は自分自身を殺すしかなかった。わかる？　事実かどうか、罪になるかは問題じゃない。興味を持たれたら、詮索されたら、疑いを持たれたらそれだけで破滅することだってあるんだよ」

笹野が言っていた。

――思い違いだったら？　そのひとが事件と無関係だったら？　警察に話を訊かれる。なんてことないように思うかもしれないけど、そうじゃない場合もある。ただそれだけのことで職場に居づらくなったり家族とギクシャクしたり。無実なのに、なにもしていないのに警察に話を訊かれたってだけで人生が変わってしまう場合がある。大袈裟だって思うかもしれないけど、実際にそういうことってあるのよ

笹野や類が言うように、流布された情報によって人生が大きく左右されることはあるだろう。しかし、梶原も類も無実ではない。

「梶原先生も類も実際罪を犯した。それなのになにを――」

「鈴はさ、罪の意識を期待したんだろうけど――悪いけど、罪悪感を抱いたことは一度もないよ」

類は、鈴の言葉など耳に入らない様子だ。

「子どもなら手放しで親を求める？　愛する？　そうじゃない子どももいるよ。あのひとは勝

って感じ」

「手に俺を産んだだけ。ただそれだけ」

「七海は？　七海のことは？」

「間違えたとわかった時すごくショックだった。そんなミスを犯した自分が許せなくて。第一発見者を装うにはちょうどいい加減でショックを受けてたからそれは大いに役立ったけど。正直——転校したばかりで彼女のことはよく知らなかったし、墓参りに行ってもだからなに？って感じ」

鈴の脳裡に常磐が言っていたことが蘇る。

——ああいうタイプのひと、要注意ですよー

——彼みたいなひとは自分しか愛せないんだから

自分自身が情けなくて、鈴は泣き笑いする。

常磐はたった数分で類の本質を見抜いた。類とは十年近くも一緒にいたのに、わたしはなにもみえていなかった。なにもみようとしなかった。親友の魂の叫びに耳を傾けることもせず、みたくないものには目を瞑った。そのせいでたくさんのサインを見逃した。

——警戒心も観察力も、あなたには足りない

薙に言われた通りだ。

そもそも、類の母はどんな時に現れた？

小学六年の夏休み。梶原とふたりきりの校内。あの時彼女が現れなかったら？

『ディアガーデン』の更衣室。彼女がいたのはどこだった？　鈴の隣のロッカー——常磐のロッカー——の上。天井とロッカーの隙間に挟まるように。ロッカーに手をかけて。

そしてもちろん、類が側にいる時。

彼女は、七海と同じように危険を報せようとしていたのだ。

もう立っていられなくなって、鈴は膝をついた。

「ねえ、鈴」

バラバラになった心を包み込むような、類の柔らかな声。身震いするほどに寄り添った顔つき。

「ある意味、これは幸せな最期だよ」

すべては鈴のためだと言わんばかりの態度で。

「俺のこと好きなんでしょ？」

鈴は、溢れ出る涙をなんとか止めようとした。滂沱《ぼうだ》と流れる涙が恨めしく、身を捩るほど悔しい。

「残念ながら俺にそんな感情はないけど——恋愛ごっこ、楽しかったでしょ？　死ぬ前にドキドキを味わえてよかったね」

鈴の頸《くび》へと類の手が伸びる。

「好きなひとにすべてを——命をも——託す。処女を捧げるなんてくだらない行為より、よほど尊いことだよ」

労《いた》わりを装った偽善と自己愛に満ちた類の腕。七海を突き飛ばした腕。

いいいいいい、わたしの親友を殺した腕。

「さ——わるなッ！」

払いのける寸前、類の指先がベネチアンチェーンにかかった。鈴が腕を振り払った勢いでチェーンが切れた。類の中指にかかったチェーンは空を切り、音もなくため池へ吸い込まれていった。鎖から抜けた金色の指輪もまた、後を追うように水の底へ沈んでいった。

「あーあ」

類はわざとらしくそう言うと、水面に向けていた目を鈴に向けた。

「想いがつまった大事な形見、沈んじゃった」

濁った眼で鈴を覗き込んだ類は、

「ほらぁ、鈴。取ってきて」

言うが早いか胸倉を摑んだ。鈴は必死に抵抗するが、類の腕はビクともしない。

「放せ！」

類は例の笑みを口の端に浮かべ、情け容赦なく鈴を池の縁へと引きずっていく。

鈴が叫ぼうと肺に空気を送り込んだ瞬間、それを察知した類に肩で口を塞がれる。一見すると強く抱きしめるような格好で——初めてチェーンを首に回した時のように——類は、鈴の耳元で囁いた。

「死んだら俺に会いに来てよ。楽しみに待ってるから」

ブレーキをかけようと両足を突っ張った鈴の身体が宙に浮く。細いが、間違いなく男の腕をした類が鈴の身体を持ち上げたのだ。鈴は足をバタつかせ全身で抵抗するがわずかな隙すら作れない。

ななーーみ？

霧と涙で霞《かす》んだ視界にヒト形が浮かぶ。反対側の縁に、ぼんやりと影がみえる。

死へ押されながら、鈴は霧の中の亡霊を凝視する。ヒト形に色が着く。赤と黒のコントラスト。

彼女だ。

確信した瞬間、赤いワンピースの女は水面に降り立っていた。霧を裂くようにぐんぐん近づいてくる。

縁際で、類が言った。

「じゃあね、鈴。七海によろしく」

押しやられる寸前、類がぎくりとしたように身体を強張らせた。耳にかかっていた類の息が急に激しくなり視線が下がったのがわかる。鈴は女を見失っていた。水面に目を凝らすがなにも見えない。片や背後の類はなにかに怯えたようにたたらを踏んだ。後退した鈴は足元に伸びた一本の腕を見た。池から這い出たような腕は赤い袖に包まれ、真っ白な手は類の足首をしっかりと摑んでいる。

類の力が緩む。その隙をついて、鈴は口を塞いでいる手に思い切り嚙みついた。類が苦痛の叫びを上げる。身を屈め逃げ出そうとする鈴に、血が滲んだ手が伸びる。鈴は反射的に類を突き飛ばした。駆け出した矢先、背後で大きな水音が上がる。思わず立ち止まった鈴は水面を見た。ため池に落ちた類が両手をバタつかせている。

「す――ず、おまえ――」

殺気立った眼で鈴を見据えた類は水中でバランスを取るように水を搔く。水面に立ち込めていた霧が類を中心にして晴れていく。類は難なくへりの下まで辿り着いた。斜面まで一メートルほどの距離では足がつくらしく、顔が水面から出ている。

「鈴、待ってろよ。すぐに行くからな」

逃げ出せるように後退した鈴だったが、その必要はないとすぐにわかった。

水から出ようと類は進んだが、腰が水面から上がった途端滑り落ちる。足がかろうじてつくくらいの場所へ戻された類は不敵な笑みを浮かべ鈴を見つめた。それから両手でゆっくり水を掻き斜面へ近づいた。斜面に両の手のひらをつけ、足を動かす。足裏が滑るせいで、膝が上がる前に元の位置へ戻る。類の顔から笑みが消える。今度はスピードでカバーしようというのか、両足を素早く動かしている。だがざぶざぶと音が上がるだけで、身体のほとんどは水の中に沈んだままだ。何度目かで初めて水面から膝が出た。試みが成功したかに見えたその時、体勢を崩した類は大きな水しぶきを上げながら背中から水に落ちた。

膝をついた鈴は、手を伸ばそうとして思いとどまる。

水中から顔を出した類は手のひらで顔の水を払うと、ため池の縁に立つ鈴を子犬のような目で見上げた。

「鈴、助けてよ」

聞き慣れた媚《こ》びた口調。鈴は思う。あの目とあの声はずっとわたしを騙《だま》してきた。

「助けて」

こちらに伸ばされた類の腕。あの腕は七海を突き飛ばした腕だ。

「鈴」

反応のない鈴に苛立ったように、類が語気を強める。

「鈴！」

鈴はただじっと類を見つめる。

類はしびれを切らしたように動き出す。命綱を摑むようにがむしゃらに伸ばされた両手は、突起も窪みもないコンクリートの斜面をむなしく滑っていくだけだ。それでも類は這い上がろうと、必死の形相で苔だらけの水底を蹴る。足掻《あが》けば足掻くほど陸は遠ざかり水に捕られれる。

苛立ちの最高潮を迎えた類が思い切り水面を叩いた。

「クソッ！　クソッ！」

跳ね上がるしぶきを顔に浴びる類は、鈴が見たこともない顔をしている。

恨めしそうに鈴を見上げた後、彼は破顔した。白い歯を覗かせ、自分は無害だとでも言わん
ばかりの笑顔だ。

「まあいいや。助けが来るまで待てばいいだけのことだから」

類は笑顔を瞬時に消し去ると、

「たすけて！　だれか！　たすけて！」

大声を出した。鈴に向かいニヤリとした後、今度はお椀《わん》の形に丸めた両手を口の横にあてる
と、

「たすけて！　たすけて！」

一度目の時よりさらに大きな声で叫んだ。それで満足したのか両手を水の中へ落とし、再び
不敵な笑みを鈴に向ける。

「繰り返せば、だれか気付くでしょ。体力の少ない子どもは沈んじゃうかもだけど、いざとな
ったら浮いて待つよ」

そう言うと、類は実際に浮いて見せた。両手足を広げ、全身で星形を作った類はうまく水に
浮いている。

「それで――」

類は目だけを鈴に向けた。小馬鹿にするような目だった。

「どうするつもり？　俺は絶対告白しないよ。自白もない、証拠もない、それなのに霊がどうとか、まだ言うつもり？」

嘲笑が波紋を広げるように水面に響く。

鈴は気配を感じ、ため池中央付近に目を転じた。

黒いものが浮いている。ヘルメットのような形のそれは、水面にぽつんと浮いている。

浮いているんじゃない、あれは――

驚愕に、鈴はその場にへたり込んでしまう。

それは、滑るように近づいてくる。一定のスピードでこちらに近づいてくる。距離が縮まると、それが間違いなくひとの頭だとわかる。半球状に出た頭と、水面下で広がる黒い髪と赤い服。

類はなにも気付いていない。先ほどまで鈴に向けていた目も、今は閉じている。黒い塊は額で水を分けるようにぐんぐん近づいて来る。

「るい――」

鈴は、親友だった男を呼ぶ。声はかすれ、震えている。

「類」

最初よりマシな声が出る。聞こえていないはずがないのに、類は反応を示さない。

「類！」

類が鬱陶しそうに目を開ける。

「なに。やっと助ける気になった？」

鈴は水面を指した。類は呆れたように目玉をぐるりと動かす。

「もういいって、そういうの。二度も同じ手にはかからないよ」

『彼女』と類との距離が近くなる。鈴は堪らず叫んだ。

「見て！」

類は嫌々といった様子で体勢を変えた。両手でバランスを取り、水中から顔を出す。

「どうやったか知らないけど、さっきはちょっと驚いた――」

「逃げて」

「え？」

「逃げて。早く」

差し迫った声に感じるものがあったのか、類はやっと振り向いた。それに気付いたように女が動きを止めた。

額しか出ていなかった頭部がわずかに浮き上がる。白眼に黒いヒビの入ったふたつの眼が現れ、それは類を凝視している。

「なん――で。どうやって――」

ショックも露わな類の声。

鈴は辺りを見回す。いつの間にか肩から抜けたバックパックが草の上に転がっている。鈴は四つん這いで近づき、バッグを引き寄せた。

赤い女が再び動き出す。先ほどよりも早いスピードで類に向かい進んで来る。類は魅入られたように動かない。

「類！」

放り投げたバックパックが類の真横に落ちる。王冠のような飛沫《しぶき》を上げた後、バッグは忠犬のように類の隣に浮いた。類はまるでそれに気付いていないようだ。

「こっち見て！　類！　田子類！」

正気に返ったような顔で、類が肩越しに振り返る。

「手を貸すから水から上がって！」

声が割れるほどの訴えに、類はようやく我に返った。迫り来るものとの距離を測るように一度振り返り、必死に水を掻く。鈴は羽織っていたシャツを脱ぎ、縁でうつ伏せになった。上体を乗り出し、片袖を摑んでシャツを放る。類は腕を伸ばすが、垂らされた命綱はあまりにも短く指先に触れる可能性すらない。コンクリートの坂にしがみつきながら、類は苔だらけの斜面を駆け上がろうとした。鈴は目いっぱい腕を伸ばす。シャツを摑もうと類がもがく。類は背後を気にするように素早く振り返った後、水中に腕を突っ込んだ。裸足ならば踏ん張りがきくと判断したのだろう。乱雑に脱ぎ捨てられたスニーカーと靴下が水面に浮く。類は遮二無二斜面を登ろうとするが足が滑りどうにも膝が上がらない。それどころか膝がコンクリートに打ち付けられ血が噴き出している。手のひらも今や血だらけだが、類は痛みなどまるで感じていないようだ。

赤い女が間近に迫る。

命綱を一瞥すると、類は鈴に背を向けた。泳いで逃げるつもりなのか、顔を水につけ死にもの狂いでクロールを始める。赤い女との距離はほとんどない。

鈴は、類が摑まれるものはないか探す。周囲にあるのは背の低い立ち入り禁止を報せるネットだけだ。類が向かっている辺りを目指して鈴は駆け出した。

類に迫る影。額と眼を出していた女は、今や完全に水中に沈み身体を伸ばし類の真後ろを進む。黒い髪は広がらず、身体に沿うように流れている。見る間にも、女は距離を詰め類の真横にぴたりと張り付く。

鈴は思わず足を止め、叫んだ。

「類！」

激しい水音で類は気付かない。

「類！」

女の影が水中に深く沈んだ。類の身体の下に潜り込み、束の間ふたりは重なるように動いた。

類の体側から真っ白な腕が伸びる。腕は両手を組み合わせるように類の背中で回った。抵抗する間もなく、類は水中に引きずり込まれた。助けを求めるように類の手が水面から一度だけ飛び出したが、爪のない真っ白な手に手首を摑まれすぐに沈んだ。大きなあぶくが断末魔のようにいくつか上がる。

「――だめ――」

くずおれそうになりながら、鈴はよろよろと進んだ。

「だめ」

鈴はへりに尻をつき、斜面を滑り降りる。

「ちがう、違う！　こんな――こんな最期だれも望んでない」

水面が真下に迫る。鈴は迷いなくため池に飛び込んだ。意志を砕かれそうになる水の冷たさに鈴は身震いする。

類が引きずり込まれたところまで泳ぐと、大きく息を吸い込み潜水した。縁からそう離れていないこの位置では大した深さはないはずなのに、いくら潜っても水底につかない。濁った水は視界が悪く、類の姿は見えない。鈴は一度水面に上がると、肺いっぱいに空気を吸い込んだ。潜っていくと、水を掻く手になにかが絡みついた。藻のような感覚だった。手を引いて見ると、指先を覆うように真っ黒な髪が巻きついていた。驚きに、口から大量の空気が漏れる。その直後水を飲んでしまい、鈴はパニックに陥る。腕を伸ばし浮き上がろうとするが、肺が水で満たされたように胸が重い。必死に水を掻く。飛び込んだ時より身体にかかる水圧が何倍にも感じる。とにかく身体が重い。思考があやふやになる。なんのためにここにいるのかわからなくなる。水の冷たさはもう感じない。

辺りが急に明るくなったような気がして、鈴は重い瞼をなんとか開ける。

混沌《こんとん》とした闇に射し込む光がふたりの人物を照らしている。すべてを忘れた鈴はふたりを見つめた。

赤い服を着た髪の長い女性が、男児を背中側から抱きしめている。男児は眠っているのか目を閉じている。女性は世界一大切なものを世界中から守るように男児を抱いている。彼女は細い目を瞬きさせて腕の中の男の子を愛おしそうに見つめているが、鈴は彼女から悲壮を感じる。ふたりを見ているだけで胸が張り裂けそうな苦しさを覚える。ふたりの行く先を想うと——どうしてそれを知っているのか自分でもわからない——慟哭を抑えられない。

女性と目が合う。向けられた彼女の懐かしむような目は、鈴を一層悲しみに打ちひしがせる。

燐光《りんこう》に、糸状の黒いものが忍び寄る。それは真っ黒な寄生虫のようだ。宿主を探すように蠢いている。無数の黒い線は彼岸花のようでもある。闇の手がふたりを包み込むように大きく開いていく。彼女は腕の中の男の子に目を落とすと、満たされたように瞼を閉じた。

鈴の心臓が大きく拍動する。命の鼓動が鈴を突き動かす。

悲しみを脱ぎ捨てるように水を掻き、鈴はふたりに向かう。身体が邪魔だ。思考も邪魔だ。得られる情報は焦りを与えるばかりで、今は目も邪魔だ。会話も呼吸もできない今は口も必要ない。今必要なのは腕だけだ。

ふたりが黒い触手に呑み込まれる寸前、鈴は思い切って腕を伸ばした。

鈴の手が細い腕を摑んだ。男の子に違いない。鈴は力を振り絞り、男の子を引き上げた。黒い蠢きを裂くように、大きな身体が現れる。

類だった。大人の彼を見た瞬間、鈴は覚醒した。

彼を助けるために命を賭してここへ来た。

鈴がさらに腕を引こうとした時、強い抵抗を感じる。鈴が摑んだのとは逆の手を、類の母親が摑んでいる。死後の姿に戻った彼女は、黒いヒビ状の血管が走った眼を鈴に向けている。

触手じみた母親の黒髪が、類を巻き捕るごとく漂う。徐々に、類の身体が黒い袋に呑み込まれていく。諦めかけた時、

――目で見て耳で聞いてるんじゃない
薙の言葉が脳裡をよぎる。

仲澤陽仁の生霊を「還した」時のように、鈴は五感をシャットダウンし念じる。

今、鈴が持っているのは心だけだ。「彼女」に念じる。強く、強く念じる。それがただ一つの手段で、そうすることでしか彼女を癒せないことが鈴にはわかる。だから念じる。

指きり峠の子どもたちが見たであろう光をイメージする。おそらくそれは眩《まばゆ》い光。愛するひとを見るようなあたたかな光。常磐の部屋で感じた、天から下ろされた光の梯子。命を吹き込むようなあたたかな春風。ないまぜになったイメージを浮かべ、念じ、祈る。

さあ、もう迷わずに逝けるはず——

ふいに抵抗がなくなり、類の身体がこちらに引き寄せられる。

母親は、類を手放した最後の一瞬、我が子を見た。

これでよかったのだ。

鈴は直感した。なぜなら、類の母親は解き放たれたような顔をしていたから。

触手が類を包む寸前、鈴は彼を死の袋から引っ張り出した。類の脇の下に腕を差し込み引き上げる。黒い袋になった触手は、澱んだ水底へ沈んでいく。

水面に顔を出した途端、鈴は激しく咽た。息を吸いたいのに次から次へと水が吐き出され、空気の中で溺れそうになる。

やっと呼吸ができるようになると、鈴は抱えたままの類に目をやった。類は息をしていない。呼びかけてみるが返事はない。頰を叩いてみる。反応がない。

「るい」

白い顔の類は目を開けない。鈴は嗚咽に溺れそうになる。

「たすけて」

鈴は天を仰ぎ、叫んだ。

「たすけて！」

谺《こだま》となった叫びは、どこまでも広がっていった。

43

死者の霊も生者の念も。

ひとに憑く。ものに憑く。場所に憑く。だが、霊たちは語らない。理由も、名前すら教えてくれないが、彼らには果たしたい願いがある。強い想いがある。その念が彼らをこの世に留めている。

念を無理矢理消すこともできる。「祓う」という方法で。祓われた念に救済の道はない。彼らが一番恐れる「無」になるだけだ。

だがその一方で、霊とつながり、念じ、あるべきところへ還すこともできる。

「それがお諫め」

黒いセダンの後部座席に座った鈴と要は、話を締めくくる助手席の薙を見つめた。今日の薙は、鈴が初めて会った時と同じ黒髪ボブのウィッグを着けている。

常磐の家と、ため池の底で鈴が体験したことは「お諫め」だと彼女は言った。

「鈴は霊を諫めた、つまり彼女は――」

要の言葉を引き取った薙は、

「オイサメサン」

と、断言した。

「でも、わたしと要はセットじゃないと用を為さないって……」

「そう思ってた。仲澤って奴の生霊を『還した』って聞いた時は彼と一緒だったし。でも今回は違う。あなたひとりだった」

水中で類を抱えながら、鈴は叫び続けた。声を聞きつけた村人数人によってふたりは救助された。心肺蘇生を施された類はその場で息を吹き返し、病院へ搬送された。病院で手当てを施された類は実家へ戻り療養中だが、一貫してため池に落ちたのは自分の責任だと話している。救急隊員や医師に類がそう話すのを鈴も聞いていたし、実家を訪ねて来た類の母からも聞いた。彼女は謝罪後、ふたりの交際をたきつけた自身を責める反省の色を見せつつ、鈴からも謝罪を引き出したいらしかった。口調は優しいが、探るような眼と責めるような頰の引き攣りがそれをよく表していた。「本当に類のせいだとしても、あなたにも原因があるはず」謝罪を口にしながら、本心ではそう言いたかったはずだ。

鈴は類の体調を気遣った後、彼の様子を訊いた。すぐにも元の生活に戻ると言う類を、母親が止めたそうだ。しばらくは大学も休学させ、実家で療養させると言った。実母や七海のことについてはもちろんなにも語っていないようだった。

証拠のない過去の犯罪を明らかにするにはどうしたらいいのか鈴にはわからなかった。常磐の事件で知り合った斎藤という刑事に話してみようか。七海はどう思う？　アパートの壊れたラジオは黙ったままで、部屋から七海の気配はすっかり消えていた。

「助かったからよかったけど、無茶しないでよね」

薙が、ルームミラー越しにちらりと視線を向ける。

「本当に大丈夫なのか」

要は何度目かになる質問を鈴に向けた。ため池の話題になる度、彼は鈴を気遣う。後悔の念がそうさせるのだろうと鈴は思った。

ため池での一件があった日、要は長野を訪れていた。鈴から頼まれた「祓い」をすげなく断ったことがずっと気になっていたためだ。長野駅に着いた彼は鈴に何度も連絡を試みた。鈴が類の家を飛び出した頃だ。要は千歳から鈴の居場所を聞き出し里田村へ向かったが、村に着いた時にはすべてが終わっていた。

診察を終えた鈴が母親に付き添われ病院を出ると、外で寒そうに身体を丸める要を見つけた。要は鈴の母に挨拶をすると、なんとも悲し気な目を鈴に向けた。鈴は気が咎めて胸が苦しくなるほどだった。彼がそんな目を向けたのは、後悔の念に苦しんでいたせいだろうが、その時の鈴は責められているような気がしたのだ。「なぜ頼ってくれなかったのか」「なぜ」「なぜ」と。

心配をかけた要と千歳には、今回の件はいずれ話すことにしよう。鈴は決めていた。顚末《てんまつ》を話せるようになったら、その時はきっと。

「大丈夫。ありがとう」

鈴はできる限りの笑顔で答える。要はそれ以上は訊かず、美しい瞳で静かに鈴を見つめ返した。

気を取り直したように、鈴は言う。

「指輪をしていても視えたのは……？」

鈴の問いに、薙は肩越しに振り返った。

「引き取る必要がなくなったから」

そう言うと、薙は再び顔を前に向けた。

「オイサメサンは、指輪を通じてやって来る強い念を『元居た場所』か『生み出したひと』へ還す。可能なら逝くべき場所へ還す。鈴に――類って子に憑いてた念は、あまりにも強力で、長年オイサメサンは『ひと』へ還すだけで精一杯だった。でも今回、鈴は完全に還した。オイサメサンにもできなかったことを可能にした」

硬い口調で、薙は言う。

「要と一緒にいたことで力が引き出されたのは間違いないでしょう。鈴は生霊を祓うことができた。この世に留まり続ける霊を諫めて還すこともできた。でも、霊を『祓う』ことはできない。鈴が側にいれば、要にはそれができる。ふたりはとても貴重な存在なのよ」

だからすんなり承諾したのか。鈴は思う。

オイサメサンが会いたいと言っている。薙にそう言われ、要を連れて行くことを条件に承諾した。彼との約束を果たすためと、わずかでも母親を探す手がかりになればと思ってのことだった。もちろん自分のためでもある。オイサメサンに会うことは鈴の切望だった。指輪についた傷の数だけオイサメサンは鈴を救ってくれた。どれだけお礼を言っても足りない。

オイサメサンの居場所は教えられない、会わせるなど言語道断。以前、薙はそう言っていたが、オイサメサン自身の希望ならそれも叶うのだろうと、車に乗った時点では簡単に考えていた。いつになく薙がピリピリしているのもオイサメサンがひとに会うことなど滅多にないことだからだと思っていた。しかし――オイサメサンの居場所は秘密だと言うわりに、ふたりは目隠しなどされていないし、車の窓はスモークガラスでもなかった。長野駅でふたりを乗せた後、車は一時間近く走り続けている。このまま行くと指きり峠が見えて来るはずだ。

鈴は運転席を見た。屈強そうな男がごつい手でハンドルを握っている。後方には、鈴たちの車を追うように、ずっと同じ黒のワゴンが走行していた。

「やっぱり……」

要が呟く。峠に向かっていることに気付いていたらしい。堪らず、鈴は身を乗り出した。

「薙。指きり峠を越えるの？」

薙は前を向いたまま答えない。

「薙！」

「越えない。峠に用がある」

そう言うと、薙は黙り込んでしまった。要と視線を交わした鈴は、彼の目に困惑と警戒を見た。

峠のふもとにさしかかった時、車が停まった。前には進入禁止の看板と警備員が立っている。運転席の男が小さく頷くと、それを受けるように警備員も頷く。車は看板を避け、坂道を登り始める。

車が停まったのは峠の中腹にある待避所だった。しばらく無言だった薙が、

「ふたりとも降りて」

と言った。ふたりは顔を見合わせた後、車から降りた。後ろにいた黒のワゴンも停まっているが、だれも降りて来る気配はない。

「薙、どうしてわたしたちをここへ連れてきたの？　オイサメサンは？」

薙は、道の先をじっと見つめている。突き破られたガードレールにはロープが張られ、道路にはブレーキ痕がくっきりと残っている。

すらりとした指で薙はカーブ付近を指した。

「あそこで起きた事故のほとんどは同じ霊によって引き起こされた」

薙の隣に立った鈴は、

「知ってる……ていうか、わたしと要が経験したこと——要が祓った霊のこと、薙に話したじゃない」

薙は腕を下ろすと、鈴と要を交互に見た。

「あなたたちが祓ったのは、事故原因九十九パーセントの方。あれは行き場をなくした悪鬼。たくさんいた子どもたちの霊はその悪鬼に囚われていた」

「……つまり一パーセントは違うってこと？」

薙は厳しい視線を鈴に向けた。

「前にあたしが言ったこと覚えてる？　あたしたちとは反対の考えを持つ奴らが存在するって話」

アパートで薙と話したことを鈴は思い出した。オイサメサンに会いたいと言う鈴に、彼女は言った。オイサメサンのような「救済」の手があるのなら、逆のものがあるとは思わないか、と。そしてこうも言った。「組織」と。

「オイサメサンは、霊を還し、できることなら逝くべき場所へ逝けるように手助けする。あたしたちは霊に苦しむ人々を見つけ、オイサメサンと彼らをつなぎ、助ける。でも、あたしたちとは逆の組織が存在する。オイサメサンが霊を癒し、生きている人々を救済しているのとは逆に、彼らは霊の強い念を利用して生きている人間に害を与える」

「害を与えるって、つまり——」

おそるおそる訊ねる要を、薙は一瞥した。

「霊が原因で死んだ——死亡診断書には間違ってもそんな風に書かれることはないでしょうけ

ど。自殺。突発的な事故死。これらに霊が関わってないってどうしたらわかる？　本人たちは死んでしまっているのに。能力を失う前にもしもあたしが自殺していたら、自殺方法に違いこそあれ、窒息死とか失血死、中毒死で片付けられてお終《しま》いだったでしょうね。いくら事実が霊の声に耐え切れなくなっての自殺だとしても、死因は『霊のせい』じゃない」

「――霊を利用して、自殺や事故に見せかけて殺す……そんな組織が存在すると？」

にわかには信じがたい。要の声にはそんな想いが滲んでいた。

「そんなことあり得ないって一蹴する？」

薙は試すような目つきで要を見つめた。

「ここで起きた事故が『組織』によるものでも？」

要の纏った空気が一変した。鈴には、凍えそうに冷たいオーラが見えるようだった。

「つまり、俺の父親はその『組織』とやらに殺された――そう言いたいのか？」

「一パーセントは組織の仕業だった。あなたのお父さんの事故もよ。事故の起こりやすいこの峠は、事故死に見せかけるには恰好の場所だもの」

「その組織はなんで――なんのために俺の父を……？」

体側に下ろされた要の手がきつく握られた。

「あいつらは、顧客から依頼された人物か、能力がある人間に霊を飛ばす」

ある者の死が特定の人物に益をもたらすことは多くあるだろう。得られる地位や富が多ければ多いほど、高ければ高いほど、特定の人物はその者の死を願うだろう。いや、しかし……鈴は思う。だれかの死を願う時、富と地位だけが動機とは限らない。手に入れたいものは「自由」かもしれない。安心感かもしれない。または――復讐のために相手の死を望むのかもしれない。

「殺しの依頼人とターゲットっていうのはわかる。でも、能力がある人間って――」

言いながら、鈴はその答えを知っている――そう思った。

「――わたしたちのように視えたり聴こえたり……祓える能力がある者？」

「彼らに見つかってしまったら、できる選択はふたつだけ。生きるために殺人者として組織で働くか、自分の人生を生きるために標的になるか。彼らが特に欲しているのは『祓える』方じゃなくて『視える』方」

「え――よくわからない。組織はなんのために『視える』者を引き込むの？」

「邪悪で強力な念を見つけ出すため。彼らはそれを調伏《ちょうぶく》して殺しの道具にする。駒は多ければ多い方がいい」

「眼鏡」

要が呟く。

「眼鏡の役割をさせる――そういうことだな」

「眼鏡としても使うし、時に依代《よりしろ》としても使う」

薙に鈴が訊ねる。

「よりしろ？」

「霊を降ろす。その器にさせる。視えない者よりも霊に対して耐性のある『視える』者の方が、より強力な念を降ろすことができる」

「なんでそんなこと――」

「大抵の人間は少なからず霊感を持ってる。厭な空気を感じ取ったり故人の気配を感じたり」

鈴の脳裡に浮かんだのは千歳と彼の母親だ。仲澤の生霊を還した後、部屋には常磐の気配が漂った。ふたりもたしかに彼女の気配を感じ取り、声も聴いた。

「でも、信じない、感じない、どんなに強い念を飛ばしても動じない人間もいる」

真っ先に思い浮かんだのは隣人女性の顔だ。自分が殺《あや》めた義父の霊がすぐ側に居ても、憤怒の形相で睨みつけられても微塵も感じずに自由を謳歌《おうか》する女性。

「そういう場合には目に見える脅威を送る」

「依代になった者を近づけるってこと？　それで？」

「依代にされた者は、降ろされた念によって変貌する。自分の意志では止められないことをさせられる」

「まさか——実際に手を下させるの？　なんの関係もない、面識もない他人を？」

「だからこそ都合がいい。無差別殺人。そんな風に呼ばれるもののうち、大半は依代による犯行じゃないかとあたしは睨んでる」

「組織に命じられたって警察に言えば——」

「話したとしても、とても信じてもらえないでしょうね」

「……そういう組織が存在して、滅茶苦茶な方法で殺人を犯してるっていうのが事実だとして……でも組織に入ることを拒んだら消されるって、そんな馬鹿な……念は次々に生まれるんだし、他の『視える』者を探せばいいんじゃない？」

「あなたと要も貴重だけど、『視える』者たちだって希少なのよ。そうそう簡単に見つけられるわけじゃない。それに、依代にされた者は戻ってこない。殺人を犯すわけだから警察に捕まったり自身も殺されたり……依代にされる者たちは使い捨て。だから組織は多くの能力者を確保したがってる。それと、組織に命を狙われるのは彼らの脅威になりかねないから。強力な能力を持つ者ほど標的になりやすい」

黙って話を聞いていた要が顔を上げた。

「オイサメサンと組織は一体いつから存在したんだ？」

薙は要の目を真っすぐに見つめた。

「どっちが先に誕生したのか知らないけど——往々にして悪はのさばるし、霊を利用して利益を得る人間ははるか昔からいたでしょうから、組織ははるか昔からあったでしょうね。オイサメサンのように自分を犠牲にしてまで生きている人間を救う存在は圧倒的に数も少なかった。それでも彼女たちは人々を救ってきた。彼女は——彼女『たち』は昔から女性と決まっていて、長い修行の末に多大な犠牲を払ってオイサメサンになる」

薙はふたりに顔を向けた。

「オイサメサンに霊力はない。オイサメサンは女性ならだれでもなれる。彼女たちは視えないし聴こえない。祓う力もない。だからこそ懸命に修行する。そして障りにならない身体になって、念とつながる」

オイサメサンに霊力はない。それは、鈴にとって驚愕の事実だった。

力があるからこそ霊を諫めたり還したりできるのではないのか？

「薙、言っている意味がわからない」

「オイサメサンが一身に厄を受けてくださるおかげで能力者は安寧な暮らしができる。それはおばあさんから聞いて知ってるでしょ？」

鈴は小さく頷いた。

「結果、霊力を持つ者を組織が見つける可能性をも下げていたわけだけど……オイサメサンは、指輪を通して引き受けた強力な念や霊に時に心身を侵食されて依代に近い状態になってしまうことがある。惑わされないためには必要以外のものを失くす必要があるの」

「必要以外のものって――」

鈴は類の母親を「諫めた」時のことを思い起こす。必要だったのは類を救い出すための腕と心。

仲澤の生霊を還した時に必要だったのも念じるための頭と心、そして指輪代わりに両手で作った円。

「諫める」時に邪魔だったのは目、耳、口。

薙の言う「障りのない身体」とは――背筋がゾクリとするのを鈴は感じた。

「元々能力を持たない女性が、自分の意志とはいえ多大な犠牲を払ってオイサメサンになる。それなのに、鈴は能力を持って、光も音もある世界で生きながら『お諫め』ができた。要は鈴が側に居れば視えるし祓える。あなたたちなら組織の壊滅が可能かもしれない」

「組織の壊滅――」

鈴はことの大きさにそう呟くのがやっとだった。

「あいつらにとってオイサメサンは邪魔な存在なの」

組織にとってオイサメサンは脅威とはいかないまでも、限りなく消えてほしい存在には違いないと薙は言った。還しても祓っても、ひとが念を残す限り新たな霊は生まれる。それを利用するのだから資源の枯渇はあり得ないが、反対勢力などない方が円滑に物事は進む。

「オイサメサンにとっても能力を持つ者にとっても、組織の壊滅は悲願だった。要のお父さんも、組織がなければきっと今も生きていた」

　要の拳はずっと握られたままだ。

「あなたが生まれた日、お父さんの太一さんは出張で飛行機を利用した。帰りの機内で、口から泡を吹いて倒れ込む男性がいた。一番に気付いたのが太一さんだった。倒れた男性の顔はみるみるうちに紫になった。太一さんは彼に触れた。フライトアテンダントが駆け付けた時、男性は呼吸できるようになっていた。太一さんが彼に憑いていた念を消したから」

「なんでそんな話──まるで父に祓いの能力があるみたいに。そんなこと」

　否定するように要が一歩下がる。

「それに、まるでその場にいたような話し方──」

　突然要が振り返った。ひとりの男が要の肩に手を置いている。彼は黒のワゴンから降りて来たらしく、運転席が空だった。三十代前半くらいの男は黒いスーツ姿で、まるで貴重なものを扱うように要の肩に触れている。ぎゅっと結んだ唇が震えて、鈴は男が今にも泣き出しそうに見えた。

「やっとお会いできた」

　そう言って男は要の肩から手を離し、膝を折った。額を地面につけ、男は土下座した。

「申し訳ない。本当に、申し訳ない」

　男の背中が嗚咽で上下する。鈴は呆然としながら要を見た。彼の顔は無感情を呈している。

「わたしのせいで太一さんは亡くなった。わたしのせいで」

　男は声を上げて泣き出した。そこへ、滑るような足取りで薙が近づく。

「一パーセント。太一さんの事故を起こさせたのが彼よ」

鈴は、子どもたちがあの時ゴールテープを切るように駆けて行った辺りを見つめた。額にホクロを持つ女の子は鈴と要に二言囁いた。声は聴こえなかったが一言めは間違いなく「ありがとう」だった。彼女は真剣な面持ちでもう一言を残した。あの時はわからなかったが、彼女が言いたかったのは「気を付けて」だったのではないかと鈴は思った。

薙は男の傍らに膝をつくと、激しく上下する背中に優しく手を置いた。

「それに、彼はあの日、太一さんと同じ飛行機に乗っていた。依代にした対象を見張るために」

要が、構えたように身体を強張らせたのが鈴にも伝わってきた。

薙は要を見上げ、言った。

「彼は何年もの間、組織に使われていた。自分の意志でやったんじゃない、彼は組織に命じられて――」

「そうじゃありません！」

男が顔を上げて言った。頬には幾筋もの涙が流れている。

「念はわたしの意志がなければ操れません。わたしが自分の意志で飛ばしたんです。機内で太一さんが起こした奇跡を目撃したのに、それでもわたしは続けた。改心する機会はあったのに――間に合ったのに、わたしは続けた。そして太一さんを殺した」

男はわっと泣き出した。

薙が言う。

「彼には組織がすべてだった。それ以外は、彼には知る由もなかった」

土下座したまま泣きじゃくる男を、鈴は違和感を持って見つめた。

「待って。このひと――いくつ？　要のお父さんを殺したって――そんなのおかしいよ」

　薙は立ち上がり、ふたりの顔を交互に見た。

「瓊《けい》は――それが『今』の彼の名前。念を操っていたのは子どもの頃。要のお父さんに念を飛ばした時、瓊はまだ九歳だった」

「九歳……」

　思わず鈴は呟いた。

「彼の能力は生まれつき。瓊に特殊な力があると、両親は幼い頃から気付いていた。接触してきた組織と話をつけた両親は、お金と引き換えに息子を渡した。瓊は本当の両親を覚えてすらいない。彼にとっては組織が家族で世界のすべてだった。善悪の判断も、霊の操り方も組織が教えた。瓊は組織の犠牲者よ」

　膝をついたままの瓊がしゃくり上げながら話し出す。

「いいえ。わたしは殺人者です。多くのひとを殺した。幼いながらにわかっていました。ひとを殺すということの意味を。相手は二度と元には戻らないのだということを。それでもわたしは念を操り、命を奪った。そうすることで両親が――組織が用意した偽の親でしたが――褒めて抱きしめてキスをくれたから」

　膝の上で握りしめた瓊の手に、涙がパタパタと落ちる。

「指示を遂行すると組織の幹部がご褒美をくれました。山ほどのおもちゃや貸し切りの遊園地、欲しいものはなんでもくれた。どんなにねだってももらえなかったのは、弟妹と友だちだけだった。あの日、機内で奇跡を目撃するまで、わたしは楽しんでやっていたのです。意のままに霊を操り、見知らぬ者の命を絶つ。多くのひとが霊を視ることすら叶わないのに、わたしはそれを自由に操れる。わたしはだれよりも特別なんだと自負していた。まるで世界の支配者になったような気分だった」

たった九歳の子どもが、それは正しいことだと信じ込まされ手を下していた。大人の操り人形だった彼に、他にどんな選択ができただろう。瓊に対して憐憫の気持ちが湧き上がる鈴だったが、要を想うとそれは間違った感情のような気がする。

黒曜石のような瞳は虚空に向けられ、顔だけでなく唇からも色が失われている。倒れるのではないか――手を伸ばしかけた鈴は思いとどまる。

要はわたしの助けなど必要としていない。だれの助けも必要としていない。

「機内でわたしが依代に降ろした念は強力だった。器の彼は視る力がなく、念の強さに耐えられなかった。それまでも稀にそういうことが起きましたが、大抵はそのまま亡くなり病死と片付けられた。その時も同じ認識で、わたしは偽の両親と依代の最期を待った。ところが――駆け寄った太一さんが依代に触れた瞬間……奇跡が起きたのです」

顔の近くで両手をわななかせた瓊は、まさに今奇跡を目撃しているかのように目を瞠った。

「依代に触れた太一さんの手が眩しいくらいに輝いて、直後、鮮烈な光がわたしの目を射た。瞑った瞼の裏まで純白で、わたしは目がみえなくなったのだと思った。両側にいた両親に肩を揺すられ目を開けると、なにごともなかったかのようにすべてが変わりなくみえた。あの光がみえたのはわたしだけで、両親はなにも気付いていないようだった。依代だった男性はすっかり回復して、中にいた念が綺麗さっぱり消えているのがわかった。能力のある者が祓わない限り依代が自由になることなどあり得ないのに。わたしの任務失敗は初めてだったので、組織は慌てました。わたしがみたことを話すと、組織は太一さんの調査を始めました。住所、職業、生まれたばかりの息子がいること——もっと細かな情報、過去のこと、すべてを調べた上で、組織は接触を図った。最初はヘッドハンティングと称して太一さんを組織に引き込もうとしましたが、義理に厚い彼は首を縦に振らなかった。次はある程度手の内を明かして懐柔しようと試みましたが、能力に自覚のない彼を説得することはできず不信を買っただけでした。こちら側につけることができないのなら、彼は脅威になり得るかもしれない。組織はそう判断しました。そして——」

瓊は辛そうに顔を歪めた後、思い切ったように言った。

「指示した場所で念を飛ばせと命じられたわたしは、父が運転する車の助手席に乗っていました。父は言いました。これから行くのは元々事故の多い場所だから、不審に思われずに済む、と。車に揺られながら、わたしは心ここにあらずの心境でした。太一さんの奇跡をみて以降、自分のしてきたことがうしろめたく感じていて、失敗後初の任務に不安も覚えていました。依代に念を降ろす場合は相手の情報を知ることが必要ですが、念を飛ばす場合その必要はなかった。ここへ着いた時、父が言いました。もうすぐターゲットがやって来る。表へ出なさいと。わたしが遣いの念を呼び準備していると、安全な速度で一台の車がやってきました。車がカーブ手前にさしかかった時、わたしは遣いの念を飛ばしました。車は急ブレーキをかけてハンドルを切った。車体が傾いて車は横転した。その刹那《せつな》、運転席の男性と目が合いました。わたしはショックで棒立ちになりました。運転席にいたのは太一さんだったからです。それから瞬きする間もなく、車は崖下へ吸い込まれました。轟音《ごうおん》が響いて——」

遮るように、薙が瓊の肩に手をかける。要を気遣ったのだと鈴は思った。

「わたしは——わたしは、取り返しのつかないことをしたと思いました。いいえ、それまでも散々同じことをしてきたのですが……今度ばかりは許されない。そう感じました。なにに許されないのか、なぜ許されたいと思うのか。逃げる車中で、すでにわたしは答えを得ていました。いいえ、すでにわかっていたのです。機内で太一さんが起こした奇跡を目撃した時からわかっていたのです。太一さんから発せられた光線のようなものは、真っすぐにわたしを目指してきました。それはまるで神の指のようでした。神はわたしの間違いを示されたのです。それなのにわたしは――」

「――もういい」

要だった。いつもより低く、ざらつくような声だった。鈴には、無感情だった要の相貌が崩れていくように見えた。

「神がどうとか――やめてくれないか。見えないものが視えたことも、存在し得ないものが居ることも認めるから。だから、もうやめてくれ」

皮肉気に上がる口角とは反対に、要の肩は落ちそうなほど下がっている。

「あなたが俺の父を死なせる原因を作ったとか――組織がどうとか。だれを責めるべきなのか、それとも忘れた方がいいのか……なんだか雪崩《なだれ》に巻き込まれたような気分だ」

要の元に薙が寄る。

「あなたの気持ちも考えずごめんなさい。でも、瓊は自分がしたことを悔いてオイサメサンの力になってくれているの」

「これを聞かされたら俺が組織の壊滅に手を貸すだろうと思ったのかもしれないけど――このひとや鈴と違って、つい最近、数回霊なるものを視ただけの俺にはとても手に負える問題じゃないし、母のことだって――」

「オイサメサンを名乗る女霊媒師がいたでしょう」

要の目が瓊に向けられる。瓊は言った。

「あれは組織の遣いです。太一さん亡き後、組織は要さんを監視していた。太一さんの能力を受け継いだかもしれないからです」

「母は——本気で信じていた。あの女が父の霊を呼び、話ができると。だからこそ大金を貢いだ」

「組織がそう信じ込ませたからです。まず、職場に組織の人間を潜入させた。お母さんが興味を持つように同じ境遇だと偽って。決して組織側から接触を図ることはしなかった。あくまでも彼女からアクションを起こさせることが重要だったからです。興味を持ったのも行動を起こしたのも自分だと錯覚させる必要があった。洗脳の第一歩です。その組織の人間を通して彼女は女霊媒師、オイサメサンを知った。それももちろんただの遣いで、あの者にはなんの能力もありませんでした。祓いの真似事をしていただけ。時々、弟子と称した依代を向かわせました。覚えていますか」

要の目が左上に流れた。答えを待たず、瓊は進める。

「要さんは彼らに触れたはずです。遣いの者に儀式の一環だと言われて。あれは太一さんと同じ祓いの能力があるか調べるために行われたのです。何年も通いましたが、要さんに能力は認められず、組織は引き揚げました」

「母は霊媒師の女と詐欺を働いて——」

「周囲からそう聞かされたのかもしれませんが、お母さんはその機に乗じて姿を消しただけです」

瓊の言葉に要が動きを止めた。

「姿を消した――だけ？」

殺気だった要を、薤は手のひらで制した。

「彼女はそうするしかなかった。組織の存在に気付いたから」

「霊媒師に心酔していた母が、どうやって組織に気付いた？　たとえだれかに進言されても、当時の母は聞く耳を持たなかったはずだ」

「わたしが告白しました」

正座した格好の瓊が要を見上げている。

「わたしと組織がしてきたことを告白したのです。最初は信じてもらえませんでした。告白を聞いてもらうどころかオイサメサンを批判するなと何度も追い返されました。巧妙に、残酷に、組織はこずえさんを洗脳していましたから、それも仕方ないと思いました。何度目かの時、やっと話を聞いてもらえました。こずえさんは霊媒師の行方をわたしから訊き出せるのではないかと思ったようです。その時、なにもかも打ち明けました。わたしの生い立ち、わたしが太一さんにしたこと、組織がオイサメサンと名乗る遣いをやり、何年も監視を続けていたこと――機内での出来事を話すと、こずえさんに変化がありました。生前、太一さんからその話を聞いていたようです。出張帰りの機内で急病人が出たが事なきを得たこと。自分はなんの役にも立てなかったが、いざという時必要とされる人間でありたい、生まれてくる子どももひとから必要とされる人物になってほしい。だから名前を要にした。こずえさんはそう話してくれました。話をするうちに、こずえさんも思い当たることがあったようです。段々とわたしの話を信じてくれるようになりました。騙されていたこと、お金を取られたこと、監視されていたこと。なによりも彼女が憤ったのは要さんの安全が脅かされていたことです」

「だったら、なぜ俺を残して消えた？　側にいて子どもを守る。それが母親の務めだったんじゃないのか」

要の声は極めて抑えたものだった。それが、かえって悲痛な叫びに鈴には聞こえた。

薙が口を開く。

「オイサメサンは霊を還す度に厄を引き受ける。それは少しずつ毒を摂取しているようなもの。そこまでするのは大事なものを守るため。あるいは――」

薙の目が要を捉えた。

「愛する者を奪われたことの復讐」

どくん、と大きく心臓が脈打った。それが自分のものなのか要のものなのか鈴には区別がつかない。

「オイサメサンになるには俗世とのつながりを一切絶つ必要があった。組織に察知されたら、自分だけじゃなく家族や身内に危険が及ぶ可能性があるから。だれかに事情を話すこともできなかった。話が組織に漏れて家族が人質にとられるかもしれない。彼女は、家族の安全と引き換えに一番大事なひとから離れざるを得なかった。たとえどんなに恨まれても」

鈴は話の続きを聞くのが怖かった。耳を塞ぎたいのに腕が重くて動かない。それは身体全体を沈めてゆく錘《おもり》のようだった。

「もしかしたら退路を断つ意味もあったかもしれない。我が子に縋りつかれたら決心が鈍っただろうから。でも、一人息子を守るためにも、殺された夫の復讐を果たすためにも、彼女はオイサメサンになるしかなかった」

石と草の地面に腰まで浸かった気分の鈴は、のろのろと首を回した。隣にいる要は色のない顔で薙を見つめている。

「俺の母が――オイサメサンだと言うのか？」

薙は答えない。ただじっと要の目を見つめている。瓊は項垂れてふたりのやり取りを聞いている。

「そんなばかな。父を殺されたことの復讐？　組織がどれほどの規模なのか知らないが、それに立ち向かうなんて無謀なこと……それに、息子を放って他人を助けるなんて――」

なにかに気付いたように、要が鈴に顔を向けた。

「鈴が言っていたオイサメサン……鈴に指輪をくれたオイサメサンが俺の母なのか？」

鈴は要から目を逸らさずにいるのがやっとだった。

要はいやいやをするように首を振った。

「ちがう――母は詐欺師に騙されて、それで……その片棒を担ぐために俺を捨てて……今もどこかで詐欺師と――」

「オイサメサンのおかげで、わたしは怖いものを視ずに済んだ」

一同が、鈴を見た。要からの視線が鈴には辛かった。

「要のお母さんがオイサメサンだとはもちろん知らなかったけど――きっと、多くのひとが同じようにオイサメサンに救われた。今も要のお母さんは人々を救ってる」

間髪を入れずに要が言う。

「それは俺の望みじゃない」

――わたしの望みじゃない。わたしの望みはただ一つ

「霊なんて視えなくなればいい。わたしの望みはそれだけだったけど、叶わなかった。だけどオイサメサンが怖いものを引き受けてくれたから、なんとか生きてこられた。要みたいに祓う能力のない、視えたり聴こえたりするだけのわたしや薙のようなひとには、オイサメサンが必要だった。わたしは幸運にもオイサメサンとつながれたけど、薙はそうじゃなかった。彼女は霊の声を幻聴と片付けられて病気と判断された。その結果、自分の望まない——それ以上の苦痛と屈辱を受けることになった。もし、彼女がオイサメサンとつながれていたら?」

鈴は薙から痛いほどの視線を感じた。

「オイサメサンがなにかを犠牲にして助けてくれてるのを知ってた。それでも……頼れるのは彼女だけで、ずっとうしろめたさを覚えながらも甘えてきた。それでも、もし——わたしに彼女と同じような力があるのなら。怯えて怖がっているひとを助けたい。要のお母さんがわたしを救ってくれたように」

「俺には——わからない。自分がどうしたいのかもわからない」

要が落とした沈黙は、山間の空気に染み入るようだった。

「オイサメサンに会う気はある?」

ふいに、薙が言った。取引でもするような口調だった。要はわずかに眇めた目を彼女に向けた。

「オイサメサンは——お母さんは、あなたの気持ち次第だと言ってる」

要は引き攣った笑みを浮かべた。

「今さらなんの気遣いだよ。どうせならもっと早く訪ねて来てほしかったね」

薙は鈴の方へ身体を向け、言った。

「オイサメサンに会う？　そのつもりで来たんでしょう？」

鈴はそっと要に目をやった。彼はむしゃくしゃしたように髪をかき上げている。しばらくすると、様子を窺う子どものような目でこちらを見た。

「会って、お礼を言いたい」

鈴はきっぱりと言うと、確認するつもりで要を見た。冷静さを保とうとしているようだったが、動揺と期待の入り交じった感情が彼の表情から読み取れた。

薤はポケットから取り出したハンカチを瓊に差し出した。瓊はまた泣き出しそうになるのを堪え、それを受け取った。涙と鼻水を拭き取るとスーツのポケットへ突っ込み、再び薤を見上げた。

ふたりの間に流れる空気は同志のそれではなかった。見つめ合うふたりから、鈴は愛情を感じた。

薤の手を取り、瓊が立ち上がる。ふたりは黒のワンボックスカーへ向かう。瓊が後部座席のドアを開けると、薤が車内のだれかに話しかける。鈴は思わず要を見た。彼は瞬きもせず、車の方を見ている。薤が一歩下がる。要の喉元がごくりと鳴る。薤と瓊はドア横に並んでいる。車からだれかが降りて来る。黒っぽい上下の服を着た中年女性だ。髪を一つに束ねた彼女はこちらに目を向けないが、その顔に鈴は見覚えがあった。

祖母の三回忌。薤を見送る際、表に黒いセダンが停まっていた。その車を運転していたのが彼女だった。

あのひとがオイサメサン……？

鈴は要に視線を向けたが、彼は硬い表情をしている。とても待ちわびた再会のようには見えなかった。

車から降り立ったところで中年女性が身体の向きを変えた。上半身を傾け、車内に腕を伸ばしている。

誘導しているのだ。鈴は思う。だってオイサメサンは障りにならない身体なんだから。それはつまり——

白い布に纏われた腕が見える。車外の女性にいざなわれ、徐々に姿が見えてくる。白の作務衣《さむえ》を着ているらしいことがわかる。細い顎と、肩にかかったシルバーグレーの髪。薄い唇には色がない。細い鼻梁《びりょう》。顔に刻まれた深い皺。髪と同じ色の眉の下には、焦点の合っていない青碧《せいへき》の双眸《そうぼう》。

盲《めし》いた老婆は、黒い服の女性に腕を引かれながらゆっくりと車を降りる。薙と瓊は首を垂れている。

薙の話からある程度オイサメサンの姿を予想していた鈴だったが、それでも衝撃に息を呑んだ。彼女は要の曾祖母くらいに見える。丸まった背中や薄くなった髪、水気のない肌。骨ばった腕を引かれる彼女に威光はなく、感じるのは胸の痛むような悲哀だけだ。

要は、ショックも露わに白い作務衣姿の女性を見つめている。鼻孔がヒクつき、細く開いた唇から懸命に息を吸っているのがわかる。

白の作務衣を煌めかせる陽光が、奇跡のように彼女を若返らせる。艶のある髪に黒々とした瞳、透明感のある肌。血色の良い唇が品のある笑みをたたえている。

要がハッとしたように息を呑む。鈴は思う。この奇跡の一瞬、わたしは過去の彼女を、要は記憶の中の母を目の前に見ているのだろう。

要と同じ、黒曜石のような瞳が一人息子に向けられ——

夢のような光景は一瞬で去り、現実が戻る。

煌めきを放っていた黒い双眸は濁ったふたつの玉になり、互いから距離を取って所在なげに外側へ向けられている。彼女はもうなにも見ていない。

黒服の女性が要たちの前で立ち止まる。

「わたくしはオイサメサンにお仕えする鏡《きょう》と申します。伝えたいことがあれば、わたくしがお手伝いいたします」

「あ……え、なに——どうして——」

鈴の困惑に、鏡が素早く反応する。

「オイサメサンは目が見えず、耳も聞こえないからです」

鈴は、くずおれそうになるのをやっとのことで耐えた。

障りのない身体。

——光も音もある世界で
オイサメサンを前に、鈴は罪悪感で圧し潰されそうになる。

「大宮要です。彼女の息子です」

要は落ち着いている。ひどく落ち着いている。

「彼女に伝えてください。俺は元気です、と」

鏡はこずえの手を取り、仰向けた手のひらに自分の手を握らせた。鏡の手が次々と形を変える。手の形に触れたこずえは、一語一語聞き取っているように見える。鏡の手が動きを止める。

こずえが感極まったようにくぐもった嗚咽を洩らした。丸まった背中を屈め、ありがたいものでも抱くように鏡の手を握り、額を押し付けた。

要は、続けてなにか言うつもりはないらしい。先ほどと変わらず落ち着いた様子でふたりのやり取りを見ている。視線に気付いたらしい要が鈴を流し見る。

「オイサメサンに会ったら言いたいことがあったんじゃないの」

淡々とした口調で要は言った。

「あの――わたし――」

光と音のない世界でひとり、重荷を背負い生きてきたオイサメサンを前に鈴は言葉が出ない。鈴ひとりのためではないにしても、それはたしかに自分が負わせた重荷なのだ。指輪を受け取った後悔や自分ひとり安寧に暮らして来た罪悪感が鈴を打ちのめした。

鈴の反応を待っていた鏡が、要へ視線を移した。

「こずえさんから要さんに伝えたいことがあるそうです。いいですか」

鏡は「オイサメサン」ではなく「こずえ」と言った。それは母として伝えたいことがあるということだ。

「経緯はわかったし、これで充分です」

要は今にも踵を返しそうな勢いで言った。鏡がこずえの手を取り会話を始める。こずえの顔が悲しみに打ちひしがれたようになる。鈴は思わず要の腕を摑んだ。

「行かないで。お願い。お母さんの話を聞いてあげて」

「どうして鈴がそんなこと――」

「わたしのせいだから。要のお母さんがこうなったのは、わたしが念を押し付けたせいだから」

　要に見下ろされているのは感じたが、鈴は顔を向けられなかった。要にも、オイサメサンにも。

　ふたりを見ていた鏡が、確認するように、

「いいですか」

　と繰り返す。

「……どうぞ」

　要の返事の後、鏡はこずえから手を離した。こずえは手話のような動きで懸命に伝えている。

「ほんとうに　もうしわけないことをした　ゆるしてとはいえないけれど　これだけはわかって」

　傷だらけの指先がやわらかな形を作る。言葉にしなくても、こずえの全身からそれは滲み出る。

「あいしている」

　愛しい者を見ることの叶わない目から涙が溢れる。それは次から次へと流れ出る。

　要は鈴の手を振り払い、母に背を向けた。一歩踏み出そうとして思いとどまり、なにかに耐えるように体側の拳を握った。

「――だったらなんで」

　要の肩が震えている。

「なんで俺を捨てたんだ」

俯いた顔からポタリと涙が落ちる。

「なんで！」

勢いよく振り向いた要は、こずえを真っすぐに見つめた。

「俺にはあなたしかいなかったのに」

膝から崩れ落ちた要は、地面に手をつき振り絞るように言った。

「あなたに似たひとを見かける度、もしかしたらと期待する自分が嫌だった。恨みたいのに嫌いになりたいのに、それもさせないあなたが憎かった。でも――ほんとうはずっとあなたをさがしていた」

懇願する者の顔付きで、要は母を見上げた。

「あなたは自由でいてくれないと。幸せでいてくれないと。あなたがそんな姿じゃ、俺は」

突っ伏した要はむせび泣いた。指先が土の上に筋状の痕を残す。それはまるで彼が辿ってきた道のように複雑な曲線を描いていた。

伸ばされた鏡の手を、こずえは必要ないとばかりに両手で包んだ。鏡からそっと手を離すと、彼女は前へ進み出た。突き出した両手を左右に動かし、短い歩幅で歩いてくる。

気配に気付いたのか、要が顔を上げた。当惑したように身を退いた彼は、その姿を見てまた泣いた。

「おー――おぅ」

擦《かす》れて軋んだ声だった。

「おー、おぅ」

我が名を呼ばれた要は、顔をくしゃくしゃにして泣いた。そして立ち上がると、歩み寄る母の手を取った。

「母さん」

息子の手の温もりに、こずえも泣いた。

青碧の双眸から生まれる涙は、雪解けをもたらす陽光のように煌めいた。

44

よく晴れた七月の午後、鈍行電車で里田にやって来た要を、鈴は駅のホームで出迎えた。里田駅に降り立ったのは要ひとりだけで、鈴が見る限り一両だけの車両はひともまばらだった。だれも要に気付いている様子はなかった。

里田の無人駅にはふたり以外だれもいない。途切れないアブラゼミの鳴き声が駅のホームを渡っていく。

母から借りた軽自動車に向かう途中、電柱に貼られたひと捜しの紙が風もないのにカサカサと音を立てた。あまざらしになった用紙はくたびれて文字がかすんでいる。笑顔の少女の黒い瞳だけがやけに鮮明に写っていて、鈴はやるせなくなって目を逸らした。

車に乗り込む前、要は後部座席に目をやった。座っているものを見て、彼はにわかに優しい顔つきになった。

助手席に座った要は、車窓を流れる村の景色をしばらく黙って眺めていた。

「あの神社」

すらりとした要の人差し指が、里田の神社を指す。鈴は鳥居に一瞥を投げただけで返事をしなかった。要はなにも言わず、座席に深く身体を沈めた。

横長のコンクリートの建物が見えてくる。ドーム型の体育館の屋根がきらりと光る。鈴は速度を落とした。色とりどりのランドセルを背負った子どもたちが色味の少ない小学校をバックに下校を始めている。校舎からも校庭からも——用具入れとトイレからも——今は厭な空気が感じられない。

それもそうか、と鈴は忌々しく思う。梶原はひと気のない時にしか行動を起こさなかった。肉体を失くした今も、ひとりきりになった女子がやって来るのを、ない首を長くして待っているのだろう。

「ここにも寄るんじゃなかった?」

身を乗り出して学校を見つめていた要が言った。

「ここは後で。ひとがいなくなったら」

鈴の返答を受け、要は再びシートに身体を預けた。

ふたりが乗った車は里田の村を走る。

シャッターが閉まったままの多岐川商店。ふいに、鈴はこんな光景を視る。

シャッターが開く。子どもの頃の多岐川章子と犬のマサルが店から出てくる。マサルは前肢を上げて章子に飛びついている。彼女は目がなくなるほど笑って、愛犬を両腕で抱きしめる。開店の準備を終えた章子の両親が揃って姿をみせる。ふたりは店の前に立ち、ひとり娘を見つめている。夫は妻の肩を抱き、妻は夫の胸にもたれている。愛娘《まなむすめ》を見つめるふたりの顔はこの上なく幸福そうだ。章子ははしゃいだ声を上げている。マサルがなにかに気付いたように耳を立てる。章子の膝に置いていた肢を地面につけると、くるりとからだの向きを変えた。茶色い目を鈴に向けると、マサルは一度だけ吠えた。

夢から覚めたように、鈴は瞬きを繰り返す。

アクセルを踏んだままだったのに車はほとんど進んでいない。一瞬の夢に消えた光景を、鈴は車のサイドミラーで見送った。


ため池の近くで車を停めると、鈴はハンドルに両手をもたせ掛けたまま、

「来てくれてありがとう」

と言った。

「俺も、もう一度この村に来たいと思っていたから」

要はなんでもないことのように言う。

「一緒に星空を見られたらいいなって」

要の笑みは、強張った鈴の心を少しだけ楽にしてくれた。

「うん、言ってたね」

「じゃあ、星が出る前に終わらせよう」

そう言うと、要はドアを開け表へ出た。鈴はハンドルに額をおしつけ、目を閉じた。心の中で祈りを終えると、車から降りた。それから後部座席に座らせておいたラジオを持ち上げ、脇に抱えた。アパートから持ってきたラジオはここしばらくなんの音も発していない。ドアを閉めたちょうどその時、鈴の自宅がある方向から真っ赤なフォルクスワーゲンがやって来た。ハンドルを握っているのは類の母で、助手席には類の姿もある。ふたりは楽し気に会話している。しばらくして、ふたりが鈴に気付き笑顔を凍らせる。鈴と要に素早く視線を走らせた類の

母は、裏切られたといわんばかりに顔を曇らせた。類は、鈴が要と一緒にいることの意味を穿《うが》つような表情で見ている。鈴は彼らから目を逸らさなかった。

真っ赤な車が通り過ぎる。鈴を責め立てるような硬い表情をした類の母親の奥に、余裕の笑みを浮かべた類の顔があった。フォルクスワーゲンが遠ざかっていく。鈴は視界がチカチカするほどの怒りを覚えていた。

「今のは――」

「田子類。わたしの幼馴染で親友だったけど、今では宇宙人レベルに遠くて正体不明の存在」

守るようにしっかりとラジオを抱え直すと、鈴はため池の方へ歩き出した。

数週間前、鈴は類が告白した事件の真相を（霊に関する部分はもちろん省いて）刑事の斎藤に相談した。鈴の話を聞いた斎藤は、いつもよりさらに困ったような顔になり「難しいと思います」と言った。九年という歳月、事故と断定されている事実、当時の類の年齢。「証拠も自白もない状態ではこちらも動きようがありません」「お力になれず、申し訳ありません」そう言って斎藤は頭を下げた。

「頭を下げなきゃいけないのは別人なのに」

先ほどの類の顔を思い出し、鈴は怒りを吐き出すように呟いた。

七海のことを思うと、鈴は類への怒りと自らの不甲斐なさでどうにかなりそうだった。今日、こうして要に来てもらったのは、七海を送ることで少しでも彼女を楽にしてやりたいと思ったからだった。

ため池は、類と鈴が転落した後すぐに（鈴は自ら飛び込んだのだが）手書きの看板が立てられた。「危険！　立ち入り禁止！」子どもの通学路は七海のことがあってから変更され、保育園や小学校でも定期的に注意喚起されているので小さな子どもがため池に近づくことは滅多にないが、村ではこれ以上事故を増やさないために大がかりな工事を進める案が出ているらしい。背の高いネットでため池を囲む、万が一落ちても這い上がれるように安全対策を施す。九年前にそれらがあったら、七海は生きていただろう。そう思うと鈴の気持ちは益々沈み、身の置きどころがない悲しみを覚えるのだった。

杭で打たれた手書きの看板を横目に、ふたりは立ち入り禁止を報せる短いネットを跨ぎ越えた。ため池を囲むように生えた樹はセミの好みではないのか、鳴き声がしない。足元で小さな虫が跳ね、アゲハ蝶が白いタチアオイのてっぺんで翅《はね》を休めている。それ以外に気配はない。

鈴は深呼吸をひとつすると、ラジオと向き合うように腕を伸ばした。

「七海。聞こえる？　まだいる？」

ラジオに変化はない。

「ねえ、要を連れてきたよ。彼には七海の声が聞こえるはずでしょ。だからお願い、なにか言って」

さやさやと風がそよぎ、一枚の葉を運んで来た。鈴の前を飛んでいった常磐色の葉は、音もなく水面に舞い降りた。樹の葉がこすれる音以外に聞こえるものはない。鈴は要を振り返った。彼は「なにも聞こえない」と言うようにゆっくり首を横に振る。

「七海が言いたかったこと、気付くのが遅くなってごめんね。やっとわかったよ。類が七海にしたこともわかったよ。今はどうにもできなくても、絶対いつか罪を償わせるから。ごめんね、七海。ごめんね」

鈴はへたり込み、ラジオを抱えた。

強くなった風が樹の枝を揺する。周囲に音が溢れる。水面に立った漣《さざなみ》が、そっと落ち葉を押してゆく。

「七海……」

肩に手が置かれる。傍らに立った要が、

「なにか聞こえる」

と言った。鈴はラジオに耳をあててみるが、なにも聞こえない。要はどこか遠くへ視線を投げたまま耳を澄ましている。ラジオが雑音を鳴らす。

「七海！」

鈴はラジオを耳から離し、変化を待った。ランプが弱々しく灯る。雑音が高音と低音を繰り返し、やがて音声に変わる。

『——まつり、どんな浴衣着る？　鈴は大人っぽいから、絶対黒が似合うよ』

懐かしい声に、鈴は思わず親友の名を呼んだ。

「七海——」

『七海はお子さまだから赤だね。絶対赤』

『鈴お姉さまがそう言うなら赤にしようかな。でも、わたしだってホントは黒が着たい』

『ホントのこと言うと、わたしだって赤が着たい』

『じゃあさ、二色使った——』

『お揃いの浴衣にすれば』

『解決！』

ふたりの笑い声。

「七海、七海」
笑い声が止む。
『七海、お揃いの浴衣の後は卒業式の服だね。それもお揃いにしよ』
『いいね。そしたらその後は中学校の制服でお揃いだね』
『高校も同じとこに行ってさ、そこでもお揃いなの』
『最高！』
『そのうち彼氏とかできて』
『一緒にデートしたりして』
『結婚式も一緒にしたり』
キャーキャー上がる歓声。
『同い年の子どもができて。男の子と女の子の』
『その子たちが仲良くなって』
『子ども同士が結婚するの』
『そうするとわたしたちってどうなるの？』
『……おばあさん？』
一瞬の間の後、爆笑するふたり。
『おばあさんて！』
『よくわからないけど、子どもが結婚したらわたしと鈴は親戚になるんじゃない？』
『親戚？　じゃあ、ずっと一緒だね』
『うん、ずっと一緒だね』

『おばあちゃんになっても仲良くしてね』

『もちろん。約束』

タチアオイのてっぺんにいたアゲハ蝶が笑い声の響くため池を渡り、鈴の小指にそっととまる。

雑音の後流れ始めた軽快なメロディーが、ふたりの声を消してしまう。

「七海――」

『またね』

七海の声を最後に、ラジオはぷつりと切れてしまう。赤く灯っていたランプも消える。鈴の小指にとまっていたアゲハ蝶がぱっと飛び立つ。蝶は、空を目指し飛んでいく。高く飛んで、やがて太陽に届きそうなほどになって、永遠の光に吸い込まれていった。

45

戸口に立つ薙は初めて見るライトブラウンのウィッグを着け、これまた初めて目にするワンピース姿だった。

「そんなに見つめられると穴があきそうなんだけど」

両手を胸元でクロスさせた薙が言った。言い終えるや否や靴を脱ぎ、部屋に上がる。

「ごめん。薙もスカート穿くんだなと思って」

片眉を上げた薙が振り返り、

「なに。あたしのことなんだと思ってるの」

と笑った。薙はベッドに腰かけると、手に提げていた水色のハンドバッグを脇へ置いた。鈴は向かい合うように床に座った。

「薙、オイサメサンは大丈夫……?」

穏やかに微笑んだまま、薙は、

「大丈夫。まだ今のところは」

と答えた。

「気持ちが決まるまで、あたしたちは待ってる。オイサメサンもそのつもり」

要が母と再会を遂げた日。オイサメサンが去った後、薙は鈴に言った。

『後継者になるつもりはないか』

オイサメサンは体力気力ともに限界が近い。鈴は後継者として充分過ぎる素質がある。考えてみてほしい。

鈴はそれで恩返しができるならすぐにも承諾したかった。オイサメサンへの贖罪《しょくざい》になる気もした。安易に承諾するつもりなのがわかったのか、薙はさらに言った。

『今の暮らしを続けられる保証はない。これまでのオイサメサンのようにひとり籠って念と向き合う必要があるとは思えないが、組織のことを考えるとそう簡単にできることとも思えない』

つまり覚悟が必要だ、と薙は言うのだ。これまでの生活を捨てる。交友関係を絶つ。最悪、家族とも一生会えない。

そこまでの覚悟があるのか——すぐにでも承諾しようとしていた鈴は返答を呑み込んだ。オイサメサンの姿を見ているのに、覚悟が甘かった。要の気持ちも聞いてみたかったが思いとどまった。

　これは自分だけの問題なのだ。

「あ。やっと？」

　部屋をうろつき始めた薙が、チェスト上の紙を目ざとく見つけた。それはキックボクシングジム入会申し込み用紙だった。

「この前見学に行ってきた。次の日曜から始める」

　鈴の返答に、薙は満足そうに頷いた。

「いい心がけ。自分の身は自分で守らないと」

　用紙を元の場所に戻した薙は、置かれたラジオを見つめた。

「七海ちゃんは逝ったの？」

　薙が振り返る。彼女は、すでに答えを知っている顔だ。鈴が頷くと、彼女は優しく、柔らかく微笑んだ。

「そう。よかった」

　窓辺へ寄った薙の背中に、鈴は言う。

「類のこと。わたし、絶対に許さない。許せない。どうにかして思い知らせたい」

　薙はまったく動かない。規則正しい呼吸で肩が軽く上下するだけだ。

「いい方法はない？　警察がどうにもできないなら別の方法で――」

「たとえば念を飛ばすとか？」

　薙から、淡く冷たい殺気のようなものを鈴は感じる。

「彼、とてもそんなものに動じるタイプとは思えないけど。長年憑いてた母親の霊だって、微塵も感じなかったんだから」

薙がゆっくり振り返る。

「じゃあどうする？　瓊の能力で、霊を降ろした依代を作る？　依代に手を下させて類を殺す？」

薙の顔からは一切の笑みが消えている。

「それが鈴の望み？　そんなことを親友にさせるのが七海ちゃんの望み？」

「それは――」

「だったら、池に落ちた時放っておけばよかったのに。なぜ助けたの？」

「わからない。だけど、あんな最期だれも望んでない――」

「鈴に後継者の話は早過ぎたか」

薙は顎を上げ、ふっと息を吐き出した。それから胸の前で腕を組み、鈴を見下ろした。

「オイサメサンは自分を犠牲にしても他人の厄を引き受けるの。たとえ能力があっても、ひとを傷つけるための道具として使ったりしない。鈴が考えてることって組織とおんなじ」

「そんなつもりじゃ――わたしはただ、類に謝らせたい。罪を償わせ――」

「だれに？　七海ちゃん？　彼女は逝った。もう、自由になったの。あたしたちがなにをしようと、もう彼女には届かない。類がその場限りの謝罪をしようが心から悔いようが、そんなの関係ない。無意味なんだよ」

鈴は混乱した頭を整理しようとするが、考えが全くまとまらない。薙が、慰めるように鈴の肩に手を置いた。

「よく考えて。オイサメサンのことは、そうだな……」

薙はチェストの前へ移動すると、先ほどの用紙を鈴に向けた。

「こっちが上達してから考えたら？」

紙面でファイティングポーズをとる女性とバチッと目が合う。用紙を鈴に押し付けた薙は、

「じゃあ、あたしは帰る」

そう言ってベッドの上のハンドバッグを取った。

「あ、そうだ」

薙がハンドバッグの中から何かを取り出した。差し出された白い封筒の表には、九年前に見たのと同じ文字が書かれている。

封筒に入った指輪の膨らみを見ながら、鈴はゆっくりと首を横に振った。

「本当にいいんだね？」

薙の問いに、鈴は深く頷くことで答える。

「わかった」

封筒をバッグにしまうと、薙は玄関へ向かう。鈴は、かわいらしい靴を履く薙に、

「デート？」

と訊いた。ぎくりとしたように背中を強張らせた薙は、

「そんなわけないでしょ。だいたい相手もいないし」

逃げるようにドアノブを摑む。

「――瓊」

動きを止めた薙がゆっくり振り返る。

「なんで。なんでそう思ったの」

「なんとなく」

「なに笑ってんの。あたしがデートしたらおかしい？」

「全然。薙もそんな風に慌てるんだなと思ったらおかしくて」

「なに。ひとのことロボットかなにかみたいに」

ドアを開け出て行こうとする薙に、鈴は、

「今度一緒にメイクの仕方勉強しよう」

と声をかけた。眉間にくっきりと皺を寄せた薙が肩越しに振り返る。

「なにそれ」

薙が出て行く。ドアの向こうにはなにもいない。閉まりゆくドアの隙間にはなにも視えない。

今のところは、まだなにも。

本書は「小説現代」二〇二三年八・九月合併号に掲載されました。

神《かみ》津《づ》凜《りん》子《こ》

1979年長野県生まれ。
歯科衛生専門学校卒業。
2018年、『スイート・マイホーム』で
第13回小説現代長編新人賞を受賞し、
翌2019年デビュー。
他の著書に『ママ』『サイレント　黙認』がある。
長野県在住。

オイサメサン

二〇二三年九月四日　第一刷発行

著者　神《かみ》津《づ》凜《りん》子《こ》
発行者　髙橋明男
発行所　株式会社講談社
住所　〒一一二-八〇〇一　東京都文京区音羽二-一二-二一
電話　出版　〇三-五三九五-三五〇五
販売　〇三-五三九五-五八一七
業務　〇三-五三九五-三六一五

本文データ制作　講談社デジタル製作
印刷所　株式会社KPSプロダクツ
製本所　株式会社国宝社

©RINKO KAMIZU 2023 Printed in Japan N.D.C.913 430p 20cm ISBN978-4-06-531455-5

KODANSHA